Bind Me
Fessele Mich

Ergreife Mich: Buch 2

Anna Zaires

Aus dem Amerikanischen von
Grit Schellenberg

♠ Mozaika Publications ♠

Veröffentlicht von Mozaika Publications, einer Druckmarke von Mozaika LLC.
www.mozaikallc.com

Lektorin: Kerstin Frashier

Cover: Najla Qamber Designs
najlaqamberdesigns.com
Foto: Lindee Robinson Photography
Models: Sarah Stroven und Adam Stroven

e-ISBN: 978-1-63142-159-4
Print ISBN: 978-1-63142-160-0

TEIL I: SEINE GEFANGENE

ERSTES KAPITEL

❖ YULIA ❖

Gefangen. Eingesperrt.

Da Lucas mich gerade mit seinem schweren, muskulösen Körper auf das Bett drückt, spüre ich diese Tatsache besonders deutlich. Meine Handgelenke sind über meinem Kopf festgebunden und in meinem Körper befindet sich ein Mann, der mich gerade durch Himmel und Hölle geführt hat. Ich kann fühlen, dass Lucas' Schwanz in mir an Härte verliert und in meinen Augen brennen unvergossene Tränen, deretwegen ich mit weggedrehtem Kopf daliege und es vermeide, ihn anzuschauen.

Er hat mich genommen und ich habe ihn wieder einmal gelassen. Nein, ich habe ihn nicht nur gelassen — ich habe ihn umarmt. Obwohl ich weiß, wie sehr mein Entführer mich hasst, habe ich ihn aus eigenem Antrieb geküsst, habe mich Fantasien und Träumen hingegeben, die keinen Platz in meinem Leben haben.

Ich habe meinem Verlangen nach einem Mann nachgegeben, der mich zerstören wird.

Ich weiß nicht, warum Lucas das noch nicht getan hat, warum ich mich in seinem Bett befinde und nicht gebrochen und blutend an eine Folterbank gefesselt. Das hatte ich nicht erwartet, als Esguerras Männer mich gestern hierher gebracht haben und ich feststellte, dass der Mann, für dessen Tod ich mich schuldig fühlte, noch am Leben ist.

Am Leben und entschlossen, mich zu bestrafen.

Lucas bewegt sich auf mir, sein schweres Gewicht verlagert sich leicht und ich spüre den kalten Luftstrom der Klimaanlage auf meiner schweißigen Haut. Meine inneren Muskeln spannen sich an als sein Schwanz aus mir hinausgleitet und ich bemerke, dass ich zwischen meinen Beinen wund bin.

Mein Hals schnürt sich zusammen und das Brennen unter meinen Lidern verstärkt sich.

Nicht weinen. Nicht weinen. Ich wiederhole diese Worte wie ein Mantra und konzentriere mich darauf, meine Tränen zurückzuhalten. Das ist schwieriger als es sein sollte und ich weiß, dass das, was gerade zwischen uns geschehen ist, der Grund dafür ist.

Schmerz und Lust. Angst und Begehren. Ich wusste nicht, dass diese Kombination so zerstörerisch sein kann, hätte niemals gedacht, dass ich aus dem Abgrund meiner Vergangenheit so schnell wieder aufsteigen kann.

Ich habe mir niemals vorstellen können, nach frischen Erinnerungen an Kirill einen Orgasmus zu bekommen.

Alleine der Gedanke an meinen Ausbilder schnürt mir den Hals zu, und die dunklen Erinnerungen steigen erneut auf.

Nein, halt. Denke nicht daran.

Lucas bewegt sich, hebt seinen Kopf an, und ich atme erleichtert aus, als er meine Handgelenke befreit und sich von mir rollt. Das brennende Gefühl in meinen Augen verschwindet langsam, als ich tief einatme und meine Lungen sich mit der dringend benötigten Luft füllen.

Ja, das ist es. Ich brauche Abstand zu ihm.

Ich atme erneut ein, und als ich meinen Kopf drehe, sehe ich, dass Lucas aufsteht und das Kondom abnimmt. Unsere Augen treffen sich und ich erkenne leichte Verwirrung in der blau-grauen Kühle seiner Augen. Im nächsten Moment ist diese Gefühlsregung allerdings verschwunden und sein Gesicht mit diesem kantigen Kinn ist genauso hart und kompromisslos wie immer.

»Steh auf.« Lucas streckt sich nach mir aus und ergreift meinen Arm. »Komm«, befiehlt er mir und zieht mich vom Bett.

Ich bin zu zitterig um mich zu wehren, also stolpere ich einfach hinter ihm her, als er den Flur entlanggeht.

Einige Augenblicke später bleibt er vor der Badezimmertür stehen. »Brauchst du einen Moment alleine?«, fragt er und ich nicke dankbar. Ich brauche mehr als eine Minute — ich brauche eine Ewigkeit, um mich davon zu erholen — aber ich werde mich auch mit einer Minute Privatsphäre zufriedengeben, wenn das alles ist, was ich bekommen kann.

»Mach keine Dummheiten«, sagt er, als ich die Tür schließe und ich nehme mir seine Warnung zu Herzen, indem ich nur die Toilette benutze und meine Hände so schnell wasche, wie ich kann. Selbst wenn ich etwas finden könnte, um ihn anzugreifen, habe ich gerade nicht die Kraft dazu. Ich bin ausgelaugt, psychisch und emotional, und mein Körper schmerzt fast genauso stark wie meine Seele. Das war von allem zu viel: die kurze Verbindung die wir hatten, die Tatsache, dass er plötzlich kalt und grausam wurde, die Erinnerungen an Kirill in Kombination mit der zerstörerischen Lust.

Und dass Lucas mich genommen hat, obwohl es dieses andere Mädchen in seinem Leben gibt, das dunkelhaarige, das mich durch das Fenster betrachtet hat.

Meine Kehle schnürt sich erneut zu und ich muss ein Schluchzen unterdrücken. Ich weiß nicht, warum gerade dieser Gedanke so viel schmerzvoller ist als alle anderen. Ich habe keinen Anspruch auf meinen Entführer. Bestenfalls bin ich sein Spielzeug, sein Eigentum. Er wird mit mir spielen, bis er sich langweilt, und dann wird er mich brechen.

Er wird mich töten, ohne zweimal darüber nachzudenken.

Du gehörst mir, hat er gesagt während er mich gefickt hat und einen kurzen Augenblick lang habe ich gedacht, dass er es ernst meint. Ich dachte, dass er sich genauso zu mir hingezogen fühlt wie ich mich zu ihm.

Offensichtlich habe ich mich geirrt.

Tränen verschleiern meinen Blick und ich blinzele, um die Feuchtigkeit aus meinen Augen zu entfernen. Das Gesicht, das mich aus dem Badezimmerspiegel anschaut, ist mager und sehr blass. Zwei Monate in einem russischen Gefängnis haben ihren Zoll gefordert, was mein Aussehen betrifft. Ich weiß nicht einmal, wieso Lucas mich überhaupt will. Seine Freundin ist unendlich hübscher, mit ihrem warmen Teint und ihren lebhaften Gesichtszügen.

Ein lautes Klopfen erschreckt mich.

»Deine Minute ist abgelaufen.« Lucas' Stimme ist hart und ich kann es nicht länger herauszögern, ihm gegenüberzutreten. Ich atme tief durch, um mich zu beruhigen, und öffne die Tür.

Er steht am Eingang und wartet auf mich. Ich nehme an, dass er mich zurück ins Schlafzimmer bringt, aber stattdessen betritt er das Badezimmer.

»Geh hinein«, meint er und schiebt mich zur Dusche. »Wir werden duschen.«

Wir? Er kommt mit mir mit? Bei dieser Vorstellung zieht sich mein Unterleib zusammen und eine Hitzewelle wäscht über mich hinweg, aber ich gehorche. Ich habe keine andere Wahl, aber selbst wenn ich sie hätte, ist die Erinnerung an die zwei Wochen ohne duschen im Moskauer Gefängnis noch sehr frisch.

Sollte mein Entführer wollen, dass ich fünfmal pro Tag dusche, werde ich das gerne tun.

Die Duschkabine ist groß genug für uns beide und die Glaswände sind sauber und modern. Lucas' Haus ist generell sauber und modern, völlig anders als das winzige Apartment aus der Sowjetzeit, in dem ich in Moskau lebte.

»Dein Badezimmer ist schön«, sage ich beiläufig, als er das Wasser aufdreht. Ich weiß nicht, warum ich gerade dieses Thema wähle, aber aus irgendeinem Grund muss ich mich ablenken. Wir sind in der Dusche, zusammen und nackt, und auch wenn wir gerade erst Sex hatten, kann ich nicht aufhören, ihn anzustarren. Seine klar definierten Muskeln spannen sich bei jeder Bewegung an und seine schweren Hoden hängen zwischen seinen Beinen, hinter seinem Schwanz, an dem noch Samenreste kleben. Er ist nicht der einzige Mann, den ich jemals nackt gesehen habe, aber er ist mit Abstand der bestaussehendste.

»Du magst das Badezimmer?« Lucas dreht sich zu mir um, lässt das Wasser über seinen breiten Rücken laufen und mir wird klar, dass ich nicht die einzige bin, der die sexuelle Anspannung auffällt, die in der Luft liegt. Sie spiegelt sich in seinem Blick durch die halbgeschlossenen Augen wider, der über meinen Körper gleitet, bevor er zu meinem Gesicht zurückwandert, und in der Art, wie er seine großen Hände zu Fäusten ballt, so als wolle er sich davon abhalten, nach mir zu greifen.

»Ja.« Ich versuche meinen Ton beiläufig zu halten, so als wäre es nichts Besonderes, dass wir hier nackt nebeneinander stehen, nachdem er mich gefickt hat, bis ich nicht mehr denken konnte, und meine Wirbelsäule wie elektrisiert war. »Ich mag deine schlichte Dekoration.«

Sie ist eine nette Abwechslung zur Vielschichtigkeit des Besitzers.

Er starrt mich mit diesen Augen an, die in diesem Licht eher grau als blau aussehen, und ich sehe, dass er, im Gegensatz zu mir, nicht abgelenkt werden möchte. Er hatte einen Grund dafür, gemeinsam duschen zu wollen, und dieser Grund wird deutlich, als er sich nach mir ausstreckt und mich zu sich unter die Brause zieht.

»Nach unten.« Er unterstreicht seinen Befehl, indem er fest auf meine Schultern drückt. Meine Knie knicken ein, da sie sich seiner Kraft nicht widersetzen können und ich finde mich vor ihm auf meinen Knien wieder, habe meinen Kopf auf seiner Lendenhöhe. Sein breiter Rücken hält den Großteil des Wassers ab, aber einige Tropfen treffen mich trotzdem noch und zwingen mich dazu, meine Augen zu schließen, während er in mein Haar greift und meinen Kopf an seinen harten Schwanz zieht.

»Wenn du mich beißen solltest …« Er beendet den Satz nicht, aber ich brauche auch keine Details um zu verstehen, dass so etwas nicht gut für mich ausgehen würde. Ich möchte ihm sagen, dass diese Warnung unnötig ist, dass ich zu kaputt bin, um jetzt zu kämpfen, aber ich bekomme keine Möglichkeit dazu. Sobald meine Lippen sich öffnen, schiebt er seinen Schwanz hinein und zwar so tief, dass ich fast ersticke, bis er ihn endlich wieder herauszieht. Ich schnappe nach Luft, umarme seine Beine, die wie stählerne Säulen sind, und er stößt wieder zu, diesmal langsamer.

»Gut, das ist ein braves Mädchen.« Sein Griff um mein Haar locker sich, als ich meine Lippen um seinen dicken Schaft schließe und meine Wangen zusammenziehe, um an ihm zu saugen. »Genau so, meine Schöne …« Komischerweise senden diese ermutigenden Worte eine Hitzewelle durch meinen Unterleib. Ich bin noch feucht von unserem Sex und ich kann diese Nässe deutlich spüren, als ich meine Oberschenkel zusammenpresse und versuche, mein Verlangen dadurch zurückzuhalten.

Ich kann ihn nicht schon wieder wollen. Mein Geschlecht ist durch seine harte Inbesitznahme wund, geschwollen und empfindlich. Ich erinnere mich an diese alles beherrschende Dunkelheit, die Erinnerungen die mich fast übermannt hätten. Mit einem Mann wie ihm zusammen zu sein — dem ich wehrlos ausgeliefert bin und der mich bestrafen will — ist mein schlimmster Albtraum, aber bei Lucas scheint das egal zu sein.

Ich bin immer noch erregt.

Seine Finger legen sich um meine Haare und er stößt in meinen Mund, findet einen Rhythmus, während ich versuche, so gut wie möglich meine Halsmuskulatur zu entspannen. Ich weiß, wie man einen guten Blow Job gibt, und deshalb umfasse ich seine Hoden mit beiden Händen, während ich kräftig an seinem Schwanz sauge.

»Ja, genau so.« Seine Stimme ist lustvoll. »Mach weiter so.«

Ich gehorche und umfasse seine Eier fester, während ich ihn noch tiefer in mir aufnehme. Eigenartigerweise macht es mir nichts aus, ihm Lust zu verschaffen. Obwohl ich gerade knie, habe ich das Gefühl, jetzt mehr Kontrolle zu haben, als in jedem anderen Moment seit meiner Ankunft heute Morgen. Ich verschaffe ihm Lust und es liegt eine gewisse Macht darin, auch wenn ich weiß, dass das eher eine Illusion ist. Ich bin seine Gefangene, nicht seine Freundin, aber einen Moment lang kann ich so tun, als ob der Mann, der seinen Schwanz zwischen meine Lippen schiebt, mehr in mir sieht, als nur ein Sexobjekt.

»Yulia ...« Er stöhnt meinen Namen und verstärkt dadurch einen Augenblick lang meine Fantasie. Dann dringt er auf einmal bis zum Anschlag in meinen Mund ein und verharrt bewegungslos, während er seinen dicken Samenstrahl in meinen Hals spritzt. Ich konzentriere mich darauf zu atmen und mich nicht an seinem Samen zu verschlucken, ohne jedoch meine Hände von seinen Beinen zu lösen.

»Gutes Mädchen«, flüstert er, lässt mich auch den letzten Tropfen schlucken und streichelt zärtlicher über mein Haar. Ich sollte sein Lob erniedrigend finden, aber ich genieße das kleine bisschen Zärtlichkeit, sauge es mit verzweifeltem Verlangen auf. Ich bin müde, so müde, dass ich einfach nur so verharren möchte, während er mein Haar streichelt und ich langsam in das dunkle Nichts gleite.

Viel zu früh hilft er mir auf die Beine und ich öffne meine Augen, als der Wasserstrahl mich auf der Brust trifft, anstatt ins Gesicht. Lucas schweigt, aber als er das Duschgel auf seine Handfläche gießt und es auf meiner Haut aufträgt, ist seine Berührung immer noch zärtlich und beruhigend.

»Lehne dich zurück«, murmelt er, tritt hinter mich und ich lehne mich an ihn, lege meinen Kopf gegen seine Schulter, während er meine Vorderseite wäscht und seine großen Hände über meine Brüste, meinen Bauch und die empfindliche Stelle zwischen meinen Beinen gleiten. Er kümmert sich um mich, realisiere ich verträumt und meine Gedanken beginnen abzuschweifen, als ich meine Augen schließe, um seine Aufmerksamkeit zu genießen.

Schneller als mir lieb ist, bin ich sauber und er tritt zurück, um den Wasserstrahl auf mich zu richten und mich abzuspülen. Ich schwanke leicht, da meine Beine mich kaum noch halten können, als Lucas das Wasser abdreht und mich aus der Dusche führt.

»Komm, ich bringe dich ins Bett. Du fällst ja gleich um.« Er wickelt mich in ein dickes Handtuch, hebt mich hoch und trägt mich aus dem Badezimmer. »Du musst schlafen«, fügt er hinzu und geht mit mir in sein Schlafzimmer und legt mich auf seinem Bett ab.

Ich blinzele ihn an, meine Gedanken sind langsam und benebelt. Wird er mich nicht an sein Bett fesseln und mich auf dem Boden schlafen lassen?

»Du schläfst bei mir«, beantwortet er meine unausgesprochene Frage. Ich blinzele ihn erneut an, da ich zu müde bin um zu verstehen, was das zu bedeuten hat, aber er nimmt bereits ein Paar Handschellen aus seiner Nachttischschublade.

Bevor ich mich fragen kann, was er vorhat, legt er eine Schelle um mein linkes Handgelenk und legt die zweite um sein eigenes. Danach legt er sich zu mir, schmiegt sich von hinten an mich und umfasst meine Seite mit seinem linken, an mich geketteten Arm.

»Schlafe«, flüstert er in mein Ohr und ich folge seiner Anweisung, indem ich mich von der warmen Dunkelheit umhüllen lasse.

ZWEITES KAPITEL

❖ LUCAS ❖

Yulias Atmung wird fast augenblicklich gleichmäßig und ihr Körper erschlafft, als sie in meiner Umarmung einschläft. Ihr Haar ist vom Duschen noch feucht und das Kopfkissen wird nass, aber das ist mir gerade egal.

Ich bin zu vertieft in die Frau in meinen Armen.

Sie riecht nach meinem Duschgel und sich selbst, einem einzigartigen, sanften Duft, der mich immer noch an Pfirsiche erinnert. Ihr schlanker Körper ist weich und warm, die Kurve ihres Pos liegt an meinen Lenden. Mein Körper kribbelt zufrieden, während ich so daliege, aber mein Kopf weigert sich, loszulassen.

Ich habe sie gefickt.

Ich habe sie gefickt und wieder war es der beste Sex den ich jemals hatte, sogar besser als jenes Mal in Moskau. Als ich in sie eingedrungen bin, hat mir die Intensität den Atem verschlagen. Es hat sich nicht wie Sex angefühlt — es hat sich angefühlt, als würde ich nach Hause kommen.

Selbst jetzt, da ich mich daran erinnere wie es war, in ihre enge, warme Tiefe zu tauchen, zuckt mein Schwanz und meine Brust schmerzt undefinierbar. Ich will das nicht mit ihr, was auch immer „das" ist. Es sollte so einfach sein: sie ficken, sie mir aus dem Kopf schlagen und sie dann bestrafen und gleichzeitig Informationen aus ihr herausholen. Sie hat Männer getötet, mit denen ich jahrelang gearbeitet und trainiert habe.

Sie hat mich beinahe umgebracht.

Der Gedanke, dass ich nicht einfach nur Hass und Lust für Yulia empfinden kann, macht mich wütend. Ich musste meine ganze Kraft aufwenden, um ihren weichen Blick zu ignorieren und sie wie die Gefangene zu behandeln, die sie ist — sie rau zu ficken, anstatt Liebe mit ihr zu machen. Ich wusste, dass ich ihr wehtat — ich habe gemerkt, wie sie zu kämpfen hatte, als ich gnadenlos in sie eingedrungen bin — aber ich konnte sie nicht spüren lassen, wie sehr sie mich berührt.

Ich konnte dieser kranken Schwäche nicht nachgeben.

Aber genau das habe ich getan, als sie mir einen geblasen hat ohne zu protestieren, mich mit ihrem Mund gemolken hat, als könne sie nicht genug davon bekommen. Sie hat mir Lust verschafft, nachdem ich sie wie eine Nutte behandelt habe und dieses verdammte Bedürfnis überkam mich erneut.

Dieses Bedürfnis, sie zu halten und zu beschützen.

Sie hat vor mir gekniet, ihre nassen, spitzen Wimpern lagen wie Fächer auf ihren blassen Wangen, als sie jeden Tropfen meines Spermas geschluckt hat, und ich wollte sie wiegen, sie in meinen Armen halten und ihr Versprechen geben, die ich niemals halten würde. Ich habe mich damit zufrieden gegeben, sie zu waschen, aber ich konnte sie nicht fesseln und sie auf dem Boden schlafen lassen — genauso wie ich ihr vorher nicht wirklich wehtun konnte.

Was für ein beschissenes Chaos. Sie ist erst seit weniger als vierundzwanzig Stunden hier und der Zorn, der die letzten zwei Monate in mir gebrannt hat, beginnt sich bereits abzukühlen, da ihre Verletzlichkeit mich mehr berührt als alles andere. Es sollte mir egal sein, dass sie schwach und ausgehungert ist, dass ihr Körper ein Schatten seiner selbst ist und sie vor Erschöpfung Augenringe hat. Es sollte mir egal sein, dass sie mit elf angeheuert wurde und mit sechzehn als Spionin nach Moskau geschickt wurde.

Diese Dinge sollten für mich keinen Unterschied machen, aber sie tun es.

Scheiße.

Ich schließe meine Augen und sage mir, dass das, was ich fühle nur etwas Momentanes ist, dass es vorbeigehen wird, sobald ich genug von ihr gehabt habe.

Ich sage mir das, obwohl ich weiß, dass ich lüge.

So einfach wird es nicht sein, und ich hätte es wissen müssen.

* * *

Ein eigenartiges Geräusch reißt mich aus dem Schlaf. Ich öffne meine Augen und alle Spuren von Schläfrigkeit sind durch meinen Adrenalinschub verschwunden. Ich spanne mich an und bereite mich auf einen Kampf vor, als mir wieder einfällt, dass ich nicht alleine bin.

Eine Frau liegt in meinen Armen und ihr linkes Handgelenk ist an meines gekettet.

Ich atme langsam aus, als ich verstehe, dass das Geräusch von ihr kam. Sie rollt sich von einer Seite auf die andere und ich höre es erneut.

Ein leises Wimmern, das in einem gedämpften Aufschrei endet.

»Yulia.« Ich lege meine linke Hand auf ihre Schulter und nehme dabei auch ihren Arm mit. »Yulia, wach auf.«

Sie windet sich, wehrt sich plötzlich auffallend stark und ich bemerke, dass sie noch nicht wach ist. Sie weint halb, schnappt halb nach Luft und zieht mit ihrer ganzen Kraft an den Handschellen.

Scheiße.

Ich ergreife ihr Handgelenk, um sie davon abzuhalten uns beide zu verletzen, und rolle mich dann auf sie, um mein Gewicht dazu zu benutzen, sie bewegungsunfähig zu machen. »Beruhige dich«, flüstere ich in ihr Ohr. »Das ist nur ein Traum.«

Ich erwarte, dass sie jetzt aufhört sich zu wehren, aufwacht und versteht, was gerade geschieht, aber das geschieht nicht.

Stattdessen verwandelt sie sich in ein wildes Tier.

DRITTES KAPITEL

❖ YULIA ❖

»*Das ist deine Schuld, Schlampe. Es ist alles deine Schuld.*«

Ein schwerer Körper presst mich zu Boden, grausame Hände ziehen an meiner Kleidung und dann spüre ich Schmerzen, brutale, brennende Schmerzen, als er in mich stößt, mir sagt, dass das die Bestrafung ist, die ich verdient habe.

»Nein!« Ich schreie, ich kämpfe, aber ich kann mich unter ihm weder bewegen, noch kann ich atmen. »Hör auf, bitte hör auf!«

»Beruhige dich«, flüstert er auf Englisch in mein Ohr. »Beruhige dich endlich.«

Die Tatsache, dass Kirill Englisch spricht, verwirrt mich einen Augenblick lang, aber ich bin zu panisch, um länger darüber nachzudenken. Die Schmerzen der Vergewaltigung und das Schamgefühl sind wie ein Schraubstock, der meine Brust zerquetscht. Ich ersticke, werde in den Strudel der Dunkelheit gezogen und alles was ich tun kann, ist, mich zu wehren — zu schreien und mich zu wehren.

»Yulia. Scheiße, hör auf damit!« Seine Stimme ist tiefer als ich sie in Erinnerung habe und er spricht wieder Englisch. Warum tut er das? Wir sind gerade nicht im Training. Das ist zu eigenartig, als dass ich es ignorieren könnte und es ist nicht das Einzige, was gerade komisch ist.

Er trägt auch kein Rasierwasser.

Verwirrt höre ich auf, mich unter ihm zu bewegen und bemerke, dass ich auch keine Schmerzen habe.

Er befindet sich auf mir, aber er tut mir nicht weh.

Die Realität kommt und geht und ich erinnere mich.

Kirill war vor sieben Jahren. Ich bin nicht in Kiew — ich bin in Kolumbien und die Gefangene eines anderen Mannes, der mich für das bestrafen will, was ich getan habe.

»Yulia.« Lucas' leise Stimme ist ganz nah an meinem Ohr. »Kann ich dich loslassen?«

»Ja«, murmele ich in das Kissen. Meine Muskeln zittern vor Überanstrengung und mein Atem geht schwer, so als sei ich gerannt. Ich muss gegen Lucas gekämpft haben, anstatt gegen das Phantom in meinem Albtraum. »Es ist wieder alles in Ordnung. Wirklich.«

Lucas rollt von mir herunter und ich spüre ein Ziehen an meinem linken Handgelenk, an dem die Handschellen uns verbinden. Die Haut unter dem Metall brennt und ist wund. Ich muss während des Kampfes an den Fesseln gezogen haben.

Er lehnt sich zurück und einen Moment später geht ein sanftes Licht an, das den gesamten Raum erhellt. Die sauberen, weißen Wände, die ich erblicke, sind ein weiterer Beweis dafür, dass ich geträumt habe und Kirill nicht in der Nähe ist.

Lucas greift in den Nachttisch und holt den Schlüssel hervor, um die Handschellen zu lösen. Als er die Schlüssel in die Schublade zurücklegt, merke ich mir automatisch wo er sie aufbewahrt, auch wenn meine Zähne bereits zu klappern beginnen. Seit Jahren habe ich nicht mehr so einen schlimmen und realistischen Albtraum gehabt und deshalb vergessen, wie verheerend sie sein können.

Lucas dreht sich zu mir. »Yulia.« Sein Gesichtsausdruck ist düster, als er nach mir greift. »Was ist passiert?«

Ich lasse mich von ihm auf seinen Schoß ziehen, damit ich die Hitze seines Körpers auf meiner eiskalten Haut spüren kann. Ich kann nicht aufhören zu zittern, da der Schatten des Albtraumes immer noch über mir liegt. »Ich —« Meine Stimme bricht weg. »Ich habe schlecht geträumt.«

»Nein.« Er hebt mein Kinn mit einer Hand an und zwingt mich, ihm in die Augen zu schauen. »Erzähle mir, warum du diesen Traum hattest. Was hast du erlebt?«

Ich schließe meinen Mund ganz fest und kämpfe gegen den unlogischen Drang an, diesem ruhigen Befehl zu gehorchen. Irgendetwas an der Art, wie er mich hält — fast so wie Eltern, die ihr Kind trösten wollen — bringt mich dazu, mich ihm anvertrauen zu wollen, ihm Dinge zu erzählen, die bis jetzt nur der Therapeut meiner Organisation von mir erfahren hat.

»Was ist geschehen?«, drängt Lucas mit sanfterer Stimme und ich spüre wie meine Sehnsucht, mein Wunsch nach der Verbindung zwischen uns, die ich mir eingebildet hatte, sich verstärkt. Vielleicht habe ich sie mir ja doch nicht nur eingebildet. Vielleicht ist da etwas.

Ich will unbedingt, dass da etwas ist.

»Yulia.« Lucas nimmt mein Kinn in seine Handfläche und streichelt mit seinem Daumen meine Wangen. »Sag es mir. Bitte.«

Das letzte Wort bricht mich, da es von so einem harten und dominanten Mann kommt. In seiner Berührung liegen weder Wut, noch raue Lust. Auch wenn es stimmt, dass er mir vorhin wehgetan hat, hat er mir gleichzeitig Lust verschafft und ist später nahezu zärtlich mit mir umgegangen. In diesem Moment verlangt er keine Antworten von mir — er bittet mich darum.

Er bittet mich und ich kann ihn nicht zurückweisen. Nicht, während ich mich so verloren und alleine fühle.

»In Ordnung«, flüstere ich und schaue den Mann an, von dem ich die letzten zwei Monate lang geträumt habe. »Was möchtest du wissen?«

VIERTES KAPITEL

❖ LUCAS ❖

»Wie alt warst du, als es passiert ist?«, frage ich und lege meine Hand auf ihren Nacken, um die angespannten Muskeln zu massieren. Yulias Körper zittert, während sie auf meinem Schoß sitzt, und eine frische Wutwelle schnürt mich innerlich zusammen.

Jemand hat ihr wehgetan, sehr weh getan, und ich werde dafür sorgen, dass diese Person dafür bezahlen wird.

»Fünfzehn«, antwortet sie und ich höre die Anspannung in ihrer Stimme.

Fünfzehn. Ich zwinge mich dazu, ruhig zu bleiben und der vulkanischen Gewalt, die in mir brodelt, nicht nachzugeben. Ich hatte vermutet, dass es sich um so etwas handeln würde. Als sie geschrien hat, war ihre Stimme sehr hoch gewesen, fast kindlich, und die Worte sprudelten auf Russisch oder Ukrainisch aus ihr heraus.

»Wer war er?« Ich spreche mit ruhiger Stimme und fahre mit meiner Massage fort. Das scheint sie zu beruhigen, da ihr Zittern nachlässt. Ihr Gesicht ist genauso weiß wie die Laken und ihre blauen Augen sehen im schwachen Licht der Nachttischlampe dunkel aus. Sie ist zwar schon zweiundzwanzig, aber in diesem Moment sieht sie unglaublich jung aus.

Jung und unvorstellbar zerbrechlich.

»Sein Name —« Sie schluckt. »Sein Name war Kirill. Er war mein Ausbilder.«

Kirill. Ich behalte den Namen im Hinterkopf. Ich benötige auch noch seinen Nachnamen, um ihn suchen zu können, aber wenigstens habe ich einen Anhaltspunkt. Danach begreife ich den zweiten Teil dessen, was sie mir gesagt hat.

»Dein Ausbilder?«

Sie wendet ihren Blick ab. »Einer von ihnen. Sein Spezialgebiet war Nahkampf.«

Arschloch. Ein fünfzehnjähriges Mädchen — selbst ein erwachsener Mann — hätte niemals eine Chance gegen ihn gehabt.

»Und diejenigen, für die du arbeitest, haben das zugelassen?« Die Wut schleicht sich in meine Stimme und sie zuckt fast unmerklich zusammen. Da ich ihr keine Angst einjagen möchte, atme ich tief durch und versuche, meine Kontrolle wiederzuerlangen. Sie schaut immer noch weg, ihre Augen sind auf einen Punkt links von mir gerichtet. Ich lasse meine Hand in ihr Haar gleiten und umfasse sanft ihren Kopf, um ihre Aufmerksamkeit wieder auf mich zu lenken.

»Yulia, bitte.« Mit Anstrengung kann ich meinen Ton ruhig halten. »Haben sie das gebilligt?«

»Nein.« Ihre Lippen verziehen sich zu einem bitteren, ironischen Lächeln. »Das war das Problem. Sie haben es nicht gebilligt.«

»Das verstehe ich nicht.«

Sie lacht, ein raues, schmerzerfülltes Geräusch. »Sie hätten es einfach hinnehmen sollen. Dann wäre er nicht so wütend gewesen.«

Mein Blut fühlt sich gleichzeitig heiß und eisig an. »Erzähle mir, was passiert ist.«

»Er begann zu mir zu kommen, als ich gerade fünfzehn wurde und sie mir die Zahnspange abnahmen.« Ihr Blick schweift wieder ab. »Als Kind war ich hässlich, musst du wissen — lang, dürr und staksig — aber als ich älter wurde, sah ich besser aus. Jungen begannen, mich zu mögen und auch die Männer bemerkten mich auf einmal. Die Veränderung passierte fast über Nacht. Er war einer dieser Männer.«

Sie nickt und wendet sich wieder mir zu. »Ja. Er war einer dieser Männer. Zuerst war es nicht so schlimm. Er hielt mich ein wenig länger auf der Matte, als nötig war, oder er ließ mich eine Bewegung häufiger wiederholen um mich anfassen zu können. Ich habe nicht einmal mitbekommen, dass er an mir interessiert war, bis er —« Sie hält abrupt inne und ein Schauer läuft über sie hinweg.

»Bis er was?«, wiederhole ich und versuche ruhig genug zu bleiben, um ihr zuhören zu können.

»Bis er mich in der Umkleidekabine in die Ecke gedrängt hat.« Sie schluckt erneut. »Er hat mich nach dem Duschen erwischt und mich angefasst. Überall.«

Dieses dumme Stück Scheiße. Jeder Zelle meines Körpers verlangt danach, diesen Mann zu töten.

»Was ist dann passiert?«, zwinge ich mich zu fragen. Das ist noch nicht das Ende der Geschichte, so viel habe ich schon verstanden.

»Ich habe ihn gemeldet.« Ein erneuter Schauer läuft durch Yulias schlanken Körper. »Ich bin zum Leiter des Programms gegangen und habe ihm von Kirill berichtet.«

»Und?«

»Und dann wurde Kirill gefeuert. Ihm wurde gesagt, dass er gehen und mich ein für alle Mal in Ruhe lassen soll.«

»Aber das hat er nicht.«

»Nein«, stimmt sie matt zu. »Das tat er nicht.«

Ich atme tief durch und bereite mich auf das vor, was jetzt kommen wird. »Was hat er mit dir gemacht?«

»Er kam in mein Zimmer im Wohnheim und hat mich vergewaltigt.« Ihre Stimme ist leise und ihr Blick wendet sich wieder von mir ab. »Er hat gesagt, dass er mich für das bestraft, was ich getan habe.«

Ihre Worte nehmen mir den Atem. Die Parallelen entgehen mir nicht. Ich hatte auch geplant, Sex als Strafe zu benutzen, meine Lust an ihrem Körper zu befriedigen und ihr gleichzeitig zu zeigen, wie wenig sie mir bedeutet.

Eigentlich habe ich genau das vorhin getan, als ich sie hart nahm und ihre Gegenwehr ignoriert habe.

»Yulia …« Zum ersten Mal seit Jahren fühle ich bitteren Selbsthass. Kein Wunder, dass sie in Panik geraten ist, als ich sie mit meinem Gewicht auf den Fußboden gedrückt habe. »Yulia, ich —«

»Die Ärzte haben gesagt, dass ich Glück hatte, dass die anderen Ausbilder mich nicht noch später gefunden haben«, fährt sie fort, so als hätte ich nichts gesagt. »Ansonsten wäre ich verblutet.«

»Verblutet?« Ein Wutanfall schnürt mir die Kehle zu. »Dieses Arschloch hat dich so stark verletzt?«

»Ich habe sehr viel Blut verloren«, erklärt sie mir und ihr Gesicht ist eigenartig ruhig als sie meinen Blick erwidert. »Es war mein erstes Mal und er war brutal. Sehr brutal.«

Dieses verfickte Arschloch wird langsam sterben. Sehr, sehr langsam. Ich stelle mir vor, wie ich einige von Peter Sokolovs Techniken an dem Ausbilder anwenden werde und diese Fantasie stabilisiert mich genug, um sie ruhig fragen zu können: »Wie lautet sein Nachname?«

Yulia blinzelt und ich sehe, wie ihre unnatürliche Ruhe wieder verschwindet. »Sein Name ist egal.«

»Mir ist er nicht egal.« Ich umfasse ihre Schultern und spüre ihre zarten Knochen. »Jetzt sag schon, Süße. Wie heißt er?«

Sie schüttelt ihren Kopf. »Das ist egal«, wiederholt sie. Ihr Blick wird härter, als sie hinzufügt: »Er ist egal. Er ist tot. Er ist seit sechs Jahren tot.«

Scheiße. So viel zu diesem Thema.

»Hast du ihn umgebracht?«, will ich wissen.

»Nein.« Ihre Augen funkeln wie Splitter eines zerbrochenen Glases. »Ich wünschte, ich hätte es getan. Ich wollte es tun, aber der Leiter unseres Programms hat stattdessen einen Killer auf ihn angesetzt.«

»Also haben sie dir deine Rache genommen.« Ich weiß, dass die meisten Menschen froh wären, wenn ein junges Mädchen nicht die Möglichkeit hätte, einen Mord zu begehen, aber ich habe niemals daran geglaubt, auch die zweite Wange hinzuhalten. Rache gibt eine gewisse Befriedigung, lässt einen eine Art Schlussstrich ziehen. Sie macht die Vergangenheit nicht rückgängig, aber sie kann dabei helfen, dass man sich besser fühlt.

Ich weiß dass, weil sie mir geholfen hat.

Yulia antwortet nicht und mir fällt auf, dass ich einen wunden Punkt getroffen habe. Sie nimmt es ihr übel, dieser Organisation über die sie nicht sprechen will — diesem „Leiter des Programms“, der sie von Anfang an vor dem Ausbilder beschützt haben sollte.

Würde sie sie verraten, wenn ich sie jetzt nach ihnen fragen würde? Sie ist verwundet und verletzlich, nachdem sie ihre schmerzhafte Vergangenheit offengelegt hat. Ich wäre wirklich ein Arschloch, wen ich das zu meinem Vorteil nutzen würde. Aber wenn ich es tue, bekomme ich vielleicht die Information, die ich brauche, und müsste ihr nicht wehtun.

Ich könnte sie beschützen und niemand würde ihr jemals wieder Schmerzen zufügen.

Gestern hätte ich diesen Gedanken noch verdrängt, ihn einfach als Schwäche abgetan. Ich habe mich diese ganzen Wochen selbst belogen und es ist Zeit, das zuzugeben. Ich werde ihr nicht wehtun können. Wenn ich mir vorstelle, mein Messer genauso auf ihrem Körper entlangfahren zu lassen, wie ich es bei dem Eindringling getan habe, dreht sich mir der Magen um. Schon vor ihrem Albtraum habe ich es nicht fertig gebracht, Yulia so zu behandeln, wie ich es mit einem normalen Gefangenen tun würde, und jetzt, da ich weiß wie viel sie schon durchstehen musste, macht mich der Gedanke daran, ihr weitere Schmerzen zuzufügen, körperlich krank.

Ich komme zu einem Entschluss und sage ruhig: »Erzähle mir von dem Programm.« Das ist meine beste Gelegenheit, die Informationen, die ich brauche, zu bekommen, und ich kann sie mir nicht entgehen lassen, auch wenn das bedeutet, Yulias Verletzlichkeit auszunutzen. Ich blicke ihr immer noch in die Augen, bewege meine Hand zu ihrem Nacken und streichele ihn sanft. »Wer hat dich rekrutiert?«

Sie versteinert auf meinem Schoß und ihre Gesichtszüge verzerren sich einen Augenblick lang schmerzerfüllt, bevor sie sich wieder in diese wunderschöne Maske verwandeln. »Das Programm?« Ihre Stimme hört sich kalt und distanziert an. »Darüber weiß ich nichts.«

Damit stößt sie mich weg, springt vom Bett auf und rennt aus dem Raum.

FÜNFTES KAPITEL

❖ YULIA ❖

Ich renne den Flur hinunter und meine nackten Füße sind auf dem Teppich nicht zu hören. Verrat bedeckt wie ein bitterer, öliger Schleim meine Zunge.

Dummkopf. Idiot. Dura. Debilka. Ich schimpfe mich in zwei Sprachen aus und kann trotzdem nicht genügend Worte finden, um meine eigene Dummheit ausreichend zum Ausdruck zu bringen. Wie hatte ich Lucas auch nur eine Sekunde lang vertrauen können? Ich weiß, was er von mir will, aber trotzdem habe ich dieser dummen Sehnsucht nachgegeben, diesen Fantasien, die ich ausradiert haben sollte, als mir klar wurde, dass ich sie habe.

Der Mann, von dem ich im Gefängnis geträumt habe, ist nichts weiter als ein Traumgebilde gewesen.

Die Verhörmethode, die er bei mir angewandt hat, ist mehr als einfach. Erster Schritt: Nähere dich deinem Feind an und finde heraus, wie er tickt. Zweiter Schritt: Höre ihm verständnisvoll zu und gib vor, dass es dich wirklich interessiert. Das ist der älteste Trick aller Zeiten und ich bin auf ihn hereingefallen.

Ich brauchte so dringend menschliche Wärme, dass ich einen Feind in meine Seele blicken ließ.

»Yulia!« Ich kann hören, dass Lucas mir hinterher läuft, aber ich bin bereits am Badezimmer angelangt. Schnell gehe ich hinein und schließe die Tür mit dem Schlüssel ab, bevor ich mich dagegen lehne und hoffe, ihn wenigstens einige Sekunden aufhalten zu können, bevor er sie aufbricht.

»Yulia!« Er schlägt mit der Faust gegen die Tür und ich kann spüren wie sie erzittert, genauso wie mein Körper. Mir ist wieder kalt, das eisige Gefühl des Albtraums kommt zurück. Warum habe ich Lucas von Kirill erzählt? Ich habe dieses Geheimnis außer dem Therapeuten der Organisation niemandem anvertraut. Obenko wusste natürlich Bescheid — er war derjenige, der den Mord an Kirill in Auftrag gegeben hat — aber ich habe niemals mit ihm darüber gesprochen.

Außerhalb meiner Therapiestunden, habe ich bis jetzt nur mit Lucas darüber geredet.

»Yulia, mach diese Tür auf.« Er hört auf dagegen zu schlagen und seine Stimme wird wieder ruhig und besänftigend. »Komm heraus und wir reden.«

Reden? Ich will lachen, aber ich habe Angst, dass stattdessen ein Schluchzen ertönt. Als ich frisch rekrutiert worden war, hatte der Therapeut die Befürchtung, dass ich nicht abgebrüht genug für diesen Job sein könnte, dass die Tatsache, dass ich meine Familie so früh verloren habe, mich empfänglich für emotionale Manipulation machen könnte. Es ist eine Schwäche, an der ich hart gearbeitet habe, aber offensichtlich nicht hart genug.

Eine zärtliche Berührung, ein Ausdruck von Ärger zu meiner Verteidigung und schon habe ich mich in Lucas Kents Händen in Wachs verwandelt.

»Yulia, in diesem Raum gibt es nichts, was dir hilft. Komm raus, Süße. Ich werde dir nichts tun, ich verspreche es.«

Süße? Wut entfacht sich in mir und drängt die eisige Kälte zurück. Für wie dumm hält er mich eigentlich?

Ich trete von der Tür zurück, drehe mich um und schließe auf. Lucas hat recht: dieses Badezimmer hilft mir nicht, es verstärkt lediglich meine Selbstvorwürfe und meine Bitterkeit. Ich kann nicht ändern, was passiert ist. Ich kann die Tatsache nicht ändern, dass ich einem Mann vertraut habe, der nichts weiter als Rache will.

Was ich tun kann, ist, den Spieß umzudrehen.

Als sich die Tür öffnet, schaue ich zu Lucas hoch und lasse die Tränen, die sich in meinen Augen gesammelt haben, endlich laufen.

SECHSTES KAPITEL

❖ LUCAS ❖

Sie sieht so wunderschön und verletzlich aus, als sie im Türrahmen steht, dass sich mein Herz in meiner Brust zusammenzieht. In ihren Augen glitzern Tränen und als ich mich nach ihr ausstrecke, umarmt sie in einer abwehrenden Geste ihren nackten Oberkörper.

»Nein, komm her, Süße.« Ich nehme vorsichtig ihre Arme herunter und ziehe sie an mich, allerdings nicht ohne einen schnellen Blick auf ihre Hände zu werfen, um sicherzugehen, dass sie dort keine Waffe versteckt. Egal, wie zerbrechlich Yulia zu sein scheint, ich darf nicht vergessen, dass sie eine ausgebildete Spionin ist, die bereits versucht hat, mich umzubringen.

Zu meiner Erleichterung ist sie unbewaffnet, also schließe ich sie in meine Arme und drücke sie gegen meine Brust. »Es tut mir leid«, flüstere ich und streichele ihr über die Haare. »Es tut mir so leid.«

Durch das Gefühl ihrer nackten Haut an meiner, wächst meine Erregung erneut und ich muss mich konzentrieren, um den Druck ihrer Nippel gegen meine Brust zu ignorieren. Ich will nicht von Lust abgelenkt werden, nicht nachdem, was ich gerade erfahren habe.

Ich weiß, dass ich nicht rational handele. Es sollte mir egal sein, dass sie vergewaltigt wurde. Einige der abscheulichsten Individuen die ich kenne hatten eine schwierige Vergangenheit und ich habe niemals dazu tendiert, Rücksicht darauf zu nehmen. Wenn sie Scheiße bauen, müssen sie dafür zahlen. Niemand bekommt bei mir einen Freifahrschein, aber trotzdem habe ich genau das mit ihr vor.

Meine hundertachtzig Grad Wendung ist so abrupt, dass ich über mich selbst lachen möchte. Sie ist erst weniger als achtundvierzig Stunden hier und meine eigentlichen Pläne mit ihr haben sich bereits in Luft aufgelöst. Ich nehme an, dass ich das erwartet haben sollte, da ich mir Yulia die ganzen letzten zwei Monate nicht aus dem Kopf schlagen konnte, aber mein krankhaftes Bedürfnis und diese lästigen Gefühle, die mit ihm kommen, überfordern mich immer noch.

Sie hat Dutzende unserer Männer getötet und auch mich fast umgebracht.

Dieser Gedanke, der mich immer wütend gemacht hat, löst jetzt eher Echos meines früheren Zorns aus. Sie hat ihren Job erledigt, den Auftrag ausgeführt, den sie erhalten hatte. Ich wusste schon immer, dass es nichts Persönliches war, aber das hatte bis jetzt keinen Unterschied gemacht. Auge um Auge, Zahn um Zahn — genauso haben Esguerra und ich es immer gehandhabt. Du legst dich mit uns an, du wirst dafür bezahlen.

Aber ich möchte Yulia nicht länger bezahlen lassen. Sie hat genug durchgemacht, zuerst im russischen Gefängnis und dann bei mir. Statt auf sie, konzentriere ich meine Rache auf diejenigen, die eigentlich für das Ganze verantwortlich sind.

»Lass uns zurück ins Bett gehen«, sage ich und trete einen Schritt zurück, um Yulia anschauen zu können. Sie hat aufgehört zu zittern, auch wenn ihr Gesicht immer noch tränennass ist. »Es ist noch früh.«

Sie schüttelt kurz ihren Kopf. »Nein, ich kann nicht schlafen. Es tut mir leid, aber ich kann nicht.«

»In Ordnung.« Die Sonne geht bereits auf, also nehme ich an, dass es nicht mehr zu früh zum Aufstehen ist. »Möchtest du etwas essen?«

Sie befreit sich aus meinem Griff und geht einen Schritt zurück. »Noch ein Sandwich?« Ihre Stimme zittert leicht, aber ich kann auch eine leichte Belustigung heraushören.

»Ich habe eine Suppe«, erwidere ich und versuche, meine Augen von ihrem schlanken, nackten Körper abzuwenden.

Sie blinzelt. »Was für eine Suppe?«

»Ich weiß es nicht. Ich habe vergessen, in den Topf zu schauen, bevor ich sie in den Kühlschrank gestellt habe. Sie kommt aus Esguerras Haus. Sein Dienstmädchen hat sie mir letzte Nacht gegeben.«

Ein leichtes Lächeln erscheint auf Yulias Lippen. »Wirklich? Du bekommst seine Essensreste?«

»Nein.« Ich muss über ihren nicht besonders subtilen Seitenhieb lachen. »Ich würde mich allerdings freuen, wenn es so wäre. Esguerras Haushälterin ist eine umwerfende Köchin, während ich scheiße koche.«

Yulia hebt ihre zart geschwungenen Augenbrauen an. »Ernsthaft? Ich kann kochen.«

»Ach?« Mir fällt auf, dass ich unseren unerwarteten Schlagabtausch genieße. »Haben sie dir das in der Schule für Spione beigebracht?«

»Nein, als ich nach Moskau gegangen bin, habe ich mir einige einfache Rezepte beigebracht. Ich habe von einem Studentenstipendium gelebt, also hatte ich nicht viel Geld, um auswärts zu essen. Im Laufe der Zeit habe ich gemerkt, dass ich gerne koche, also habe ich angefangen, schwierigere Rezepte auszuprobieren.«

Diese Erinnerung an ihren beschissenen Job lässt meine gute Laune schwinden. »Hast du kein Gehalt bekommen?«

»Was?« Sie sieht überrascht aus. »Doch, natürlich habe ich das. Es wurde auf mein Bankkonto in der Ukraine überwiesen. Ich hätte das Geld ja gar nicht benutzen können - ich musste wie ein Student leben, sonst wäre ich bei den Kontrollen des Kremls über meinen Hintergrund aufgeflogen.«

Natürlich. Die perfekte falsche Identität.

»Stimmt«, sage ich und zwinge mich zu einem leichten Ton. »Jetzt probieren wir erst mal die Suppe. Vielleicht kannst du mich ja später von deinen Kochkünsten überzeugen.«

* * *

Die Suppe mit Pilzen, Reis, Bohnen und Lammstückchen, die ich von Rosa bekommen habe, ist köstlich. Während des Essens betrachte ich Yulia und frage mich, was zum Teufel ich jetzt mit ihr machen soll? Sie für immer nackt und gefesselt in meinem Haus leben lassen?

Entsetzt bemerke ich, dass diese Idee eine gewisse dunkle Anziehung auf mich ausübt. Zum ersten Mal verstehe ich, warum Esguerra seine Frau, Nora, die ersten fünfzehn Monate ihrer Beziehung auf der privaten Insel gelassen hat. Sicherer und abgelegener geht es nicht — es ist der perfekte Ort für eine Frau, die vielleicht nicht unbedingt bei einem sein möchte.

Wenn ich eine Insel hätte, würde ich Yulia auch dorthin bringen und sie würde nichts weiter tragen, als ihr langes blondes Haar.

Yulias Löffel schlägt gegen ihre Schüssel aus Porzellan — für Suppen habe ich keine Papierteller — und ich spanne mich an, während mein Blick umgehend zu ihrer Hand wandert. Sie isst aber nur und scheint sich auf ihre Mahlzeit zu konzentrieren.

Trotz des ruhigen Eindrucks den sie vermittelt, entspanne ich mich nicht. Sie wird etwas versuchen, dessen bin ich mir sicher. Ich habe mich zwar dagegen entschieden, sie für das, was sie getan hat, bezahlen zu lassen, aber das bedeutet nicht, dass ich Yulia vertraue oder erwarte, dass sie mir vertraut. Selbst wenn ich ihr sagen würde, dass ich nicht länger vorhabe, sie zu bestrafen, würde sie mir nicht glauben. Wenn sie eine Möglichkeit finden könnte, würde sie umgehend fliehen, und die Tatsache, dass sie gerade so zahm ist, beunruhigt mich. Es ist gut, dass ich vorsichtshalber meine Waffen aus dem Haus entfernt und in meinen Kofferraum gelegt habe; es wäre ein zu hohes Risiko, Waffen in der Nähe zu haben wenn sie nicht gefesselt ist.

Nackt und nicht gefesselt.

Ich versuche, mich durch den Anblick ihrer Nippel, die durch ihren Haarschleier hervorstehen, nicht ablenken zu lassen, aber das ist unmöglich. Mein Schwanz unter dem Tisch fühlt sich an, als sei er aus Stein. Ich habe mir die Zeit genommen, mir ein Paar abgeschnittene Jeans und ein T-Shirt anzuziehen, bevor ich Yulia in die Küche geführt habe, aber ich habe ihr keine Bekleidung gegeben. Langsam glaube ich, dass es keine gute Idee ist, sie ständig nackt herumlaufen zu lassen.

Als würde sie meine Gedanken spüren, streicht sich Yulia ihr Haar hinter ihr Ohr, so dass es sich bewegt und ihre Brüste größtenteils bedeckt. Ich seufze erleichtert und esse weiter, da meine Erregung langsam nachlässt.

»Du hast mir nie erzählt, was damals mit dem Flugzeug passiert ist«, sagt sie auf einmal, und ich bemerke, dass ihre blauen Augen auf mein Gesicht gerichtet sind und mich betrachten. Wieder einmal werde ich daran erinnert, dass ich es mit einem fähigen Profi zu tun habe. Sie mag nach ihrem Albtraum zerbrechlich ausgesehen haben, aber das bedeutet nicht, dass sie nicht eine große Kraftreserve hat.

Die muss sie haben, sonst hätte sie nach der brutalen Vergewaltigung ihren Job nicht ausüben können.

»Du meinst, nachdem sie die Rakete auf uns abgefeuert haben?« Ich schiebe meine Schüssel zur Seite. Die Tatsache, dass sie so ruhig über den Flugzeugabsturz reden kann, lässt einen Teil meiner Wut aufflammen und ich muss mich anstrengen, ihr mit ruhiger Stimme zu antworten.

Yulias Hand, die den Löffel hält, spannt sich an, aber sie weicht nicht zurück. »Ja. Wie hast du überlebt?«

Ich atme tief durch. So sehr ich es auch hasse, darüber zu reden, will ich trotzdem, dass sie weiß, was passiert ist. »Unser Flugzeug hatte ein Raketenabwehrsystem, deshalb ist es nicht direkt getroffen worden«, sage ich. »Die Rakete ist neben unserem Flugzeug explodiert, aber der Explosionsradius war so groß, dass unsere Motoren beschädigt wurden, was einen Brand im Heck ausgelöst hat«. Zumindest ist das die Theorie unserer Ingenieure, nachdem sie die Überreste unseres Flugzeugs untersucht haben. »Wir sind abgestürzt, aber ich habe es geschafft, die Maschine in eine Ansammlung dünner Bäume und Büsche zu lenken. Das hat unseren Aufprall etwas abgedämpft.« Ich mache eine Pause und versuche, meinen Zorn unter Kontrolle zu halten. Trotzdem ist meine Stimme hart, als ich hinzufüge: »Die meisten Männer im Heck haben nicht überlebt, und die drei, die nicht getötet wurden, sind immer noch mit Verbrennungen dritten Grades im Krankenhaus.«

Ihr Gesicht erblasst, während ich rede. »Also befand sich dein Chef bei dir im Bug?«, fragt sie und legt ihren Löffel ab. »Deshalb habt ihr beide überlebt?«

»Ja.« Ich hole erneut tief Luft, um gegen die Erinnerungen anzukämpfen. »Esguerra kam kurz bevor es passierte in die Pilotenkabine, um etwas mit mir zu besprechen.«

Yulia legt angespannt ihre Stirn in Falten. »Lucas, ich —« , beginnt sie zu sagen, aber ich hebe meine Hand.

»Nicht.« Meine Stimme ist so scharf wie eine Rasierklinge. Wenn sie mich jetzt anlügt, kann ich mich vielleicht nicht mehr kontrollieren.

Sie erstarrt, schaut auf den Tisch und verstummt augenblicklich. Ich kann ihre Angst spüren und zwinge mich dazu, noch einmal durchzuatmen und meine Hände zu entspannen — die ich unbewusst unter dem Tisch zu Fäusten geballt hatte.

Als ich mir sicher bin, nicht auszurasten, fahre ich fort. »Ja, wir waren beide vorne und haben überlebt«, sage ich ruhiger. »Allerdings wurde Esguerra danach beinahe umgebracht. Al-Quadar hat herausgefunden, dass er nicht weit von ihrem Versteck entfernt in einem Krankenhaus in Tashkent lag und kam, um ihn in ihre Gewalt zu bekommen.«

Yulia hebt ruckartig ihren Kopf und ihre Augen sind weit aufgerissen. »Die Terroristen haben deinen Chef gefangen genommen?«

»Nur einige Tage lang. Wir haben ihn befreien können, bevor sie ihm zu viel Schaden zugefügt haben.« Ich gehe nicht weiter auf die Einzelheiten der Rettungsaktion ein, auch nicht darauf, dass Esguerras Frau ihr Leben riskiert hat, um seines zu retten. »Sein Auge war der größte Verlust.«

»Er hat ein Auge verloren?« Sie sieht schockiert aus und ihre Reaktion weckt die alte Eifersucht tief in mir.

»Ja.« Meine Stimme ist hart. »Aber mache dir keine Gedanken — er hat ein Implantat und ist genauso gut aussehend wie immer.«

Sie schweigt erneut und schaut auf ihre Schüssel, die immer noch halbvoll ist. In einem mürrischen Ton sage ich zu ihr: »Iss. Deine Suppe wird kalt.«

Yulia gehorcht und nimmt ihren Löffel in die Hand. Nachdem sie ein wenig gegessen hat, schaut sie mich allerdings wieder an.

»Er muss mich sehr hassen«, sagt sie leise. »Dein Chef, meine ich.«

Ich zucke mit den Schultern. »Nicht so sehr wie er die Al-Quadar hasst. Oder besser gesagt, *gehasst hat.*«

Sie blinzelt. »Es gibt sie nicht mehr?«

»Er hat sie ausgelöscht«, antworte ich und beobachte ihre Reaktion. »Also ja, es gibt sie nicht mehr.«

Sie zuckt leicht zusammen, so leicht, dass es mir nicht aufgefallen wäre, wenn ich sie nicht gerade eindringlich beobachtet hätte. »Die ganze Organisation? Alle ihre Zellen?« Sie hört sich ungläubig an. »Wie ist das möglich? Haben nicht alle Regierungen sie jahrelang verfolgt?«

»Das haben sie, aber Regierungen sind immer ... die Hände gebunden.« Ich lächele grimmig. »Wenn man versucht, sich besser zu verhalten als diejenigen, die man verfolgt, ist es schwierig das zu tun, was man tun muss. Ihre Hände sind durch Gesetze und Budgets, öffentliche Meinung und Demokratie gebunden. Die Wähler wollen in den Nachrichten keine Meldungen über Kinder sehen, die während eines Drohnenangriffs getötet oder Familien, die während Befragungen gefoltert wurden. Ein kleines bisschen Waterboarding und schon sind alle empört. Sie sind zu weich für diesen Kampf.«

»Aber du und Esguerra nicht.« Yulia legt ihren Löffel aus ihrer zittrigen Hand. »Ihr seid bereit das zu tun, was getan werden muss.«

»Ja, das sind wir.« Ich kann die Verurteilung in ihren Augen sehen und sie amüsiert mich. Meine Spionin ist bei gewissen Sachen noch sehr unschuldig. »Das Versteck der Al-Quadar in Tadschikistan war eine der letzten großen verbliebenen Zellen und danach mussten wir nur noch die wenigen finden, die auf der ganzen Welt übrig geblieben waren. Da wir alle unsere Ressourcen auf diese Aufgabe verwendet haben, war es nicht besonders schwierig.«

Sie starrt mich an. »Ich verstehe.«

»Iss deine Suppe auf«, erinnere ich sie, als ich sehe, dass sie schon wieder nicht isst.

Yulia greift zu ihrem Löffel und ich stehe auf, um mir nachzunehmen. Als ich zum Tisch zurückkomme hat sie ihre Portion fast aufgegessen.

»Möchtest du noch etwas?«, frage ich und sie schüttelt ihren Kopf, wobei sie einen Blick auf ihre Nippel freigibt.

»Ich bin satt, danke.«

»Okay.« Ich zwinge mich dazu, zu essen, anstatt auf Yulias Brüste zu starren. Als ich wieder aufschaue, hat sie ihre Knie angezogen und ihre Arme fest um sie gelegt. Ich frage mich, ob sie die Lust auf meinem Gesicht gesehen hat und Erinnerungen an ihren Albtraum hochkamen.

Der Gedanke an das, was passiert ist, als sie fünfzehn war, lässt erneut Wut in mir aufsteigen. Ich will Kirills Leiche ausgraben und sie in Stücke reißen. Ich weiß, dass es mehr als ironisch ist, dass ich wegen einer Vergewaltigung wütend bin, während ich Dinge getan habe, die die meisten Menschen tausendmal schlimmer finden würden, aber ich kann in dieser Angelegenheit nicht rational handeln.

Ich kann bei ihr nicht rational handeln.

»Also, Lucas, wieso hast du dich dazu entschieden, hier zu arbeiten?«, will Yulia wissen und reißt mich damit aus meinen Gedanken. Ich weiß, dass sie versucht, mehr über mich zu erfahren, mich besser kennenzulernen, damit sie mich manipulieren kann. Ich kann ihrer Frage ausweichen, aber sie war vorhin offen zu mir, also nehme ich an, dass ich ihr einige Antworten schuldig bin.

Ein wenig Ehrlichkeit wird keinen Schaden anrichten.

»Esguerra bezahlt gut und er behandelt seine Leute fair«, sage ich und lehne mich in meinem Stuhl zurück. »Was will ich mehr?«

»Fair?« Yulia legt ihre Stirn in Falten. »Das ist nicht gerade der Ruf, der deinem Chef vorauseilt. Die meisten würden ihn wahrscheinlich eher als „gnadenlos“ beschreiben, denke ich.«

Ich lache, da mich das, was sie gesagt hat, aus irgendeinem Grund amüsiert. »Ja, er ist ein gnadenloser Bastard, das stimmt. Trotzdem hält er in der Regel sein Wort, was ihn für mich zu einem fairen Menschen macht.«

»Deshalb bist du ihm gegenüber loyal? Weil er sein Wort hält?«

»Deshalb und aus anderen Gründen.« Ich mag außerdem Esguerras Loyalität zu seinen Angestellten. Er hat sich nach dem Tod seiner Eltern um die Menschen auf diesem Anwesen gekümmert und das bewundere ich. Aber alles, was ich sage, ist: »Ein siebenstelliges Gehalt ist mit Sicherheit auch ein guter Grund.«

Yulia betrachtet mich und ich frage mich, was sie sieht. Einen unmoralischen Söldner? Ein Monster? Einen Mann, der genauso ist wie Kirill? Irgendwie beunruhigt mich der letzte Gedanke. Ich mag nicht viel besser sein, aber ich will nicht, dass sie mich so sieht.

Ich möchte nicht in ihren Albträumen auftauchen.

»Wann hast du Esguerra getroffen?«, fragt sie, immer noch in ihrem Informationssammelmodus. »Wie kam es, dass du angefangen hast, für ihn zu arbeiten?«

»Haben sie dir das nicht erzählt?« Ich nehme an, dass sie ausführliche Informationen über meinen Chef erhalten hat, da er ihr ursprünglicher Auftrag war. Und wahrscheinlich über mich, weil ich ihn begleitet habe.

»Nein«, antwortet Yulia. »Das stand in keiner der Akten über dich.«

Also hat sie sich über uns informiert. »Was stand in meiner Akte?«, frage ich neugierig.

»Nur grundlegende Dinge. Dein Alter, wo du zur Schule gegangen bist, solche Sachen.« Sie macht eine Pause. »Deine Entlassung aus der Navy.«

Natürlich. Ich sollte nicht überrascht sein, dass sie das weiß. »Sonst noch etwas?«

»Nicht wirklich.« Yulia macht erneut eine Pause und sagt dann ruhig: »Es wurde nicht einmal erwähnt, ob du verheiratet oder anderweitig vergeben bist.«

Ein warmes Gefühl steigt in meiner Brust auf. Ich schiebe die leere Schüssel zur Seite und beuge mich nach vorne, um mich auf meinen Unterarmen abzustützen. »Das bin ich nicht«, beantworte ich ihre nicht gestellte Frage. »Und ich bin auch seit dem Mal mit dir in Moskau mit niemandem zusammen gewesen.«

Yulia wirft mir einen unleserlichen Blick zu. »Bist du nicht?«

»Nein.« Ich gebe mir nicht die Mühe, ihr zu erklären, dass ich zu besessen mit ihr war, um an andere Frauen zu denken.

Ich stehe auf, trage die beiden Schüsseln zur Spüle und drehe mich danach zu ihr um. »Komm, meine Schöne. Frühstück ist beendet.«

SIEBENTES KAPITEL

❖ YULIA ❖

Als Lucas mich ins Wohnzimmer führt, denke ich über das nach, was ich gerade erfahren habe. Was Lucas mir über die Al-Quadar erzählt hat, passt haargenau zu den Informationen in Esguerras Akte. Lucas' Chef ist gnadenlos im Umgang mit seinen Feinden, und ich bin einer von ihnen.

Eigentlich sollte ich schon lange auf grausame Weise getötet worden sein, aber trotzdem bin ich am Leben, esse regelmäßig und bin unverletzt. Jetzt, da ich wieder klarer denken kann, wird mir klar, dass Lucas' Entschluss, mich emotional zu manipulieren anstatt mich körperlich zu foltern, ein unbeschreibliches Glück für mich ist. Meine Gefühle mögen verletzt sein, aber mein Körper ist unversehrt, von kleineren Abschürfungen abgesehen. Ich habe keinen Zweifel daran, dass er mit mir spielt, aber es ist möglich, dass zumindest ein kleiner Teil seines Spiels real ist.

Es ist möglich, dass sein Verlangen nach mir momentan stärker ist als sein Hass auf mich.

Ich habe diese Theorie getestet, als ich aus dem Badezimmer gekommen bin, zuerst indem ich mich verletzlich gezeigt habe, und dann dadurch, dass ich freundlich war. Als mein Entführer gut darauf zu reagieren schien, habe ich den Flugzeugabsturz angesprochen, ein Thema, das ihn davor immer provoziert hat. Die Tatsache, dass er mich nicht angegriffen hat — dass er sich wirklich mit mir unterhalten und mir etwas über seine Vergangenheit erzählt hat — ist mehr als ermutigend.

Es bedeutet, dass das Mitgefühl, das er mir vorhin entgegengebracht hat, echt sein könnte.

Voller Hoffnung werfe ich einen Blick auf Lucas, der neben mir geht. Er hat eine neue Rolle Seil in der Hand und als wir vor dem Stuhl stehen bleiben, an dem er mich sonst immer festbindet, gebe ich mir Mühe, einen verletzlichen Gesichtsausdruck aufzusetzen.

»Muss ich wirklich nackt sein?«, frage ich und in meinen Augen glitzern Tränen. Es ist leicht, sie aufsteigen zu lassen; meine Gefühle wechseln immer noch von verletzt sein, über Wut bis zu der unterschwelligen Sehnsucht nach Geborgenheit. »Es ist kalt, wenn die Klimaanlage angeht.«

Er zögert und ich blicke ihn verzweifelt bittend an. Das ist auch nur teilweise gespielt. Es ist eine kleine Sache, Bekleidung, aber ich würde mich menschlicher fühlen, wenn ich angezogen wäre. Was viel wichtiger ist, ist, dass meine Strategie, mit seinen Gefühlen zu spielen, funktioniert, wenn er mir meine Bitte erfüllt.

»In Ordnung«, meint er und gibt damit nach, genauso wie ich es gehofft hatte. »Komm mit.« Er lässt das Seil auf dem Stuhl liegen, ergreift meinen Arm und bringt mich ins Schlafzimmer.

»Hier«, sagt er und reicht mir ein T-Shirt. »Zieh das an.«

Ich versuche meine überschwängliche Erleichterung zu verbergen, als ich das Kleidungsstück entgegennehme und es über meinen Kopf ziehe — nicht ohne die Hitze in Lucas Augen zu bemerken, der mich währenddessen betrachtet. Es ist ein Herrenshirt — sein Shirt — und es ist so lang, dass es mich bis zur Mitte meiner Oberschenkel bedeckt.

»Alles klar, gehen wir«, sagt er, als ich angezogen bin, und führt mich zurück zu dem Stuhl. Während er mich fesselt schaue ich auf seine großen, sonnengebräunten Hände, die das Seil um meine Knöchel legen, und frage mich, ob er die gleiche elektrische Aufladung spürt wie ich. Es ist schlecht, dass ich ihn immer noch begehre, aber es könnte mir bei meiner Flucht helfen.

Es könnte dabei helfen, diesen neuen, freundschaftlicheren Umgang zwischen uns zu verstärken.

Als er mich zu Ende gefesselt hat, steht Lucas auf und sagt: »Ich muss einige Dinge erledigen. Ich werde in ein paar Stunden zurück sein.«

»Alles klar, in Ordnung«, sage ich mit einem Pokerface.

Lucas geht, nachdem er mich länger als nötig angeblickt hat, und ich lasse dem erleichterten Lächeln, das sich auf meinem Gesicht ausbreitet, freien Lauf.

* * *

Nach einer Weile nimmt mein überschwängliches Gefühl ab und wird von einer Kombination aus Langeweile und Unbequemlichkeit abgelöst. Der Stuhl ist hart und das Seil schneidet jedes Mal in meine Haut, wenn ich versuche meine Stellung zu wechseln. Die Minuten beginnen, sich in die Länge zu ziehen; sie vergehen langsam und ereignislos. Ich schaue weiterhin auf das Fenster und warte darauf, dass das mysteriöse Mädchen zurückkehrt, aber das tut sie nicht. Ich sehe lediglich ab und an eine Eidechse, die zufällig über das Fenster läuft.

Seufzend schaue ich nach unten und denke über die andere Kleinigkeit nach, die mir Hoffnung gegeben hatte. Wenn Lucas nicht gelogen hat, war meine dunkelhaarige Besucherin nicht seine Freundin.

Er hat keine Freundin.

Dieses Wissen ist wie Balsam für meine aufgewühlten Gefühle. Ich weiß nicht, warum es mich interessiert, ob Lucas Single ist, verheiratet oder jede Nacht eine andere hat, aber die Tatsache, dass er dieses Mädchen nicht mit mir betrügt, nimmt mir mein schlechtes Gefühl wegen der letzten Nacht. Er hat keiner anderen Frau wehgetan. Was auch immer zwischen mir und Lucas abläuft, ist nur zwischen uns. Niemand anderem wird wehgetan werden.

Natürlich muss ich auch die Möglichkeit zulassen, dass er gelogen hat, dass das alles Teil seiner Verhörmethode ist, aber ich denke, dass ich ihm in diesem Fall glauben kann. In diesem Haus gibt es kein Anzeichen für die Anwesenheit einer Frau: keine Dekoration oder Bilderrahmen, kein Fön oder andere Produkte für Frauen im Badezimmer.

Dieser Ort ist durch und durch das Haus eines Junggesellen, bis hin zum leeren Kühlschrank, und wäre ich gestern nicht so verängstigt und erschöpft gewesen, hätte ich diese offensichtliche Tatsache bemerkt.

Gähnend schaue ich erneut zum Fenster. Eine weitere Eidechse läuft vorbei. Ich beobachte sie und frage mich, wie es dort draußen wohl ist, im Dschungel hinter diesen Wänden. Alles in mir sehnt sich danach, die warme Sonne auf meiner Haut zu spüren und das Gezwitscher der Vögel zu hören. Der kleine Einblick, den ich gestern bekommen habe, hat mir nicht gereicht.

Ich möchte draußen sein.

Ich möchte frei sein.

Bald, verspreche ich mir und bewege mich ein wenig auf dem Stuhl. Jetzt verstehe ich, was für ein Spiel Lucas spielt und werde mitspielen. Ich werde sein Sexspielzeug sein, so lange er mich begehrt und ich werde schwach und offen wirken. Ich werde ihm alles erzählen, außer der Information, die er bekommen möchte, und ich werde ihn denken lassen, dass er Geheimnisse herausbekommt, dass seine sanfte Verhörmethode funktioniert. Auf diese Weise wird er erst mal nicht auf gröbere Methoden zurückgreifen und ich werde diese Zeit nutzen, um einen richtigen Fluchtplan auszuarbeiten, etwas Erfolgversprechenderes als einen verzweifelten Angriff mit einer zerbrochenen Zahnbürste.

Ich werde auch daran arbeiten, eine sehr persönliche Beziehung zu Lucas aufzubauen.

Lima Syndrom. So nennen sie das psychologische Phänomen, wenn der Geiselnehmer so viel für sein Opfer empfindet, dass er es irgendwann freilässt. Ich habe das während meines Trainings studiert, da die hohe Wahrscheinlichkeit bestand, dass ich eines Tages entführt werden könnte. Das Lima Syndrom ist nicht so verbreitet wie sein Gegenteil, das Stockholm Syndrom, wenn die Gefangenen sich in ihren Entführer verlieben, aber es kommt vor. Ich bin nicht so dumm zu denken, dass ich Lucas dazu bekommen kann, mich freizulassen, aber es ist möglich, dass er weniger wachsam wird und kleine Dinge tut, die meine Flucht vereinfachen.

Wie zum Beispiel mir zu erlauben, dass ich bekleidet bin.

Ich muss erneut gähnen, während ich eine weitere Eidechse dabei beobachte, wie sie über das Fenster eilt und ich stelle mir vor, dass ich klein und grün bin. Klein genug, um aus meinen Fesseln zu kriechen und mich durch die Belüftung zu quetschen. Wenn ich das tun könnte, wäre ich die beste Spionin der Welt.

Das ist ein dummer Gedanke, aber er beruhigt mich, lenkt mich davon ab, was mich erwartet, wenn mein Plan fehlschlägt. Meine Augenlider werden schwer und ich kämpfe nicht dagegen an. Als ich einschlafe, träume ich von der kleinen grünen Eidechse und meinem kleinen Bruder, der ihr gerade lachend durch den Dschungel nachjagt.

Es ist mein fröhlichster Traum seit Jahren.

* * *

»Yulia.«

Ich wache sofort auf und mein Herz rast, als ich aufschaue.

Lucas ist zurück und er ist nicht alleine. Neben meinem Entführer steht ein kleiner, glatzköpfiger Mann, dessen Augen mich mit unverhohlener Neugier betrachten. Seine Bekleidung ist normal, aber in seiner Hand hält er eine Arzttasche.

Mir wird schlecht. Ich lag falsch damit, dass Lucas warten würde, bevor er gröbere Methoden anwendet.

Bevor ich völlig in Panik verfalle, lächelt mich der kleine Mann an. »Hallo«, sagt er. »Ich bin Dr. Goldberg. Falls Sie nichts dagegen haben, würde ich sie gerne untersuchen.«

Mich untersuchen?

»Um sicher zu gehen, dass sie nicht verletzt sind«, erklärt mir der Arzt, der mir offensichtlich meine Verwirrung vom Gesicht ablesen kann. »Natürlich nur, falls Sie nichts dagegen haben.«

Okay. Ich atme tief durch und meine Angst verschwindet langsam. »Natürlich nicht. Fangen Sie an.« Ich bin an einen Stuhl gefesselt und trage nichts weiter als Lucas' T-Shirt, und dieser Mann fragt mich, ob ich etwas gegen eine ärztliche Untersuchung einzuwenden habe? Was würde er tun, wenn ich sagen würde, dass ich das nicht möchte? Sich für die Störung entschuldigen und gehen?

Der Arzt, der den Sarkasmus in meiner Stimme offensichtlich ignoriert, dreht sich zu Lucas um und sagt: »Wäre es möglich, die Fesseln der Patientin zu lösen?«

Lucas legt seine Stirn in Falten, kniet sich vor mir hin und beginnt, das Seil an meinen Knöcheln zu entfernen. Er blickt auf den Arzt und meint kurz angebunden: »Ich werde hierbleiben. Sie ist sehr kreativ mit Haushaltswaren.«

»Aber —«

Nach einem unnachgiebigen Blick von Lucas verstummt der Arzt. Lucas nimmt mir die Fesseln an den Fußgelenken ab, bevor er meine Hände befreit. Ich bewege verstohlen meine Füße, um die Blutzirkulation wiederherzustellen, und denke sehnsüchtig an das Badezimmer.

Ich weiß nicht, wie lange ich an den Stuhl gefesselt war, aber meine Blase ist überzeugt davon, dass es eine Ewigkeit gewesen sein muss.

»Ich muss aufs Klo«, erkläre ich Lucas und denke mir dabei, dass ich nichts zu verlieren habe, wenn ich ihm die Wahrheit sage. »Wäre es in Ordnung, wenn ich vor der Untersuchung kurz ins Bad gehe?«

Lucas' Stirnrunzeln verstärkt sich, aber er nickt kurz. »Komm«, meint er als er das Seil abgenommen hat. Er ergreift meinen Arm mit dem gleichen rauen Griff wie bei meiner Ankunft hier und zieht mich hoch. Ich stolpere fast, als er mich den Flur entlangschleift und von der Zärtlichkeit des heutigen Morgens nicht mehr zu spüren ist.

Meine Angst kehrt zurück. Habe ich mich in ihm getäuscht oder ist etwas passiert? Hat die Untersuchung etwas damit zu tun?

Bevor ich länger über das beunruhigende Verhalten meines Entführers nachdenken kann, stößt er mich ins

Badezimmer und sagt grob: »Du hast eine Minute, keine Sekunde länger.«

Und damit schlägt er die Tür zu.

ACHTES KAPITEL

❖ LUCAS ❖

Nachdem ich Yulia ins Wohnzimmer zurückgebracht habe, muss sie so lange stehen bleiben, bis Goldberg ihren Puls gefühlt und sie mit einem Stethoskop abgehört hat. »Gut«, murmelt er leise und schreibt etwas in sein Notizbuch.

Er beugt sich hinunter, um sich einen großen Bluterguss auf ihrem Knie anzuschauen, und Yulia wirft mir einen verängstigten Blick zu. Ich kann sehen, dass sie Antworten möchte, aber ich kann ihr nichts erklären.

Ich möchte nicht, dass der Arzt mitbekommt, wie weich ich meiner Gefangenen gegenüber geworden bin.

Nach einer Minute beendet Goldberg die Untersuchung und lächelt Yulia an. »Nur ein paar Kratzer und blaue Flecken«, sagt er fröhlich. »Sie haben Untergewicht und sind ein wenig unterernährt, aber einige gute Mahlzeiten sollten das wieder beheben. Jetzt werde ich Ihnen Blut abnehmen, wenn es Ihnen nicht ausmacht. Bitte setzten Sie sich hin.«

Er zeigt auf das Sofa und Yulia schaut erneut kurz zu mir.

»Setz dich hin«, fahre ich sie an und strenge mich an, ihren besorgten Blick zu ignorieren.

Goldberg zieht ein Paar Latexhandschuhe und eine mit einer Viole verbundene Spritze hervor. »Das wird nicht schlimm werden«, verspricht er. Ich frage mich, ob er meine grobe Behandlung kompensieren möchte. Mit den Wächtern ist er normalerweise nicht so freundlich — auch wenn mit Sicherheit keiner davon Yulias zerbrechliche Schönheit aufweist.

Sie zuckt weder zusammen, noch gibt sie einen Laut von sich, als die Nadel in ihre Haut eindringt und ihr Gesichtsausdruck ist der stoischen Ertragens. Ich, auf der anderen Seite, muss gegen den Drang ankämpfen, Goldberg von ihr wegzuziehen.

Ich hasse es zu sehen, dass ihr jemand wehtut, selbst wenn es sich dabei um den Arzt handelt, den ich selbst hierhergebracht habe.

»Fertig«, sagt Goldberg, zieht die Nadel heraus und drückt eine kleine sterile Wundauflage auf den Einstich. »Ich werde es in meinem Labor analysieren.

Jetzt noch ein letzter Punkt...« Er schaut mich auffordernd an und ich antworte mit einem kurzen Kopfschütteln.

Ich werde ihn nicht mit Yulia alleine lassen; er wird die Untersuchung in meiner Gegenwart durchführen müssen.

Goldberg seufzt und wendet seine Aufmerksamkeit wieder ihr zu. »Ich muss eine gynäkologische Untersuchung vornehmen«, sagt er entschuldigend. »Um sicherzugehen, dass sie in Ordnung sind.«

»Was?« Yulias bekommt große Augen. »Warum?«

»Mach es einfach.« Meine Stimme ist so hart wie es mir möglich ist. Ich werde jetzt nicht erklären, dass ich befürchte, ihr letzte Nacht wehgetan zu haben, weil ich so hart war. Sie war mehr als feucht, aber das bedeutet nicht, dass ich sie nicht überdehnt oder ihr innere Verletzungen zugefügt habe.

Sie hat ein rotes Gesicht, als sie sich auf das Sofa legt und Goldbergs Anweisungen folgt. Als der Arzt ihr T-Shirt hochzieht und ein Spekulum hervorzieht, zwinge ich mich dazu einfach still dazustehen, anstatt den Mann in Stücke zu reißen, der sie berührt. Goldberg ist schwul, aber zu sehen, wie er sie berührt, erweckt trotzdem etwas Unkontrollierbares in mir — etwas, das mich dazu bringt jeden zu ermorden, der mein Eigentum berührt.

Die Untersuchung dauert weniger als eine Minute. Ich beobachte Yulia ganz genau, um sicherzugehen, dass sie den Arzt nicht angreift, aber sie liegt still da, hat ihre Knie angezogen und starrt an die Decke. Nur ihre Hände verraten ihre Anspannung; sie sind an ihren Seiten so stark zu Fäusten geballt, dass ihre Knöchel weiß sind.

Als Goldberg fertig ist, zieht er Yulia vorsichtig das T-Shirt runter und tritt zurück. »Das war's«, sagt er zu uns beiden. »Alles scheint in Ordnung zu sein. Die Spirale sitzt perfekt, also müssen Sie sich über nichts Gedanken machen.«

Spirale? Ich schaue den Arzt fragend an, aber er hat schon mit seiner Erklärung begonnen: »Ein in die Gebärmutter eingesetztes Verhütungsmittel. Empfängnisverhütung.«

»Ich verstehe.« Ich schaue Yulia abschätzend an. Wenn sie geschützt ist und der Arzt festgestellt hat, dass sie sauber ist, könnte ich sie ohne Kondom ficken.

Mein Schwanz zuckt plötzlich erregt.

Sie setzt sich auf dem Sofa hin, blickt geradeaus und ich sehe, dass ihre Wangen immer noch stark gerötet sind. Ich möchte sie umarmen und ihr versichern, dass alles in Ordnung ist, dass ich das nicht getan habe, um sie zu erniedrigen, aber jetzt ist nicht der richtige Zeitpunkt dafür.

Der Arzt denkt, dass sie eine Gefangene ist, die ich verachte, und genauso muss ich sie auch behandeln.

* * *

Nachdem ich Goldberg gedankt habe, begleite ich ihn nach draußen und kehre danach ins Wohnzimmer zurück, wo Yulia immer noch auf dem Sofa sitzt. Ihr Gesicht hat wieder seinen normalen Porzellanteint, aber ihre Augen funkeln hell. Sie ist wütend — das kann ich trotz ihres äußerlich ruhigen Gesichtsausdrucks spüren.

»Yulia.« Als ich mich ihr nähere, schaut sie weg und ihre Haare fallen wie ein goldener Wasserfall über ihren Rücken. »Yulia, komm her.«

Sie antwortet nicht, nicht einmal als ich nach ihr greife und sie nach oben ziehe, damit sie steht und mich anschaut. Aber sie blickt mich nicht an, ihre Augen sind auf etwas genau hinter meinem rechten Ohr gerichtet.

Gereizt ergreife ich ihr Kinn und drehe ihr Gesicht, so dass sie keine andere Wahl hat, als mich anzuschauen. »Ich musste sicherstellen, dass du in Ordnung bist«, sage ich grob. Es stört mich immer noch, dass ich diese Gefühle für sie habe, dass ich sie heilen und beschützen möchte, anstatt ihr wehzutun. Das ist eine Schwäche, eine Besessenheit von mir und ich kann die Wut nicht aus meiner Stimme verbannen, als ich ihr sage: »Du hättest innerliche Verletzungen haben können.«

Ihre Augen verengen sich. »Bullshit. Du wolltest nur sichergehen, dass du kein Kondom benutzen musst.«

Ihre Anschuldigung ist meinem Gedanken von eben so nah, dass ich mich kurz frage, ob ich ihn laut ausgesprochen habe.

Meine Überlegung muss sich auf meinem Gesicht widergespiegelt haben, denn Yulia lacht kurz und bitter auf. »Ja, genau.«

»Das ist nicht der Grund —« Ich beende den Satz nicht. Ich schulde ihr kleine Erklärungen. Falls ich sie untersuchen lassen würde, damit ich sie ohne Gummi ficken kann, dann hätte ich das Recht dazu. Auch wenn ich nicht länger vorhabe sie zu foltern, heißt das nicht, dass ich vergessen habe, was sie getan hat. Sie hat sich selbst in diese Lage gebracht und jetzt gehört sie mir.

Ich besitze sie, was auch immer geschieht.

»Ich bin sauber«, meine ich stattdessen. Ein besserer Mann würde sie nach dem, was sie mir erzählt hat, in Ruhe lassen, aber ich bin keiner dieser Männer. Ich will sie zu sehr, um auf sie verzichten zu können. »Nach dem Flugzeugabsturz hatte ich alle möglichen Bluttests und ich bin völlig gesund.«

Ihr Kiefer spannt sich an. »Glückwunsch.«

Der Sarkasmus in ihrer Stimme lässt mich mit den Zähnen knirschen und erregt mich gleichzeitig. Alles an diesem Mädchen ist ein Widerspruch, der mich verrückt macht. Folgsam, aber trotzig, zerbrechlich, aber stark. In einer Minute will ich sie brechen, will, dass sie zugibt, dass sie mich braucht, und in der nächsten Minute will ich sie in Watte packen und sicherstellen, dass ihr nie wieder etwas Böses zustößt.

Das Einzige, was ich nicht möchte, ist, sie gehen zu lassen.

»Lucas.« Sie hört sich angespannt an, als ich sie zu mir ziehe. »Warte, ich —«

Ich unterbreche sie, indem ich ihr den Mund mit einem Kuss verschließe. Ich nehme ihren Hinterkopf in eine Hand und lege meinen anderen Arm um ihre Hüfte, um sie an mich zu drücken. Meine Eier ziehen sich zusammen, als mein steifer Schwanz gegen ihren flachen Bauch schlägt und meine allgegenwärtige Lust für sie unkontrolliert aufflackert. Ich streiche mit meiner Zunge über ihre Lippen, fühle ihre volle Weichheit, bevor ich in ihren Mund stoße und in seine köstlichen warmen Tiefen eindringe. Als Antwort stöhnt sie, während sie sich an meinen Seiten festkrallt und ich genieße dieses leise Geräusch, fühle, wie ihr schlanker Körper weich wird und an meinem schmilzt.

Zur Hölle, ich will sie. Jeden Millimeter von ihr, von Kopf bis Fuß. Es ist falsch, es ist scheiße, es ist kompliziert, aber ich kann nichts dagegen tun. Der Hunger, der in mir brennt, ist stärker als meine letzten Skrupel. Ich weiß, dass ich ein Bastard bin, wenn ich sie nach dem, was sie durchgemacht hat, zum Sex nötige, aber ich kann mich nicht von ihr fernhalten. Vielleicht wäre es etwas Anderes, wenn sie mich nicht wollen würde, aber sie will mich. Selbst durch zwei Lagen Bekleidung kann ich ihre harten Nippel an meiner Brust spüren, kann die Süße ihrer Antwort fühlen, als sie ihre Zunge begierig um meine schlingt. Sie drückt mich nicht weg — wenn überhaupt versucht sie, mich näher an sich zu ziehen — und meine gedankenlose Lust überkommt mich, so dass mein wilder Teil die Kontrolle übernimmt.

Ich weiß nicht, wie wir auf dem Sofa enden, aber ich finde mich auf meinen Ellenbogen gestützt über ihr wieder, ihr T-Shirt ist bis zur Taille hochgezogen und ich lasse meine freie Hand an ihrem Körper hinabgleiten, um ihr Geschlecht zu bedecken. Sie ist bereits feucht, ihre Falten sind nass und heiß, als ich zwei Finger in sie stoße und sie für meinen Schwanz ausdehne. Gleichzeitig fahre ich mit dem unteren Teil meiner Handfläche auf dem Ansatz ihrer Falten entlang, um Druck auf ihre Klitoris auszuüben. Ihre inneren Wände zucken um meine Finger während sie meinen Namen stöhnt, ihr Hals reckt sich nach oben, ihre Fingernägel kratzen über meinen Rücken und ich weiß, dass ich nicht länger warten kann.

Ich ziehe meine Finger aus ihr, öffne den Reißverschluss meiner Hose, um meine schmerzende Erektion zu befreien, und stoße in ihre nasse Hitze.

Es ist, wie in den Himmel zu kommen. Irgendwo in meinem Hinterkopf klingelt eine Alarmglocke und erinnert mich daran, ein Kondom zu benutzen, aber ich bin schon zu weit gegangen, um umzukehren. Ihr Körper umfasst mich perfekt, ist so seidig und eng, dass ich einfach so tief eindringen muss, wie ich nur kann. Sie schreit auf, biegt sich unter mir durch und ich beuge meinen Kopf nach unten, um sie zu küssen, dieses Geräusch einzufangen und gleichzeitig ihren Duft und ihre Berührung aufzunehmen. Ich lasse mich fallen, genieße dieses Gefühl und die Lust, sie zu besitzen, sie für mich zu beanspruchen.

Sie gehört mir. Die Befriedigung, die dieser Gedanke in mir hervorruft ist tief und ursprünglich, hat nichts mit Logik oder Verstand zu tun. Ich habe duzende von Frauen gefickt, ohne sie jemals beanspruchen zu wollen, aber genau das will ich bei ihr. Yulia zu ficken ist mehr als Sex zu haben.

Ich will sie an mich fesseln, sie so stark an mich binden, dass sie mich nie wieder verlassen kann.

Ich hebe meinen Kopf und blicke sie an, während mein Schwanz tief in ihrem Körper pocht. Ihre Augen sind geschlossen, ihre geöffneten Lippen sind von meinem Kuss geschwollen und ihre Haut glüht in einer warmen Farbe.

Sie ist verdammt noch mal das sexyste Ding, das ich jemals gesehen habe, und sie gehört mir.

»Yulia.«

Sie öffnet ihre Augen und mir wird klar, dass ich ihren Namen laut ausgesprochen habe. Ihr Blick ist abwesend und ihre Pupillen sind geweitet, als sie zu mir aufblickt. Sie sieht benebelt aus, von dem gleichen Begehren beherrscht, das mich innerlich verbrennt, und dieser Anblick mildert meine wilde Lust, erfüllt mich mit einer besonderen Zärtlichkeit.

Ich beuge meinen Kopf nach unten, nehme erneut ihren Mund in Besitz und schlucke ihr verlangendes

Stöhnen, als ich damit beginne, hinauszugleiten und wieder in sie einzudringen, so langsam, dass ich jeden Millimeter ihrer engen Wärme spüren kann. Ich habe noch nie Sex ohne Kondom gehabt und das Gefühl ist unglaublich. Ihre Muschi ist so weich und seidig, eine feuchte, zarte Hülle, die wie für mich gemacht zu sein scheint. Ihre inneren Wände schließen mich ein, umarmen mich mit cremiger Feuchtigkeit, während ich in sie eindringe und mich aus ihr zurückziehe, und ich konzentriere mich auf ihre Atmung, um zu wissen, was sie empfindet.

Der primitive, besitzergreifende Hunger, der mich vorhin getrieben hat, ist immer noch da, aber jetzt wird er von dem Bedürfnis gelenkt, ihr Lust zu verschaffen, sie wenigstens einen Bruchteil der Ekstase spüren zu lassen, die sie mir verschafft. Ich stoße weiterhin in einem langsamen, gleichmäßigen Tempo zu, bewege meinen Mund von ihren Lippen zu ihrem Hals und knabbere an der zarten Haut. Gleichzeitig lasse ich meine Hand unter ihr T-Shirt gleiten und drücke zärtlich ihre Brust.

»Lucas. Oh Gott, Lucas …« Mein Name ist auf ihren Lippen wie ein atemloses Flehen, als ich mit meinen Zähnen über ihren Nacken fahre und ihren Nippel zwischen meine Finger nehme, um ihn leicht zu drehen. Jetzt krümmt sie sich vor Verlangen und ihre schlanken Beine sind um meine Hüften geschwungen, um mich tiefer in sich zu drücken, während sich ihre Hände in meine Seiten krallen. Ich kann spüren, wie sie erzittert, ihr Körper sich anspannt und meine Stöße werden schneller, da ich weiß, dass sie gleich kommt.

Ihr Orgasmus fühlt sich an wie ein Beben, das auch in meinen Körper nachhallt. Sie spannt sich an, biegt sich mir mit einem Aufschrei entgegen und ihre inneren Muskeln krampfen um meinen Schwanz. Dieses Gefühl, wie sie sich um mich zusammenzieht, ist so intensiv, dass ich mich nicht mehr zurückhalten kann. Meine Hoden ziehen sich zusammen und dann werde ich von einem Orgasmus überrollt, einer dunklen und intensiven Lust, die mich durch ihre rohe Gewalt erschüttert.

Stöhnend schiebe ich mich tiefer in sie und halte sie fest an mich gedrückt, als mein Samen in ihre heißen, krampfenden Tiefen spritzt.

NEUNTES KAPITEL

❖ YULIA ❖

Schwer atmend liege ich unter Lucas und mein Herz schlägt nach diesem umwerfenden Sex mit meinem Entführer zum Zerspringen.

Warum ist es mit ihm jedes Mal so, mit diesem schwierigen, gefährlichen Mann, der mich hasst? Ich bin nicht gerade unerfahren. Ich habe die schlimmste Art von Sex überlebt, aber ich habe auch seine schöneren Seiten kennengelernt. Mein zweiter Auftrag — Vladimir Vashkov, ein ansehnlicher Mittvierziger der russischen Sicherheitsbehörde — hat sich damit gebrüstet, ein guter Liebhaber zu sein und mir zu meinen ersten echten Orgasmen verholfen, mir viele Dinge über Erregung und Lust beigebracht. Ich dachte, ich könnte mit allem fertig werden, was mir mit einem Mann im Bett passiert, aber ich habe mich definitiv geirrt.

Mit Lucas Kent komme ich nicht zurecht.

Vielleicht wäre es besser, wenn er mich wieder rauer genommen hätte. Lust — hämmernde, bestrafende Lust — war das, was ich erwartet hatte, als er mich an sich gezogen hat. Und genau das hat er mir zuerst gegeben, als er einen Kuss erzwungen hat, die Reaktionen meines Körpers dazu benutzt hat, meine Gegenwehr außer Kraft zu setzen. Nach dem letzten Mal war ich auf so etwas vorbereitet gewesen, aber seine Zärtlichkeit hat mich kalt erwischt.

Ich hatte nicht erwartet, dass er mich so behandeln würde, als bedeute ich ihm etwas.

»Yulia.« Er hebt seinen Kopf, um mich anzuschauen, und Hitze steigt in meinen Wangen auf, als sich unsere Blicke treffen. Da die Lustwelle langsam nachlässt, bemerke ich, dass er immer noch tief in mir ist — und dass ich ihn dort festhalte, da ich meine Beine so fest um ihn geschlungen habe, dass er sich nicht bewegen kann.

Mein Gesicht wird noch röter und ich löse meine Füße, um meine Beine hinunterzunehmen. Ich ändere auch meinen Griff an seinen Seiten und drücke ihn weg, anstatt mich an ihm festzuhalten. Ich kann in diesem Moment Lucas' Spiel nicht mitspielen. Es fühlt sich zu echt an.

Er beugt sich nach unten, um mir einen Kuss auf meine Lippen zu geben, und löst sich dann vorsichtig von mir. Als er sich zurückzieht, fühle ich zwischen meinen Beinen eine klebrige Nässe.

Sein Samen.

Also hat er mich doch ohne Kondom gefickt.

Irrationale Bitterkeit überkommt mich, verjagt die letzten Reste meines postkoitalen Glühens.

»Du hättest die Ergebnisse des Bluttests abwarten sollen«, sage ich und ziehe mein T-Shirt nach unten während, Lucas von mir abrückt, aufsteht und das Sofa verlässt. Ich presse meine Beine zusammen und schaue ihn hart an. »Ich habe Aids und Syphilis, weißt du?«

»Weißt du es?« Er hört sich eher amüsiert als besorgt an, als er seinen Schwanz wieder in die Hose steckt und den Reißverschluss hochzieht. Seine Augen leuchten, als er mich anschaut. »Noch etwas? Vielleicht Tripper?«

»Nein, nur Herpes und Chlamydien.« Ich lächele ihn süß an und stütze mich auf einen Ellenbogen. »Aber das wirst du alles selber erfahren, sobald die Testergebnisse kommen. Könnte ich jetzt bitte ein Handtuch oder ein Taschentuch bekommen? Ich möchte deinen hübschen Teppich nicht beschmutzen.«

Zu meiner Enttäuschung schluckt er meinen Köder nicht. Stattdessen lacht er, bevor er in der Küche verschwindet, um eine Sekunde später mit einem Stück Küchenrolle zurückzukommen. »Bitte«, meint er, als er mir das Papier reicht. Dann beobachtet er mit unverhohlenem Interesse, wie ich mich hinsetzte und die Feuchtigkeit zwischen meinen Schenkeln wegwische, während ich das T-Shirt so weit wie möglich unten lasse.

»Gut gemacht«, sagt er als ich fertig bin. »Hast du Hunger? Ich glaube es ist Zeit für ein zweites Frühstück.«

Ich runzele meine Stirn, weil ich mehr als frustriert darüber bin, dass er so ruhig ist. Ich weiß nicht, warum ich an dem Schwanz eines Tigers ziehen möchte, aber genau das möchte ich. Ich hasse das, was er mir angetan hat; diese unpersönliche Untersuchung durch den Arzt war erniedrigend und unmenschlich. Und dann kam er auch noch mit dieser beschissenen Entschuldigung über potentielle innere Verletzungen an, so als könne ich ihn nicht durchschauen.

So als wisse ich nicht, dass ich so lange seine Sexpuppe sein werde, wie er mit mir spielen möchte.

»Ich habe keinen Hunger«, antworte ich, aber mir fällt sofort auf, dass das eine Lüge ist. Mein Körper will Kalorien, nachdem er so lange hungern musste. »Warte, also eigentlich —«

Bevor ich meinen Satz aussprechen kann, höre ich ein leises Brummen und sehe, wie Lucas in seine Tasche greift. Er zieht sein Telefon hervor, wirft einen Blick auf das Display und flucht leise.

»Was ist los?«, frage ich, aber da hat er schon meinen Arm ergriffen und zieht mich vom Sofa hoch.

»Esguerra braucht mich«, erklärt er mir und führt mich den Flur hinunter. »Geh aufs Klo, falls du musst, und danach muss ich dich wieder fesseln. Wir werden essen, sobald ich zurückkomme.«

Und schon ist er wieder mein gefühlloser Entführer.

ZEHNTES KAPITEL

❖ LUCAS ❖

Julian Esguerra ist bereits in seinem Büro, als ich eintrete und auf die Monitore blicke, die die Nachrichten aus aller Welt wiedergeben. Ich behalte eine von Bloomberg im Hinterkopf, in der ein geschätzter Wirtschaftswissenschaftler einen weiteren Börsenkrach voraussagt.

Es könnte an der Zeit sein, mit dem Investment Manager zu reden.

Ich gehe an einem großen, ovalen Konferenztische vorbei, um zu Esguerras breitem Schreibtisch zu gelangen, auf dem mehrere Bildschirme stehen. Er ist gerade am Telefon, also gibt er mir ein Zeichen, mich in einen der Ledersessel mit den hohen Lehnen zu setzen. Ich nehme Platz und warte darauf, dass er sein Gespräch beendet. Da über die Sicherheit der israelischen Grenze gesprochen wird, gehe ich davon aus, dass er mit seinem Kontakt bei der israelischen Geheimpolizei, der Mossad, spricht.

Nach einer Minute legt Esguerra auf und wendet seine Aufmerksamkeit mir zu. »Wie kommst du mit der Befragung voran?«, will er wissen. »Hast du Fortschritte gemacht?«

»Nur ein wenig«, antworte ich schulterzuckend. »Es ist aber noch nichts Erwähnenswertes dabei.« Normalerweise habe ich vor meinem Chef keine Geheimnisse, aber ich möchte nicht mit ihm über Yulia reden, bis ich mir sicher bin, wie ich das Thema am besten anspreche. Von allen auf diesem Anwesen ist er der Einzige, der die Macht besitzt, sie mir wegzunehmen — was bedeutet, dass ich vorsichtig vorgehen muss.

Esguerras harter Ruf ist völlig gerechtfertigt.

»Gut.« Ihm scheint meine Antwort zu reichen. »Aber jetzt zu dem Grund, warum ich dich hierher gerufen habe ...«

»Eine wichtige Sicherheitsangelegenheit, haben Sie gesagt.«

»Ja.« Er lehnt sich zurück und verschränkt seine Arme hinter seinem Kopf. »Nora und ich, wir werden eine Reise in die USA unternehmen, um ihre Familie zu besuchen. Ich werde dich brauchen, um sicherzugehen, dass wir — und sie — für die Dauer unseres Aufenthalts völlig sicher sind.«

»Sie werden die Eltern ihrer Frau besuchen? In Oak Lawn?« Ich bin überzeugt davon, ihn missverstanden zu haben, aber er nickt zustimmend.

»Wir werden zwei Wochen lang dort bleiben«, erklärt er mir. »Und ich möchte allerhöchste Sicherheitsvorkehrungen.«

»In Ordnung«, erwidere ich. Ich bin mir ziemlich sicher, dass Esguerra den Verstand verloren hat, aber es ist nicht meine Aufgabe, ihm das zu sagen. Wenn er in ein Land reisen möchte, in dem er theoretisch vom FBI gesucht wird, um zwei Wochen mit den Eltern des Mädchens zu verbringen, das er entführt, geheiratet und geschwängert hat, dann ist das seine Angelegenheit.

Mein Job ist es sicherzustellen, dass er das in Sicherheit tun kann.

»Meine neuen Rekruten sind in ihrem Training schon recht weit, also könnten wir einige der erfahreneren Männer mit uns nehmen«, denke ich laut. »Zwei Dutzend sollten wohl ausreichen.«

»Das hört sich gut an. Ich möchte außerdem gepanzerte Fahrzeuge für alle von uns und einen guten Vorrat an Munition.«

Ich nicke und denke bereits über die Logistik des ganzen Vorhabens nach. Einige würden sagen, dass Esguerra paranoid ist — gepanzerte Fahrzeuge sind in einem Vorort Chicagos nicht unbedingt nötig — aber ich mache ihm keinen Vorwurf daraus, so vorsichtig zu sein. Al-Quadar mag zwar gerade ausgerottet sein, aber es gibt viele andere, die ihn und seine hübsche junge Frau gerne in die Finger bekommen würden.

»Ich werde die nötigen Vorbereitungen treffen«, sage ich, auch wenn sich mir der Brustkorb zusammenzieht, als ich daran denke, was diese Reise für mich bedeutet.

Ich werde zwei volle Wochen lang von meiner Gefangenen getrennt sein.

»Wie lange denkst du, wirst du brauchen, um alles vorzubereiten?«, fragt Esguerra. »Nora sollte in etwa eineinhalb Wochen alle ihre Examen geschrieben haben.«

»Ich nehme an, etwa zwei Wochen.« Zwei Wochen, in denen ich Yulia noch habe. »Ich werde ein wenig Zeit benötigen, die Autos und die Waffen zu besorgen, besonders wenn wir nicht möchten, dass beim FBI oder CIA die Alarmglocken losgehen.«

»Guter Gedanke. Das wollen wir definitiv nicht.« Esguerra nimmt seine Hände hinunter und beugt sich nach vorne. »In Ordnung. Zwei Wochen sollten reichen. Danke.«

Ich nicke leicht und stehe auf, damit ich gehen und einige Telefonate erledigen kann, aber bevor ich mich umdrehen kann, sagt Esguerra: »Lucas, eine Sache noch.«

Ich halte inne, da der eigenartige Ton seiner Stimme meine ganze Aufmerksamkeit auf sich zieht. »Ja?«

»Ich weiß nicht, ob du es weißt, aber meine Frau und ihre Freundin haben gestern Morgen Yulia Tzakova in deinem Haus gesehen. Nora hat es mir gegenüber heute erwähnt.«

»Was?« Das hatte ich nicht erwartet. »Warum waren Nora und ihre Freundin — Moment, welche Freundin?«

»Rosa, unser Dienstmädchen«, erwidert Esguerra. »Sie haben sich in den letzten Monaten eng angefreundet. Ich habe keine Ahnung, was sie dort gemacht haben, aber du musst dafür sorgen, dass dein Haus sicher ist.« Er macht eine kurze Pause und schaut mich grimmig an. »Ich möchte nicht, dass Nora in ihrem Zustand verstörenden Einflüssen ausgesetzt wird. Verstehst du mich?«

»Perfekt.« Ich halte meine Stimme ruhig. »Ich werde nach Besuchern Ausschau halten, das verspreche ich.«

Und das nächste Mal, wenn ich Esguerras Dienstmädchen sehe, werde ich eine kleine Unterhaltung mit ihr führen.

ELFTES KAPITEL

❖ YULIA ❖

»Hey.«

Ein leises Klopfen gegen das Fenster zieht meine Aufmerksamkeit auf sich. Erschrocken sehe ich auf und erblicke die dunkelhaarige Frau vom letzten Mal — diejenige, von der ich dachte, dass sie Lucas' Freundin sei.

»Hey«, wiederholt sie und drückt ihre Nase gegen das Fenster. »Wie heißt du?«

»Yulia«, antworte ich, da ich denke, dass ich nichts zu verlieren habe, wenn ich mit dem Mädchen rede. Wenigstens bin ich dieses Mal nicht nackt. »Wer bist du?«

»Yulia«, wiederholt sie, so als wolle sie sich meinen Namen einprägen. »Du bist die Spionin, die Schuld an dem Flugzeugabsturz ist«, sagt sie und es ist eine Feststellung, keine Frage.

Ich schaue sie schweigend und ohne mein Gesicht zu verziehen an, damit sie meine Gedanken nicht erahnen kann. Ich habe keine Ahnung, wer sie ist oder was sie von mir will, und ich habe nicht vor, irgendetwas zu sagen, was mir Schwierigkeiten einhandeln könnte.

Sie nickt, als sei meine fehlende Antwort zufriedenstellend gewesen. »Warum hat Lucas dich hierhergebracht?«

Anstatt ihr zu antworten, frage ich sie: »Wer bist du? Was willst du?«

Ich erwarte, darauf keine Antworten zu bekommen, aber sie sagt: »Ich bin Rosa. Ich arbeite im Haupthaus.«

Der Name kommt mir bekannt vor. Ich runzele meine Stirn und da fällt es mir auch schon ein. Lucas hat Rosa heute Morgen erwähnt. Sie muss diejenige sein, die Lucas die Suppe gegeben hat.

»Was willst du?«, frage ich und betrachte das Mädchen.

»Ich weiß es nicht«, ist ihre überraschende Antwort. »Ich glaube, ich wollte dich einfach nur sehen.«

Ich blinzele. »Warum?«

»Weil du so viele Wächter umgebracht hast und fast Lucas und Julian getötet hättest.« Ihr Gesichtsausdruck verändert sich nicht, aber ihre Stimme ist angespannt.

»Und weil Lucas dich aus irgendeinem Grund in seinem Haus hat, anstatt dich in dem Schuppen aufzuhängen, wie sie es eigentlich mit solchen Verrätern wie dir machen.«

Also habe ich recht damit, vorsichtig zu sein. Das Mädchen hasst mich für das, was passiert ist — und wahrscheinlich hat sie eine Schwäche für Lucas. »Magst du ihn?«, frage ich sie ganz direkt. »Bist du deshalb hier?«

Sie errötet tief. »Das geht sie nichts an.«

»Du bist hier, um mich zu sehen, also geht es mich etwas an«, erwidere ich amüsiert. Das Mädchen sieht so aus, als sei sie nur ein wenig jünger als ich, aber sie scheint so naiv zu sein, als würden uns Jahrzehnte und nicht Jahre trennen.

Rosa starrt mich mit zusammengezogenen Augenbrauen an. »Ja, du hast recht«, sagt sie nach einem Moment. »Ich sollte nicht hier sein.« Sie dreht sich schnell um und duckt sich, so dass ich sie nicht mehr sehen kann.

»Rosa, warte«, rufe ich, aber sie ist schon verschwunden.

* * *

Es vergehen mindestens noch weitere zwei Stunden, bevor Lucas zurückkommt und mein Magen schmerzt bereits, weil er so leer ist. Nach der Küchenuhr an der Wand ist es ein Uhr mittags, als sich die Eingangstür öffnet — was bedeutet, dass das zeitige Frühstück mit Rosas Suppe fast sieben Stunden her ist.

Trotz meines Hungers läuft mir ein Schauer der Erregung über die Haut, als ich sehe, wie Lucas mit seinem athletischen, gelenkigen Gang eines Kriegers auf mich zukommt. Wie gestern, trägt er eine Jeans und ein ärmelloses Shirt und sein Körper sieht unglaublich stark aus, seine wohlgeformten Muskeln spannen sich mit jeder Bewegung an. Er erinnert mich erneut an einen alten slawischen Helden — auch wenn der Vergleich mit einem der plündernden Wikinger wohl angebrachter wäre.

»Lass mich raten«, sagt er, als er sich vor mich kniet. Seine blauen Augen funkeln mich an. »Du bist am Verhungern.«

»Ich könnte etwas essen«, erwidere ich, während er meine Knöchel losbindet. Ich würde auch ein wenig Unterhaltung gebrauchen können, die nichts mit dem Betrachten von Eidechsen zu tun hat, und einen bequemeren Stuhl, aber ich werde mich jetzt nicht über solche nebensächlicheren Dinge beschweren. Nach meiner Zeit in einem russischen Gefängnis ist meine derzeitige Unterkunft der reine Luxus.

Lucas lacht, steht auf und geht um mich herum, um meine Armfesseln abzunehmen. »Ja, ich wette, dass du das könntest.« Seine großen Hände fühlen sich auf meiner Haut warm an, als er die Knoten löst. »Ich kann deinen Magen von hier knurren hören.«

»Das macht er immer, wenn ich nichts esse«, erwidere ich und unerklärlicherweise habe ich dabei ein Lächeln auf den Lippen. Ich versuche, es zurückzuhalten, aber meine Mundwinkel sind entschlossen, sich nach oben zu richten.

Das ist bizarr. Ich kann doch nicht ernsthaft glücklich sein, ihn zu sehen?

Ich sage mir, dass der Grund dafür sein muss, dass er mir gleich Essen geben wird und es gelingt mir, das Lächeln aus meinem Gesicht zu verbannen, bis Lucas die Fesseln gelöst hat und mich hinstellt. Ich muss lächeln, weil ich seine Ankunft unbewusst mit guten Dingen in Verbindung bringe: Essen, Toilette, nicht gefesselt sein. Und Orgasmen, auch wenn diese beunruhigend sind.

Ich bin erst den zweiten Tag hier, aber mein Körper ist bereits darauf trainiert, meinen Entführer als Lustquelle zu betrachten, so wie der Pawlowsche Hund gelernt hat, bei dem Geräusch einer Glocke Speichel zu produzieren. Ich weiß, dass Lucas mich eines nicht allzu weit entfernten Tages verletzen wird, aber die Tatsache, dass er es bis jetzt noch nicht getan hat, hat meine Angst vor ihm gemildert.

Es hat keinen Sinn, Angst vor Folter und Tod zu haben, wenn die Bedrohung nicht akut ist.

»Komm«, meint Lucas und legt seine Finger fest um mein Handgelenk, während er mich zur Küche führt. »Wir haben noch einen Rest der Suppe und ich kann uns ein Sandwich machen.«

»In Ordnung«, sage ich. Mein Hunger ist so groß, dass ich sogar Tapete essen würde, also ist es kein Problem, dass die Mahlzeiten so eintönig sind. Als wir am Tisch ankommen, biete ich ihm trotzdem an: »Soll ich uns vielleicht etwas zum Abendessen zuzubereiten? Ich kann wirklich gut kochen.«

Er lässt meine Handgelenke los und schaut mich mit einem leichten Grinsen an. »Natürlich. Du und Messer. Ich kann mir vorstellen, wie das endet.« Er zieht einen Stuhl für mich heran. »Setzt dich, Baby. Ich werde uns Sandwiches machen.«

Baby? Süße? Ich muss mich zusammenreißen, nichts dazu zu sagen, während er die Zutaten für die Sandwiches herausnimmt und Suppe in Schüsseln füllt. Es ist eine kleine Sache, diese Kosenamen, aber die erinnert mich an das, was vorhin zwischen uns vorgefallen ist.

An die Art und Weise, wie er meine Schwachstelle gefunden und versucht hat, mich zu brechen.

Lucas dreht sich weg, um die Suppe in die Mikrowelle zu stellen und ich atme beruhigend ein. Es ist es nicht wert, sich darüber aufzuregen. Die invasive Untersuchung des Arztes, ja, aber das hier nicht. Ich muss sein Spiel mitspielen und so tun, als würde ich beginnen, ihm zu trauen. Wenn ich mich ihm gegenüber langsam öffne, wird es glaubwürdig sein.

Unsere emotionale Verbindung wird sich echt anfühlen.

»Also«, sagt Lucas als er eine Suppenschüssel vor mich stellt: »Warum sprichst du so gut Englisch? Du hast keinen Akzent.« Er setzt sich mir gegenüber hin und seine blassen Augen betrachten mich mit unverhohlener Neugier.

Und damit beginnt die freundliche Befragung.

Ich puste auf meine Suppe, um sie abzukühlen, und nutze diese Zeit, um meine Gedanken zu sammeln. »Meine Eltern wollten, dass ich Englisch lerne«, antworte ich, nachdem ich einen Löffel Suppe gegessen habe. »Ich habe neben dem Unterricht in der Schule zusätzliche Stunden bekommen. Wenn man eine Fremdsprache als Kind lernt, ist es leicht, keinen Akzent zu haben.«

»Deine Eltern?« Luca zieht seine Augenbrauen in die Höhe. »Haben sie dich darauf vorbereitet, eine Spionin zu werden?«

»Eine Spionin? Nein, natürlich nicht.« Ich nehme einen weiteren Löffel der Suppe und ignoriere, wie sehr diese alten Erinnerungen schmerzen. »Sie wollten einfach, dass ich erfolgreich werde — einen Job in einem internationalen Unternehmen bekomme oder so etwas in der Art.«

»Aber waren sie damit einverstanden, als du rekrutiert wurdest?« Er runzelt seine Stirn.

»Sie waren tot.« Ich sage die Worte harscher als beabsichtigt, also füge ich ruhiger hinzu: »Sie starben bei einem Verkehrsunfall, als ich zehn Jahre alt war.«

Er holt tief Luft. »Scheiße, Yulia. Das tut mir leid. Das muss schwer für dich gewesen sein.«

Es tut ihm leid? Ich will lachen und ihm sagen, dass er keine Ahnung hat, aber ich schlucke nur und blicke nach unten, so als ob das Thema zu schmerzhaft für mich sei. Und das ist es auch — diesmal spiele ich ihm nichts vor. Über den Tod meiner Eltern zu reden ist, wie auf kaum verheiltem Schorf herumzustochern. Ich hätte lügen, eine Geschichte erfinden können, aber das wäre nicht ansatzweise so effektiv gewesen. Ich möchte, dass Lucas mich so sieht, echt und verletzt. Er muss glauben, dass ich jemand bin, den er knacken kann, ohne auf brutale Mittel zurückzugreifen oder zu foltern.

Er muss denken, dass ich schwach bin.

»Und bist du —« Er greift über den Tisch um meine Hand zu berühren und seine Finger sind warm auf meiner Haut. »Yulia, bist du ein Einzelkind?«

Ich nicke, während mein Blick immer noch auf den Tisch gerichtet ist und meine Haare mein Gesicht verbergen. Mein Bruder ist das einzige Stück meiner Vergangenheit, das Lucas nicht haben kann. Misha ist zu eng mit Obenko und der Organisation verbunden.

Lucas zieht seine Hand zurück und ich weiß, dass er mir glaubt. Warum sollte er das auch nicht tun? Bis jetzt bin ich ihm gegenüber immer ehrlich gewesen.

»Haben dich irgendwelche Verwandte aufgenommen?«, will er als nächstes wissen. »Großeltern? Tanten? Onkel?«

»Nein.« Ich hebe meinen Kopf und schaue ihm in die Augen. »Meine Eltern hatten keine Geschwister und sie waren Mitte dreißig, als sie mich bekommen haben — das war sehr spät für ihre Generation in der Ukraine. Als der Unfall passierte hatte ich nur noch einen Großvater und der starb gerade an Krebs.« Das ist wieder die Wahrheit.

Lucas betrachtet mich und ich kann sehen, dass er die Antwort auf seine nächste Frage bereits weiß. »Du bist ins Waisenhaus gekommen, stimmt's?«, fragt er ruhig.

»Ja. Ich bin ins Waisenhaus gekommen.« Ich blicke wieder nach unten und zwinge mich dazu, weiterzuessen. Ich habe einen Knoten im Magen, aber ich weiß, dass ich essen muss, um wieder zu Kräften zu kommen.

Er fragt mich nicht weiter, während wir die Suppe aufessen, und ich bin ihm dankbar dafür. Ich hatte nicht erwartet, dass dieser Teil so schwierig sein würde. Ich hatte gedacht, dass ich nach all den Jahren darüber hinweg sei, aber die kurze Erwähnung des Waisenhauses ist ausreichend, um die Erinnerungen lebendig zu machen und mit ihnen die alten Gefühle der Trauer und Verzweiflung.

Als wir die Suppe aufgegessen haben, steht Lucas auf und wäscht unsere Schüsseln ab. Er schenkt uns zwei Gläser Wasser ein, macht die Sandwiches und stellt meine Portion vor mir ab.

»Haben sie dich dort rekrutiert? Im Waisenhaus?«, fragt er ruhig während er sich hinsetzt, und ich nicke, ohne ihn anzuschauen. Wir sind zu nahe an dem Thema, das ich nicht mit ihm besprechen kann und wir beide wissen es.

Ich höre, wie er seufzt. »Yulia.« Ich schaue auf, um seinen Blick zu erwidern. »Was wäre, wenn ich dir sagen würde, dass ich möchte, dass die Vergangenheit, Vergangenheit ist?«, fragt er mit ungewöhnlich sanfter Stimme. »Dass ich nicht länger vorhabe, dich dafür zahlen zu lassen, dass du Anweisungen befolgt hast und einfach nur diejenigen finden möchte, die dafür verantwortlich sind — diejenigen, die dir diese Befehle erteilt haben?«

Ich schaue ihn ausdruckslos an, während ich versuche, seine Worte zu verarbeiten. Das hatte ich natürlich erwartet. Das ist der logische nächste Schritt. Zuerst Mitgefühl und Besorgnis — vielleicht sogar teilweise echt — und dann das Angebot der Straffreiheit wenn ich meine Auftraggeber nenne. Mich in sein Haus zu bringen, mich zu waschen, mir zu Essen zu geben — das alles lief darauf hinaus. Nur der Sex war nicht Teil dieser Rechnung; diese Intimität zwischen uns ist zu echt, zu stark, um gespielt zu sein.

Er hat mich gefickt, weil er mich wollte, aber alles andere ist Teil des Spiels.

»Du wirst mich gehen lassen?«, frage ich und höre mich angemessen ungläubig an. Nur ein kompletter Idiot würde auf sein Nicht-Versprechen hineinfallen und Lucas denkt hoffentlich nicht, dass ich so blöd bin. Er wird daran arbeiten müssen, mich davon zu überzeugen, dass ich ihm trauen kann — und während dieser Zeit werde ich daran arbeiten, dass er seine Vorsichtsmaßnahmen herunterfährt.

Zu meiner Überraschung schüttelt Lucas seinen Kopf. »Das kann ich nicht tun«, antwortet er. »Aber ich kann dir versprechen, dir nicht wehzutun.«

Ich fahre mit meiner Zunge über meine plötzlich trockenen Lippen. Das hatte ich nicht erwartet; Freiheit ist immer das Lockmittel für Gefangene. »Was genau möchtest du mir dann sagen?«

Er erwidert meinen Blick und mein Herz beginnt schneller zu schlagen, als ich die dunkle Hitze in seinen Augen sehe. »Ich will damit sagen, dass ich dich will, und dass ich dich vor deiner Organisation beschützen werde, wenn du mir sagst, wer dahinter steckt — genauso wie ich dich vor allen anderen beschützen möchte, die dir etwas antun wollen.«

Meine Gedärme ziehen sich durch die beunruhigende Mischung aus Angst und Sehnsucht, die ich verspüre, zusammen. »Ich verstehe dich nicht. Wenn du mich nicht gehen lassen wirst …«

Er schaut mich schweigend an und lässt mich meine eigenen Schlüsse ziehen.

Mein Herzschlag pulsiert in meinen Ohren während ich mein Wasserglas anhebe und aus meinem Augenwinkel sehe, dass meine Hand leicht zittert. Ich trinke das Glas aus, nicht weil ich so großen Durst habe, sondern weil ich Zeit gewinnen möchte. Danach zwinge ich mich dazu, das Glas wieder abzustellen und ihn anzuschauen.

»Du bietest mir Schutz gegen Sex an«, sage ich mit leicht zittriger Stimme.

Lucas nickt leicht. »So könnte man das sehen.«

»Was ist mit deinem Chef?« Ich kann gar nicht glauben, welche Wendung dieses Gespräch genommen hat. »Erwartet er nicht von dir, dass du mich in kleine Stücke hackst oder was ihr sonst tut, um Menschen zum Reden zu bringen? Wollte er mich nicht aus diesem Grund hier haben?«

»*Ich* wollte dich hier haben, nicht Esguerra.«

Ich starre ihn völlig überrascht an. »Was?«

»Ich wollte dich.« Lucas beugt sich nach vorne und legt seine Unterarme auf den Tisch. »Wir hatten diese eine Nacht und sie hat mir nicht gereicht. Es stimmt, dass ich dich für das, was passiert ist, bestrafen wollte, aber das, was ich viel mehr wollte, warst *du*.« Seine Stimme wird rau. »Ich wollte dich in meinem Bett, auf dem Boden, gegen eine Wand gelehnt, auf jede erdenkliche Art, auf die ich dich bekommen konnte.«

»Du hast mich hierher gebracht, um Sex mit mir zu haben?« Das ist definitiv nichts, was ich mir jemals hätte vorstellen können. »Du hast mich aus dem Gefängnis geholt, damit du *mich ficken kannst?*«

Sein Blick verdunkelt sich. »Ja. Ich habe mir eingeredet, dass ich Rache nehmen wollte, aber ich tat es, um dich zu bekommen.«

»Ich —« Ich kann nicht länger stillsitzen, also stehe ich auf, da ich auch keinen Hunger mehr habe. Meine Stimme ist erstickt als ich ihm sage: »Ich brauche eine Minute.«

Auf wackeligen Beinen gehe ich zum Küchenfenster und bleibe dort stehen. Die Sonne draußen scheint strahlend über der exotischen, tropischen Vegetation, aber ich kann mich gerade nicht auf diese Schönheit vor meinen Augen konzentrieren. Ich bin zu schockiert von dem, was Lucas mir gerade gesagt hat.

Ist das die Wahrheit oder ist es nur ein weiterer Versuch, mich aus der Fassung zu bringen und Antworten zu bekommen? Eine völlig andere Befragungstechnik, die auf unserer gegenseitigen sexuellen Anziehung basiert? Ich bin daran gewöhnt, dass Männer mich begehren, aber das hier ist etwas Anderes.

Was Lucas mir gesagt hat, beschreibt eine Besessenheit, die so stark ist, dass sie mir Angst machen würde, wenn sie echt wäre.

Während ich einfach nur dastehe und versuche, mit seinen Enthüllungen zurechtzukommen, höre ich Schritte. Einen Moment später legen sich seine großen Hände auf meine Schultern. Er ist bereits erregt; ich spüre wie seine Erektion gegen meinen Po drückt, als er mich an seinen harten Körper zieht.

»Das muss nicht schlimm für dich werden, meine Schöne.« Ich spüre seinen warmen Atem auf meiner Wange als er seinen Kopf nach unten beugt und mit seinen Lippen an meinen Schläfen entlangfährt. »Du könntest hier bei mir sicher sein.«

Ich erzittere vor Erregung und meine Nippel stellen sich unter dem Shirt auf. »Wie?«, flüstere ich und schließe meine Augen. Seine Brust ist hart, fühlt sich wie gemeißelter Muskel an meinem Rücken an und seine Stärke ist beängstigend verführerisch. Es ist, als sei er meinen verborgensten Wünschen entsprungen — meiner Sehnsucht nach Sicherheit in seiner Umarmung. »Wie kannst du mir das versprechen, wenn dein Chef mich jeden Moment umbringen lassen könnte?«

»Er wird dir nichts tun.« Lucas starke Arme legen sich um mich, einengend und gleichzeitig beruhigend. »Ich werde ihn nicht lassen. Esguerra ist mir etwas schuldig und du bist der Gefallen, den ich einlösen werde.«

»Lucas, das —« Mein Kopf fällt nach hinten gegen seine Schulter, als er an meinem Ohr knabbert und die Ausbeulung in seiner Jeans stärker gegen mich drückt. »Das ist verrückt.«

»Ich weiß.« Seine Stimme ist ein raues Knurren. »Denkst du, das weiß ich verdammt noch mal nicht?« Er lässt mich los, dreht mich um und ergreift meine Hüften, um mich wieder an sich zu ziehen. Überrascht öffne ich meine Augen und sehe, wie sich wildes Begehren in seinen Gesichtszügen widerspiegelt. Er schiebt mich nach rechts und drückt mich gegen die Wand neben dem Fenster, wo er mich mit seinem

Unterleib festhält. »Denkst du, das habe ich mir nicht selbst schon tausendmal gesagt?« Sein Schwanz drückt sich in meinen Bauch und sein Blick brennt sich in mich ein. Seine Pupillen sind geweitet und eine Vene auf seiner Stirn pocht.

Das ist nicht gespielt.

Ganz im Gegenteil.

Meine Atmung wird stockend und meine Erregung vermischt sich mit einer primitiven weiblichen Angst. Dieser Mann vor mir wird nicht zur Vernunft kommen — und mein Körper will das wahrscheinlich auch nicht.

»Lucas.« Um gegen die berauschende Wirkung seiner Nähe anzukämpfen, schiebe ich meine Hände zwischen uns und drücke mit meinen Handflächen gegen seine Brust. »Lucas, ich denke, wir sollten redden —«

»Du möchtest darüber reden?« Er bewegt seine Hüften auf eine eindeutige Art und sein Schwanz stößt durch zwei Lagen Stoff gegen meinen Unterleib. Seine Hand umfasst mein Kinn, so dass ich mein Gesicht nicht bewegen kann, als er sich nach vorne beugt und seine Lippen bis auf einige Zentimeter den meinen nähert. Ich versteinere voller Erwartung, mein Herz hämmert und in diesem Moment werde ich durch eine kaum wahrnehmbare Bewegung abgelenkt.

Erschrocken schaue ich zum Fenster und erhasche einen kurzen Blick auf schwarzes Haar, das gerade verschwindet.

»Was ist los?« Lucas' Stimme ist schneidend, als er bemerkt, dass ich abgelenkt bin. Er folgt meinem Blick, schaut aus dem Fenster und flucht leise, bevor er mich loslässt und näher an das Fenster heran geht.

Er lehnt sich gegen das Glas und ich nutze diese Situation, um, um ihn herumzugehen und mich auf die andere Seite des Tisches zu stellen und auf diese Weise Abstand zwischen uns zu schaffen. Mein Körper zittert vor Erregung, aber ich bin froh über diese Atempause. Ich muss das verdauen, was Lucas mir gesagt hat und das kann ich nicht tun, wenn er mich fickt bis ich den Verstand verliere.

Das unberührte Sandwich auf dem Tisch zieht meine Aufmerksamkeit auf sich. Ich habe zwar keinen Hunger mehr, aber ich nehme es hoch und beiße genau in dem Moment hinein, als Lucas sich umdreht und mich mit dünnen, harten Lippen anschaut.

»Wer war das?«, frage ich undeutlich, da ich gerade den Mund voll habe. Ich brauche Zeit und das ist die einzige Art und Weise die mir einfällt, um meine Atempause zu verlängern. Ich kaue bedächtig und winke mit meinem Sandwich Richtung Fenster. »Wollte dich jemand besuchen kommen?«

Sein Kiefer spannt sich an. »Nein, nicht wirklich.« Lucas geht um den Tisch herum, setzt sich mir gegenüber hin und durchbohrt mich mit seinem Blick. »Du hast jemanden dort draußen gesehen. Wer war es?«

Ich schlucke und das Sandwich ist auf einmal trocken und fade in meinem Mund. »Ich weiß es nicht. Ich habe nur das Haar desjenigen von hinten gesehen«, antworte ich wahrheitsgemäß. Was ich ihm allerdings nicht sage, ist, dass ich mir aus gutem Grund denken kann, zu wem das Haar gehörte.

»Männlich? Weiblich?«, fragt Lucas weiter. »Lange Haare? Kurze Haare?«

Ich nehme lieber noch einen Bissen von meinem Brot und kaue ihn, während ich über seine Frage nachdenke. »Eine Frau«, sage ich, als ich wieder sprechen kann. Er hätte mir nicht geglaubt, wenn mir etwas so Offensichtliches nicht aufgefallen wäre. »Haare zu einem Knoten gesteckt und in einem dunklen Kleid.«

Lucas nickt, so als hätte ich seine Vermutung bestätigt. »In Ordnung«, erwidert er und sein Gesicht entspannt sich.

Dann nimmt er sein Sandwich in die Hand und beginnt es zu essen, ohne den Blick auch nur eine Sekunde lang von mir abzuwenden.

ZWÖLFTES KAPITEL

❖ LUCAS ❖

Wir beenden die Mahlzeit schweigend in einer sexuell angespannten Atmosphäre. Während ich Yulia dabei zusehe, wie sie die letzten Krümel ihres Essens verzehrt, schmerzt mein harter pochender Schwarz, der durch meine Jeans eingeengt wird.

Wenn Rosa nicht ausgerechnet in diesem Moment beschlossen hätte, mir hinterherzuspionieren, wäre ich bereits in Yulia und würde sie gegen die Wand nageln.

Ich habe meine Gefangene schockiert. Ich kann das an ihren erröteten Wangen erkennen und daran, dass sie meinem Blick ausweicht. Hat sie mir geglaubt? Hat sie erkannt, dass ich ihr die Wahrheit gesagt habe? Auf meinem Weg nach Hause ist mir vorhin aufgefallen, dass es keinen anderen Ausweg gibt, dass das die einzige Lösung für mein Problem mit ihr ist.

Ich werde genau das tun, was meine Instinkte wollen und Yulia behalten.

Es gab Zeiten, da wäre so etwas unmöglich gewesen. Als ich auf der Highschool war, hätte ich gelacht, wenn mir jemand gesagt hätte, dass ich eines Tages darüber nachdenken würde, eine Frau gegen ihren Willen festzuhalten. Selbst während meiner Zeit in der Navi, als ich schon lange wusste, dass ich ohne Gewissensbisse in der Lage war das zu tun, was mein Job erforderte, hing ich immer noch an den Moralvorstellungen meiner Kindheit und versuchte, gegen die Dunkelheit in mir anzukämpfen. Erst als ich ein gesuchter Mann wurde, verstand ich ganz und gar meine Natur und erkannte meinen starken Willen, Grenzen zu überschreiten, die ich einst als heilig angesehen hatte.

Yulia für mich zu behalten ist nichts Großes im Vergleich zu allen anderen Dingen in meinem Leben und es ist mit Sicherheit besser als das Schicksal, was ich ursprünglich für sie geplant hatte.

»Und wie genau würde das funktionieren?«, fragt sie und bricht damit endlich das Schweigen. Ihre Augen sind auf mein Gesicht gerichtet. »Du wirst mich den ganzen Tag lang an den Stuhl fesseln und nachts an dich?«

Ich lächele sie an und die Vorfreude rauscht durch meine Adern. »Nur, wenn dich das scharf macht, meine Schöne. Falls nicht, können wir ein besseres Arrangement finden.« Ich denke bereits an die Tracker, die Esguerra seiner Frau implantieren lassen hat. Ich könnte etwas Ähnliches bei Yulia tun und sicherstellen, dass wenigstens einer der Tracker an einer Stelle eingepflanzt wird, wo er unmöglich entfernt werden kann.

Zuerst muss ich allerdings sicherstellen, dass die Organisation für die sie arbeitet, ausgelöscht wird; ansonsten könnte Yulia deren Ressourcen nutzen, um zu verschwinden, mit oder ohne Tracker.

»Du wirst mich losbinden?« Sie schaut mich mit weit aufgerissenen Augen an. »Und mich hinausgehen lassen?«

»Das werde ich.« Natürlich nur, sobald ihre Organisation zerstört ist und sie die Tracker hat. »Aber du wirst mir zuerst von deinen Auftraggebern berichten müssen. Wer leitet das ganze Programm?«

Sie antwortet mir nicht. Stattdessen steht sie auf und trägt unsere leeren Pappteller zum Mülleimer in der Ecke. Ich beobachte sie dabei, um sicherzustellen, dass sie nichts Unüberlegtes tut, aber sie wirft einfach nur die Teller weg und kommt zurück zum Tisch.

Sie bleibt neben dem Stuhl stehen und schaut mich an. »Woher weiß ich, dass ich dir vertrauen kann? Wenn ich dir erst einmal alles erzählt habe, was du wissen möchtest, könntest du mich einfach umbringen.«

»Das könnte ich, aber das werde ich nicht.« Ich stehe auf und gehe zu ihrer Seite des Tisches. Ich bleibe vor ihr stehen und lasse meinen Handrücken über die weiche Haut ihrer Wange gleiten. »Ich will dich viel zu sehr, um das zu tun.«

Yulias Gesicht wird noch röter. »Also was? Du willst mich verschonen, weil du mich ficken willst?« In ihrer Stimme höre ich Unglauben und Spott. »Lässt du immer deinen Schwanz über Leben und Tod entscheiden?«

Ich muss lachen und bin kein bisschen beleidigt. »Nein, meine Schöne. Nur, wenn er derart darauf besteht.«

Ich kann mich wirklich nicht daran erinnern, dass mich jemals eine Frau von meinem Plan abgebracht hat. Ich habe Sex und weibliche Gesellschaft immer genossen, aber mein Bedürfnis danach hat niemals eine ausschlagende Rolle in meinem Leben gespielt. Meine letzte längere Beziehung — eine dreimonatige Affäre in Venezuela — hatte ich, bevor ich angefangen habe für Esguerra zu arbeiten und ich habe seit Jahren nicht mehr an das Mädchen gedacht. Meine letzten Abenteuer waren eher One Night Stands oder dauerten bestenfalls einige Tage.

Yulia schaut mich mit hochgezogenen Augenbrauen zweifelnd an und ich kann nicht mehr länger warten. Sie gehört mir und ich werde das tun, wonach mein Körper seit einer Stunde schreit.

»Komm«, sage ich und meine Finger schließen sich um ihren schlanken Arm. »Ich denke, dass es an der Zeit ist, dass wir unser Arrangement beginnen.«

* * *

Sie sagt nichts, als ich sie ins Schlafzimmer führe und meine Augen während des gesamten Weges nicht von ihren langen schlanken Beinen abwenden kann. Ich nehme an, dass ich ihr bald eigene Kleidung besorgen sollte, aber im Moment mag ich es, sie in meinen Shirts zu sehen, auch wenn sie zu weit für ihren schlanken Körper sind.

Nach den Moralvorstellungen meiner Kindheit weiß ich, dass das, was ich gerade tue, falsch ist. Sie ist meine Gefangene und sie hat keine andere Wahl. Ich zwinge sie zu einer Beziehung, die sie vielleicht nicht führen möchte, auch wenn ihr Körper offensichtlich auf mich reagiert und sie gewillt zu sein scheint, meine Berührungen zu akzeptieren. Es ist verlockend, meine Handlungen dadurch zu rechtfertigen, dass ihr Job sie zu einem leichten Opfer für eine derartige Behandlung macht, aber ich weiß es besser.

Sie wurde durch Umstände, die sich ihrer Kontrolle entzogen, zu diesem Leben gezwungen und ich bin ein grausamer Bastard, der das auszunutzt.

Während ich Yulias das T-Shirt über ihren Kopf ziehe, warte ich darauf, dass mein Gewissen aufschreit, aber alles was ich spüre, ist mein starkes Verlangen nach ihr. Die Dinge, die ich in den vergangenen acht Jahren getan habe — die Dinge die ich tun musste, um zu überleben — haben mich von jeglichen Moralvorstellungen die meine Familie in mir verwurzelt hatte befreit, haben die hauchdünne Hülle der Zivilisation, sollte ich diese jemals besessen haben, weggerissen. Der Mann, der gerade vor Yulia steht, hat keinerlei Ähnlichkeiten mehr mit dem Jungen, der sein Zuhause der oberen Mittelklasse vor sechzehn Jahren verlassen hat und mein Gewissen rührt sich nicht, als ich ihr Shirt auf den Boden fallen und meinen Blick über ihren nackten Körper gleiten lasse.

»Leg dich hin«, weise ich sie mit vor Lust rauer Stimme an. »Ich will dich auf dem Rücken.«

Sie zögert und ich frage mich, ob sie doch noch gegen mich ankämpfen wird. Das wäre sinnlos — selbst wenn sie ihre volle Kraft hätte, wäre sie kein angemessener Gegner für mich — aber ich traue ihr trotzdem zu, es zu versuchen.

Zu meiner Erleichterung tut sie nichts dergleichen. Stattdessen steigt sie auf das Bett, legt sich hin und schaut mich an.

Ich gehe zu ihr und mein Schwanz schwillt noch weiter an. Obwohl Yulia noch viel zu dünn ist, ist ihr Körper umwerfend proportioniert, mit einer schlanken Taille, femininen Hüften und festen, runden Brüsten. Ihr glänzendes, goldfarbenes Haar sieht auf dem Kissen wie ein Heiligenschein aus, der ein Gesicht umrahmt, das aussieht wie aus einem Modemagazin. Mit ihren feinen Gesichtszügen, den vollen Wimpern und der perfekten Haut ist sie fast zu schön, um sie zu ficken.

In diesem Fall ist „fast" das Schlüsselwort.

Trotzdem zügele ich meine wilde Lust. Ich möchte ihr nicht wehtun. Sie hat schon zu viel dergleichen ertragen müssen, von mir und anderen. Allein der Gedanke daran — dass andere Männer sie berührt haben — lässt mörderischen Zorn in mir aufsteigen.

Wenn jemals wieder ein Mann Hand an Yulia legt, wird er dafür mit seinem Leben bezahlen.

Ich steige auf das Bett, knie mich über ihre Oberschenkel und lege meine Arme neben ihrem Kopf ab. Ich bin entschlossen, mich diesmal zu kontrollieren, also bleibe ich auf allen vieren stehen, ohne sie zu berühren. Sie schaut mich an und ihre Brust hebt und senkt sich durch ihre flache Atmung nur ganz leicht, und ich weiß, dass sie nervös ist.

Nervös und erregt, wenn ich ihren steifen Brustwarzen und ihrer erröteten Haut trauen kann.

»Du siehst umwerfend aus«, murmele ich und beuge mich über einen dieser zarten Nippel. Sie bewegt sich nicht, aber ich spüre, wie sich ihr Körper anspannt, als ich meinen Mund auf einen der pinkfarbenen Höfe drücke. Bei meiner Berührung zieht sich ihr Nippel noch stärker zusammen und ich schließe meine Lippen um die harte Spitze und sauge vorsichtig daran. Sie schnappt nach Luft, ihre Hände ballen sich an ihren Seiten zu Fäusten und ihre Augen schließen sich, während sie ihren Kopf nach hinten ins Kopfkissen drückt.

»Ja, unglaublich umwerfend«, flüstere ich und wende meine Aufmerksamkeit ihrem anderen Nippel zu. Er schmeckt wie sie, nach warmer weiblicher Haut und Pfirsichen. Nachdem ich an ihm gesaugt habe, blase ich kühle Luft auf die in die Länge gezogene Knospe und werde mit einem leisen Stöhnen belohnt.

Danach widme ich mich dem Rest ihrer Brüste, knabbere und sauge an dem vollen, zarten Fleisch, berühre sie einzig und allein mit meinem Mund. Ihr Körper ist ein Rausch der Sinne, jede Kurve, jede Senke und jedes Tal ist seidenweich und ihr Duft ist berauschend. Selbst mit der Lust die in mir wütet, muss ich einfach bei den Unterseiten ihrer Brüste, ihrem Brustkorb und ihrem Nabel verweilen … Ich bewege mich weiter nach unten und koste das zarte Fleisch über ihrer Öffnung, bevor ich meine Zunge zwischen die Falten ihrer Muschi schiebe.

Sie schreit auf, spannt sich an und ich spüre ihre Hände auf meinem Kopf, spüre, wie ihre Nägel sich in meine Kopfhaut bohren, als ich meine Zunge gegen ihre Klitoris drücke. Sie ist feucht — ich kann ihre Erregung schmecken — und dieser einzigartig weibliche Geschmack sendet einen Blutschwall direkt in meinen Schwanz. Meine Hoden ziehen sich zusammen, drücken sich gegen meinen Körper und meine Arme zittern durch den Drang, sie mir zu greifen und in sie zu stoßen, sie zu nehmen, genauso wie ich es unbedingt will, seit wir in der Küche unterbrochen wurden.

»Lucas.« Das Wort ist ein atemloses Stöhnen, als sie sich unter mir windet und mir ihre Hüften mit einem wortlosen Flehen entgegenstreckt, während ihre Nägel durch mein Haar fahren. »Oh Gott, Lucas …«

Gnadenlos unterdrücke ich mein eigenes Bedürfnis und konzentriere mich auf sie, benutze meinen Mund, um sie kurz vor dem Orgasmus zu halten, ohne sie kommen zu lassen. Ich fahre jeden Millimeter ihrer Muschi mit meiner Zunge ab, nehme ihre Lippen in meinen Mund und sauge an ihren zarten Falten, da ich weiß, dass diese Bewegung ihre Klitoris zusammendrückt. Ihre Schreie werden lauter, ihre Fingernägel dringen tiefer in meine Kopfhaut ein und ich kralle mich mit meinen Händen am Bettlaken fest, um nicht nach ihr zu greifen. Ich will ihr zuerst diese Lust verschaffen, sie einen Teil des Hungers spüren lassen, der mich in ihrer Nähe auffrisst.

»Lucas!« Jetzt zuckt ihr ganzer Körper, ihre Fersen drücken sich auf beiden Seiten von mir in die Matratze und ich weiß, dass sie es kaum noch aushalten kann. Ich lasse meine Hand zwischen ihre Schenkel gleiten, schiebe zwei Finger in sie und sauge gleichzeitig an ihrer Klitoris.

Ihr Rücken biegt sich durch, sie schreit auf und ich spüre, wie sie meine Finger zusammendrückt als sie sich durch den Orgasmus zusammenzieht. Ich warte so lange, bis ihre Kontraktionen nachlassen und dann begebe ich mich über sie. Ich stütze mich auf meinen Ellenbogen ab, drücke ihre Beine mit meinen Knien auseinander und lege meinen Schwanz an ihren Eingang.

»Yulia.« Ich warte, bis sie ihre Augen öffnet. Ihr Blick ist immer noch benebelt und leer, als ich meinem eigenen verzweifelten Verlangen nachgebe und mit einem einzigen, tiefen Stoß in sie gleite. Sie stöhnt auf, ihre Hände krallen sich in meine Seiten und ich verliere mich. Die Lust beherrscht meine Gedanken und ich beginne, sie zu bearbeiten, sie hart und schnell zu nehmen.

Ich bekomme kaum mit, dass sich ihre Beine um meine Hüften legen und sie beginnt, sich im Rhythmus meiner Stöße zu bewegen — aber ich könnte auch gerade nicht langsamer für sie werden. Sie fühlt sich feucht, weich und eng um mich an, ihre inneren Muskeln drücken meinen Schwanz zusammen und die Spannung die sich in mir aufbaut ist unkontrollierbar, vulkanisch. Sie wächst und wird intensiver, mein Herzschlag dröhnt in meinen Ohren und dann erreichen meine Empfindungen ihren Höhepunkt, als der Orgasmus mich mit brutaler Intensität überrollt. Ich umarme sie fest und stöhne, als ich meinen Samen in mehreren langen, entleerenden Schüben in sie spritze.

Ich bin mehr als überrascht, als sie erneut aufschreit und ich spüre, wie sie sich um mich anspannt, als ein zweiter Orgasmus ihren Körper zum Erschaudern bringt und meinen Schwanz durch ihre Kontraktionen zucken lässt. Als unsere Orgasmen abgeklungen sind, lasse ich mich auf die Seite fallen und ziehe sie auf mich.

In meinem Kopf habe ich nur einen Gedanken.

Ich werde sie nie wieder gehen lassen.

DREIZEHNTES KAPITEL

❖ YULIA ❖

»Du hast mich schon wieder ohne Kondom gefickt«, sage ich als ich wieder genügend zu Atem gekommen bin, um sprechen zu können. Ich liege neben Lucas, mit meinem Kopf auf seiner Schulter, während ich darauf warte, dass sich mein rasender Herzschlag beruhigt.

Mein Entführer lacht tief und grollend. »Ach ja. Ich hatte nicht an deine Millionen Krankheiten gedacht. Ich denke es wird dich freuen zu hören, dass ich die Ergebnisse von Goldberg bekommen habe und du nur Filzläuse hast.«

»Was?« Entsetzt setze ich mich auf, aber da ist er bereits in schallendes Gelächter ausgebrochen und hat sich ebenfalls hingesetzt.

»Du Arschloch!« Wütend schnappe ich mir ein Kissen, schlage ihn damit und bedauere, dass sich in ihm kein Ziegelstein befindet. »Das ist nicht lustig!«

Lucas lacht noch lauter, während er mich ergreift, mich wieder auf die Matratze zieht und sich auf mich rollt, um mich festzuhalten. Mit beunruhigender Leichtigkeit ergreift er meine Handgelenke und legt sie über meinen Kopf während er meine zappelnden Beine mit seinen kräftigen Oberschenkeln unter Kontrolle bringt. »Eigentlich«, meint er grinsend, »fand ich es urkomisch.«

»Ach wirklich?« Da ich Lucas nicht von mir hinunterschieben kann, benutze ich die einzige Waffe, die mir noch geblieben ist. Ich hebe meinen Kopf an und beiße kräftig in die Muskeln zwischen seiner Schulter und dem Hals.

»Autsch! Du kleines wildes Tier.« Er nimmt meine Handgelenke in seine linke Hand, vergräbt seine rechte Faust in meinem Haar und drückt meinen Kopf zurück auf die Matratze. Zu meinem Ärger grinst er immer noch und stört sich nicht das kleinste bisschen an dem roten Abdruck, den meine Zähne auf seiner Haut hinterlassen haben. »Das hättest du besser nicht getan.«

»Ach wirklich nicht?« Trotz meiner hilflosen Lage steigen meine alten Erinnerungen nicht in mir hoch, weshalb ich mich in Ruhe auf meine Wut konzentrieren kann. »Und warum nicht?«

»Weil« — er beugt seinen Kopf hinunter, um seine Lippen nahe an mein Ohr zu bringen — »es dazu führt, dass ich dich will.« Danach hebt er seinen Kopf an, um mir in die Augen zu schauen, und reibt seinen sich verhärtenden Schwanz gegen meinen Oberschenkel, so dass ich keine Zweifel an der Bedeutung seiner Worte habe.

Ich starre ihn ungläubig an und sehe die vertraute Hitze in seinen frostigen Augen glühen. »Machst du Witze? Schon wieder?«

»Ja, meine Schöne.« Sein Mund verzieht sich zu einem dunklen, sinnlichen Lächeln als er seine Knie zwischen meine Oberschenkel zwängt und sie öffnet. »Immer wieder.«

* * *

Es vergeht mehr als eine Stunde bis ich endlich ins Badezimmer flüchten kann um meine Gedanken zu ordnen. Mein Körper ist wund und schmerzt, ist durch die endlosen Orgasmen erschöpft und die Reste seines Spermas kleben verkrustet auf meinen Oberschenkeln. Nachdem ich mein dringendstes Bedürfnis erledigt habe, gehe ich zur Dusche, um mich schnell abzuwaschen.

Bevor ich die Duschkabine betreten kann, öffnet sich die Tür und Lucas tritt ein, immer noch völlig nackt. »Gute Idee«, sagt er, als er auf das fließende Wasser blickt. »Gehen wir hinein.«

Entsetzt schaue ich meinen unersättlichen Entführer an. »Du kannst unmöglich schon wieder können.«

Er grinst und seine weißen Zähne blitzen auf. »Ich könnte, aber ich werde nicht. Ich weiß, dass du eine Pause brauchst. Komm her, Baby.« Er ergreift meinen Arm und zieht mich in die Kabine. »Nur duschen, versprochen.«

Er hält sein Wort und seine großen Hände seifen mich ein, ohne länger als nötig auf meinen Brüsten und meinem Geschlecht zu verweilen. Trotzdem bemerke ich den langsamen, erhitzten Pulsschlag zwischen meinen Beinen, als er mich gründlich wäscht und seine Finger zwischen meinen Falten bis zu dem Schlitz zwischen meinen Pobacken gleiten. Überrascht presse ich meine Pobacken zusammen, als sich seine Fingerspitze in mein Poloch bohrt und er lacht leise auf, während er mich loslässt, weil ich ihn wegdrücke.

»In Ordnung, ich kann warten«, sagt er und ich drehe mich weg, weil das Wissen, dass es nur eine Frage der Zeit ist bis er mich ungefragt auch auf diese Weise in Besitz nehmen wird, mir den Magen umdreht.

Zum Glück wäscht Lucas sich schnell und verlässt die Kabine. »Lass dir Zeit«, sagt er, als er sich abtrocknet, und dann bin ich alleine, weil er aus dem Badezimmer verschwindet.

Erschöpft lehne ich mich gegen die Wand und lasse das Wasser über meine Brust laufen. Meine Nippel sind so empfindlich, dass sie schmerzen, genauso wie mein geschwollenes Geschlecht. Bevor ich Lucas getroffen habe, hatte ich keine Ahnung davon, dass Lust so anstrengend sein kann, dass es mir körperlich und geistig alles abverlangen könnte. Ich kann ihm nicht widerstehen und das hat nichts mit der Tatsache zu tun, dass er mein Entführer ist.

Selbst wenn ich frei wäre, könnte ich ihn niemals zurückweisen.

Schutz gegen Sex. Diese Worte gehen mir durch den Kopf, erfüllen mich mit einer Mischung aus Wut und Sehnsucht. Meint er das ernst? Hat er mich wirklich vom anderen Ende der Welt hierherbringen lassen, damit ich sein Sexspielzeug sein kann?

Das wäre lächerlich — wenn ich nicht spüren würde, wie sehr er mich begehrt. Mein Körper schmerzt immer noch von seiner unerbittlichen Leidenschaft. Würde Lucas wirklich so etwas tun? Die Vergangenheit, Vergangenheit sein lassen und mich einfach bei sich behalten, wenn ich ihm von meiner Organisation erzähle? Als ich vorhin darüber nachgedacht habe, eine Verbindung zu ihm aufzubauen, hatte ich gehofft, ein wenig schmerzfreie Zeit zu gewinnen und eine Flucht planen zu können, bevor ich umgebracht werde. Aber wenn das, was er sagt, die Wahrheit ist, könnte meine nicht wirklich schlimme Gefangenschaft für immer andauern —

zumindest so lange, bis Esguerra meinen Kopf auf einem silbernen Tablett serviert bekommen möchte.

Was auch immer Lucas über offene Gefallen sagt, ich glaube nicht, dass sein Chef mich für immer verschonen wird. Früher oder später wird Esguerra seine Rache nehmen wollen und dann bin ich tot. Und selbst wenn Lucas mich wie durch ein Wunder wirklich beschützen kann, wird er es nicht für lange tun.

Er wird mich den Wölfen zum Fraß vorwerfen sobald ihm klar wird, dass ich ihm nicht die Antworten geben werde, die er haben möchte.

Ich stelle mich wieder hin, drehe das Wasser ab und verlasse die Duschkabine. Während ich mich abtrockne, denke ich darüber nach, ob diese neue Entwicklung irgendetwas ändert oder nicht.

Alles, was sie bedeutet ist, dass ich unglaublich viel Glück habe.

Ich werde Zeit haben, um meine Flucht zu planen.

VIERZEHNTES KAPITEL

❖ LUCAS ❖

Als Yulia aus dem Badezimmer kommt, gebe ich ihr ein frisches T-Shirt und führe sie ins Wohnzimmer zurück. Mein Körper strahlt eine wohlige Zufriedenheit aus, wie sie nur Sex mit ihr hervorrufen kann.

»Würdest du gerne fernsehen?«, frage ich sie, während ich ihre Knöchel an den Stuhl fessele. Ich kann mich nicht an das letzte Mal erinnern, an dem ich mich so entspannt und glücklich gefühlt habe. Bald werde ich die Antworten bekommen, die ich benötige und kann ihr mehr Freiheiten zugestehen.

Im Moment kann ich wenigstens etwas gegen die Langeweile machen, die sie wahrscheinlich hat.

»Fernsehen?« Yulia schaut mich überrascht an. »Natürlich. Warum nicht?«

»Was hättest du gerne? Shows? Filme? Nachrichten?«

»Das ist mir eigentlich egal.«

»Okay.« Als ich das Seil festgebunden habe, drehe ich ihren Stuhl um, so dass sie in Richtung des Fernsehers blickt, der an der gegenüberliegenden Wand hängt. »Wie wäre es mit *Modern Family*? Das ist leicht und lustig. Hast du es schon einmal gesehen?«

»Nein.« Sie starrt mich an, als ob mir Hörner wachsen würden.

»Alles klar.« Ich unterdrücke ein Lächeln, schalte den Fernseher an und wähle die erste Staffel der Serie aus, die ich in Ordnern gespeichert habe. »Ich muss vor dem Abendessen noch ein wenig arbeiten, aber das sollte dich unterhalten.«

»Okay«, antwortet sie und sieht dabei so umwerfend verwirrt aus, dass ich mich nicht beherrschen kann. Ich beuge mich nach unten, küsse sie auf ihre leicht geöffneten Lippen und verschlucke dabei ihr überraschtes Einatmen. Die köstliche Wärme ihres Mundes führt dazu, dass mein Schwanz zuckt und ich muss mich dazu zwingen, mich wieder aufzurichten und einen Schritt zurückzugehen, bevor ich mich nicht mehr beherrschen kann.

So unglaublich das auch ist, ich möchte Yulia schon wieder.

Ich atme tief ein und wende mich ab, da ich entschlossen bin, mich zu kontrollieren. »Bis nachher«, rufe ich ihr über die Schulter zu und gehe aus dem Haus.

So gerne ich auch den ganzen Tag damit verbringen würde, meine Gefangene zu ficken, ich habe Arbeit zu erledigen.

* * *

Die ersten Stunden verbringe ich in Esguerras Büro um die logistischen Details der Schutzmaßnahmen in Chicago mit ihm und den Wächtern, die ich mitnehmen möchte, auszuarbeiten. Es gibt eine Menge zu koordinieren, da Noras Eltern während und nach unserem Besuch zusätzlichen Schutz benötigen werden, falls Esguerras Geschäftspartner beschließen sollten, dass es eine gute Idee ist, ihn mit seinen Schwiegereltern zu erpressen. Das ist unwahrscheinlich — alle wissen, was mit der Al-Quadar geschehen ist, als sie das gleiche mit seiner Frau versucht hat — aber Vorsicht ist immer besser als Nachsicht.

Manche Menschen sind so dumm, dass man sie für suizidgefährdet halten könnte.

Als wir fast fertig sind, kommt Esguerras Frau herein. Ihre dunklen Augen werden groß, als sie uns hier alle sitzen sieht. »Oh, das tut mir leid. Ich wollte nicht stören —«

»Was ist denn, Baby?« Esguerra steht auf und geht mit sorgenvoll zusammengezogenen Augenbrauen auf sie zu. »Ist alles in Ordnung? Wie fühlst du dich?«

Nora wirft mir und den Wächtern einen peinlich berührten Blick zu, bevor sie ihre Aufmerksamkeit ihrem Ehemann zuwendet. »Mir geht es gut. Es ist alles in Ordnung«, sagt sie schnell. »Ich wollte dich etwas fragen, aber das hat Zeit.«

»Bist du sicher?« Esguerras Stimme ist sanft, was häufig der Fall ist, wenn er mit seiner zierlichen Frau spricht. »Wir können kurz rausgehen —«

»Nein, bitte nicht. Wirklich, das ist nicht nötig.« Sie stellt sich auf ihre Zehenspitzen und gibt ihm einen schnellen Kuss auf seine Wange. »Ich gehe zum Pool. Komm doch einfach dorthin, sobald du fertig bist.«

»In Ordnung.« Nora verlässt den Raum und Esguerra blickt ihr stirnrunzelnd nach. Ich kann sehen, dass er ihr folgen möchte, aber gleichzeitig nicht will, dass wir ihn für noch besessener von ihr halten, als wir es sowieso schon tun. Wenn es sich um jemand anderen handeln würde, würden ihn die Wächter noch wochenlang damit aufziehen. In diesem Fall behalten wir allerdings unsere ausdruckslosen Gesichter bei, als unser Chef zum Tisch zurückkehrt.

Wir brauchen nicht lange, um die letzten Einzelheiten zu den Sicherheitsvorkehrungen zu besprechen. Sobald wir fertig sind, widmen sich die Wächter wieder ihren eigentlichen Aufgaben und Esguerra geht seine Frau suchen, während ich alleine im Büro zurückbleibe, um einige E-Mails zu beantworten. Ich beschließe außerdem, die Zeit für einen Videoanruf mit unserem Lieferanten in Hong Kong zu nutzen und die Tracker für Julia zu bestellen. Zu meiner Enttäuschung lässt mich der alte Mann wissen, dass ich sie erst in zwei Wochen bekommen kann, also dann, wenn wir alle in Chicago sein werden.

»Gibt es keine andere Möglichkeit, sie mir schneller zu schicken?«, frage ich, da ich den Gedanken nicht mag, Yulia so lange ungesichert zu lassen, aber der alte Mann schüttelt nur den Kopf.

»Nein, das ist leider nicht möglich. Diejenigen, die Esguerra damals bekommen hat, waren ein Prototyp und wir müssen die Tracker für Sie erst komplett neu anfertigen. Die Beschichtung ist sehr speziell, also wird sie erst hergestellt werden müssen —«

»Kein Problem. Das verstehe ich.« Ich werde einfach ein paar vertrauenswürdige Männer abstellen müssen, die während meiner Abwesenheit meine Gefangene bewachen. »Vielen Dank, dass Sie sich die Zeit für mich genommen haben, Mr. Chen.«

Ich beende das Videogespräch, stehe auf und verlasse Esguerras Büro.

Es gibt eine weitere Sache, um die ich mich heute noch kümmern muss.

* * *

Ana, die Haushälterin Esguerras, eine Frau mittleren Alters, öffnet mir die Tür.

»Hallo, Señor Kent«, sagt sie auf Englisch mit Akzent. »Suchen Sie Herrn Esguerra? Er ist gerade nach oben gegangen, um zu duschen.«

»Nein, ich suche nicht Herrn Esguerra.« Ich lächele die ältere Dame an. »Darf ich hineinkommen?«

»Natürlich.« Sie tritt zurück und lässt mich in das große, luxuriöse Foyer ein. »Nora ist am Pool. Möchten Sie mit ihr sprechen?«

»Eigentlich nicht.« Ich halte inne und schaue mich um, bevor ich meinen Blick wieder der Haushälterin zuwende. »Ist Rosa hier? Ich würde sie gerne etwas fragen.«

»Oh.« Ana sieht überrascht aus, erholt sich aber schnell wieder und antwortet: »Ja, sie ist in der Küche und hilft mir mit dem Abendessen. Kommen Sie bitte hier entlang.« Sie führt mich durch eine Doppeltür und an einer breiten, gewundenen Treppe entlang.

Als wir die Küche betreten, werde ich von dem köstlichen Geruch nach gebratenem Knoblauch begrüßt. Rosa steht mit dem Rücken zu uns gedreht neben einem glänzenden Spülbecken und schneidet Gemüse.

»Rosa«, ruft Ana dem Mädchen zu. »Du hast Besuch.«

Das Dienstmädchen dreht sich zu uns um und ihre Augen werden groß, während sie gleichzeitig über das ganze Gesicht errötet. »Lucas.«

»Hallo Rosa«, sage ich mit neutraler Stimme. »Hast du eine Minute für mich?«

Sie nickt und trocknet sich schnell ihre Hände an einem Handtuch ab. »Ja, natürlich.« Sie lächelt strahlend. »Was kann ich für dich tun?«

Ich drehe mich um, um die Haushälterin anzuschauen, aber Ana ist bereits am Hinausgehen, da sie offensichtlich verstanden hat, dass ich gerne unter vier Augen mit Rosa reden möchte.

»Danke für die hervorragende Suppe«, sage ich für einen netten Einstieg. »Sie war köstlich.«

»Oh, schön.« Sie lächelt noch strahlender. »Ich freue mich, dass sie dir geschmeckt hat. Es ist ein Rezept meiner Mutter.«

»Moment.« Ich runzele meine Stirn. »Du hast sie gekocht, nicht Ana?«

Rosa wird knallrot. »Das habe ich — es tut mir leid, dass ich dich angelogen habe. Es war nur, dass —«

»Rosa«, unterbreche ich sie und halte meine Hand nach oben. Ich möchte dem Mädchen unnötige Peinlichkeiten ersparen. »Danke. Die Suppe war hervorragend, aber es wäre mir lieber, wenn du sie nicht noch einmal für mich kochen würdest. Oder etwas Anderes, in Ordnung?«

Sie sieht mich an, als hätte ich ihr gerade eine Ohrfeige verpasst. »N-Natürlich«, stottert sie. »Es tut mir leid, ich —«

»Und du musst dich von meinem Haus fernhalten«, fahre ich fort und ignoriere die Tränen, die sich in den

Augen des Mädchens sammeln. Ich hätte es lieber mit einem Dutzend Terroristen als mit dem hier zu tun, aber ich muss meinen Punkt unmissverständlich klar machen. »Es ist kein sicherer Ort. Meine Gefangene ist gefährlich.«

»Ich habe nur —«

»Schau mal«, sage ich, da ich mich fühle, als sei ich gerade unfreundlich zu einem Kind gewesen, »du bist ein wunderschönes Mädchen und sehr süß, aber du bist viel zu jung für mich. Wie alt bist du? Achtzehn, neunzehn?«

Rosa hebt ihr Kinn an. »Einundzwanzig.«

»In Ordnung.« Mir fällt überrascht auf, dass sie nur ein Jahr jünger als Yulia ist, ich aber nie gedacht habe, dass die ukrainische Spionin zu jung für mich sein könnte. Ich fahre trotzdem fort, ohne mir etwas anmerken zu lassen. »Ich bin vierunddreißig Jahre alt. Du solltest dir jemanden suchen, der in deinem Alter ist. Einen netten jungen Mann, der dich zu schätzen weiß.«

»Natürlich.« Zu meiner Überraschung hat sich das Dienstmädchen bereits wieder im Griff und ihre Fassung erstaunlich schnell wiedererlangt. Ihre Tränen trocknen und sie lächelt mich an, auch wenn ihre Wangen immer noch gerötet sind. »Du musst dir keine Gedanken machen, Lucas. Ich werde dich nicht mehr belästigen.«

Ich lege meine Stirn in Falten, da ich mir nicht sicher bin, ob ich ihrem Gesichtsausdruck trauen kann, aber sie dreht sich bereits um und widmet ihre Aufmerksamkeit dem Gemüse.

TEIL II: DER DURCHBRUCH

FÜNFZEHNTES KAPITEL

❖ YULIA ❖

In der nächsten Woche wird Lucas' und mein Zusammenleben beunruhigend routiniert. Er hat Sex mit mir bei jeder Gelegenheit die er finden kann — was mindestens einige Male nachts und einmal tagsüber bedeutet — und wir essen zusammen in der Küche. Den Rest der Zeit verbringe ich an den Stuhl gefesselt mit fernsehen oder schlafe an Lucas gefesselt.

»Denkst du, dass du mir etwas zu lesen besorgen könntest?«, frage ich, nachdem ich mich zwei Tage lang von Fernsehshows berieseln lassen habe. »Ich liebe Bücher und ich vermisse es, zu lesen.«

»Was für Bücher?« Lucas scheint ungewöhnlich interessiert zu sein.

»Alles Mögliche«, antworte ich ehrlich. »Liebesromane, Thriller, Science-Fiction, Sachbücher. Ich bin nicht besonders wählerisch — ich liebe es einfach, ein Buch in meinen Händen zu halten.«

»In Ordnung«, stimmt er zu und am nächsten Tag führt er mich zu einem kleinen Raum neben dem Schlafzimmer. Wie der Rest seines Hauses ist auch dieser Raum spartanisch möbliert. Trotzdem ist er mit seinem Schreibtisch, drei hohen, vollen Bücherregalen und einem Sessel neben einem Erkerfenster mit Blick auf den Regenwald viel gemütlicher als die anderen.

»Ist das deine Bibliothek?«, frage ich überrascht. Ich habe meinen Entführer immer als Soldaten gesehen, jemanden, der mehr an Waffen als an Büchern interessiert ist. Es ist leichter, sich Lucas dabei vorzustellen, wie er eine Machete schwingt, als friedlich lesend in diesem Raum.

»Natürlich ist sie meine.« Er lehnt am Türrahmen und schaut mich belustigt an. »Wessen sollte sie sonst sein?«

»Und du hast diese Bücher alle gelesen?« Ich gehe zu den Regalen und betrachte die Titel. Es gibt hunderte von Büchern, viele von ihnen Krimis und Thriller. Ich entdecke außerdem Biografien und Sachbücher von Populärwissenschaft bis Finanzen.

»Die meisten«, erwidert Lucas. »Ich bestelle normalerweise einen ganzen Haufen, damit ich immer etwas Neues zu lesen habe, wenn ich die Zeit dazu finde.«

»Ich verstehe.« Ich weiß nicht, warum ich dermaßen überrascht bin, diese Seite von ihm zu entdecken. Ich habe immer vermutet, dass Lucas sehr intelligent ist, aber irgendwie habe ich mich von dem Stereotyp eines harten Söldners blenden lassen, dessen Leben sich um Waffen und Kämpfe dreht. Die Tatsache, dass er direkt von der Highschool zur Navy gegangen ist, hat diesen Eindruck verstärkt.

Ich habe meinen Gegner unterschätzt und muss aufpassen, dass mir das in Zukunft nicht mehr passiert.

Ich bleibe neben dem Erkerfenster stehen und drehe mich um, um ihn anzublicken. »Wann hast du dir diese ganzen Bücher angeschafft?«, frage ich. »Ich dachte, dass du ein paar Jahre auf der Flucht warst, nachdem du die Navy verlassen hast.«

Lucas Gesicht wird einen Moment lang hart, aber dann nickt er. »Ja, das habe ich. Ich vergesse immer, wie viel du über mich weißt.« Er durchquert den Raum und bleibt vor mir stehen. »Ich habe mir die meisten dieser Bücher in den letzten Jahren angeschafft, nachdem Esguerra beschlossen hatte, dass wir uns auf diesem Anwesen niederlassen. Davor sind wir durch die ganze Welt gereist, also hatte ich einige Dutzend meiner Lieblingsbücher eingelagert. Und davor habe ich generell nicht viel besessen — das machte das Herumreisen einfacher.«

»Aber das möchtest du nicht mehr«, rate ich und betrachte ihn. »Du möchtest Dinge besitzen und ein Zuhause haben.«

Er schaut mich eindringlich an und lacht auf. »Ich denke, das stimmt. Ich habe nie darüber nachgedacht, aber ja, ich glaube dass ich es mittlerweile ein wenig leid bin, nie zweimal im gleichen Bett zu schlafen. Und Dinge zu besitzen?« Seine Stimme wird tiefer während er seinen Blick über mich schweifen lässt. »Ja, das hat auch seinen Reiz. Ich mag es, wenn ich sagen kann, dass *Dinge* mir gehören.«

Meine Wangen werden heiß und ich schaue weg und tue so, als würde ich mich für den Blick aus dem Erkerfenster interessieren. Mir ist nicht entgangen, dass Lucas extrem besitzergreifend ist. Ich weiß, dass mein Entführer glaubt, dass ich ihm gehöre, und praktisch tue ich das auch. Er kontrolliert jeden Aspekt meines Lebens: was ich esse, wann ich schlafe, was ich anziehe, sogar wann ich ins Bad gehe. Wenn ich nicht gefesselt bin, bin ich bei ihm und die meiste Zeit davon verbringen wir im Bett, wo er mit mir macht, was er möchte.

Wenn ich ihn nicht so sehr wollen würde, wie ich es tue, wäre das hier die Hölle.

»Yulia ...« In Lucas' Stimme höre ich die vertraute Hitze, als er hinter mich tritt. Seine große Hand umfasst mein Haar, um es zur Seite zu streichen und meinen Nacken freizulegen. Er beugt sich nach unten, küsst die Unterseite meines Ohres und seine freie Hand gleitet unter das Herren-T-Shirt, das ich als Kleid benutze. Sie fährt zwischen meine Beine, findet mein Geschlecht und ich kann mein Stöhnen nicht unterdrücken, als zwei Finger in mich eindringen und mich auf seine Inbesitznahme vorbereiten.

Für die nächste Stunde, in der Lucas mich über den Arm des Sessels gebeugt fickt, sind die Bücher aus unseren Köpfen verschwunden.

* * *

Nach diesem Ereignis in der Bibliothek verbessern sich die Qualität und die Abwechslung meiner Unterhaltung. Anstatt den ganzen Tag lang fernzusehen, verbringe ich einen Teil meiner Zeit alleine damit, Bücher am Fenster zu lesen. Außerdem bekomme ich einen bequemeren Stuhl und meine Hände werden vor meinem Körper in Handschellen gelegt, damit ich ein Buch halten und lesen kann. Jeden Morgen nach dem Frühstück bindet Lucas mich mit Seilen am Sessel fest, aber lässt mir genügend Spielraum mit den Händen, um die Seiten umdrehen zu können. Bis zum Mittagessen lese ich, dann kommt er, gibt mir etwas zu essen und lässt mich meine Beine vertreten.

»Weißt du eigentlich, dass ich kein Hund bin, der das Badezimmer zu bestimmten Zeiten aufsucht?«, wage ich es eines Tages mich zu beschweren. »Was ist, wenn ich mal dringend muss, aber du nicht zu Hause bist?«

Zu meiner Erleichterung weist er mich nicht darauf hin, wie verwöhnt ich mittlerweile bin. Stattdessen gibt er mir noch am selben Tag einen kleinen Apparat, der mich an einen alten Pager erinnert.

»Wenn du diesen Knopf drückst, werde ich eine Nachricht bekommen«, erklärt er mir. »Und wenn ich kann, komme ich zu dir. Wenn nicht, werde ich jemanden zu dir schicken, um dir zu helfen.«

»Danke«, sage ich und bin wirklich dankbar und voller Hoffnung.

Vielleicht wird er mich eines Tages doch gehen lassen, oder mir zumindest genug Freiraum geben, um mir meine Flucht zu ermöglichen.

Natürlich weiß ich, dass ich mich nicht darauf verlassen kann. Jeden Tag verbringt Lucas einen Teil der Mahlzeiten damit, mich zu verhören, und auch wenn ich ihn bis jetzt erfolgreich abgewimmelt habe, befürchte ich, dass er irgendwann seine Geduld verlieren und härtere Befragungsmethoden anwenden wird.

Es ist noch nicht allzu viel Zeit vergangen, aber ich kann spüren, dass er bereits frustriert ist.

»Du bist ihnen überhaupt nichts schuldig«, sagt er wütend, als ich mich zum fünften Mal weigere, über die Organisation zu reden. »Sie haben dich rekrutiert, als du noch ein verdammtes Kind warst. Welche Bastarde schicken eine Sechzehnjährige in eine so korrupte Stadt wie Moskau und weisen sie an, sich zu Regierungsgeheimnissen hochzuschlafen? Verdammt nochmal, Yulia« — er schlägt mit seinen Handflächen auf den Tisch — »Wie kannst du diesen Arschlöchern gegenüber nur loyal sein?«

Ja, wie nur? Ich will ihn anschreien, ihm sagen, dass er nichts versteht, aber ich schweige weiterhin und schaue auf meinen Teller. Ich kann nichts sagen, ohne Misha einer Gefahr auszusetzen und sein Leben zu ruinieren. Meine Loyalität gilt weder Obenko, noch der Organisation, noch der Ukraine.

Sie gilt meinem Bruder, der einzigen Familie, die mir noch geblieben ist.

Zu meiner Erleichterung lässt Lucas mein Schweigen durchgehen und wechselt das Thema zu der Handlung eines postapokalyptischen Thrillers, den ich heute gelesen habe. Wir besprechen ihn eingehend, so wie wir das häufig bei Büchern und Filmen tun, und wir sind uns einig, dass es dem Autor wirklich gelungen ist zu erklären, warum die Wissenschaftler nicht verhindern konnten, dass das Goo die Welt übernimmt. Der Rest der Mahlzeit verläuft zwar freundschaftlich, aber ich bin mehr denn je entschlossen, zu entkommen.

Irgendwann wird Lucas genug von meinem Schweigen haben und ich möchte nicht in seiner Nähe sein, wenn es soweit ist.

SECHZEHNTES KAPITEL

❖ YULIA ❖

Als ich meine Flucht plane, wird mir klar, dass ich drei Hauptprobleme habe: Die Tatsache, dass ich gefesselt bin, wenn Lucas nicht in meiner Nähe ist, das militärische Sicherheitsniveau dieses Anwesens und Lucas selbst. Jeder einzelne dieser drei Punkte für sich genommen wäre ausreichend, mich hier festzuhalten, aber alle drei zusammen machen eine Flucht unmöglich.

Oberflächlich betrachtet, sollte sie nicht zu schwierig sein. Wenn Lucas zu Hause ist, bin ich nicht gefesselt, kann am Tisch essen und mich sogar bewegen und ein wenig Hanteltraining machen, um in Form zu bleiben. Allerdings behält er mich während dieser Zeit wachsam im Auge und ich weiß, dass ich körperlich nicht gegen ihn ankomme. Selbst wenn ich es schaffen sollte, ein Messer in meine Finger zu bekommen, hätte er es mir schon weggenommen bevor ich ihn ernsthaft verletzen könnte. Eine Pistole wäre etwas Anderes, aber ich habe im Haus keine tödlichere Waffe gesehen als ein Küchenmesser. Ich weiß, dass Lucas normalerweise Waffen trägt — ich habe ihn am ersten Tag mit einem Schnellfeuergewehr gesehen — aber er muss sie im Auto oder irgendwo anders außerhalb des Hauses aufbewahren.

Meine Chancen zu entkommen sind also höher, wenn er sich nicht in meiner Nähe aufhält.

Aus diesem Grund teste ich jedes Mal, wenn Lucas mich fesselt, das Seil, um zu sehen, ob er vielleicht zu viel Spielraum gelassen hat — und jedes Mal wird mir klar, dass er es nicht getan hat. Die Fesseln sind immer so fest, dass sie mich festhalten, ohne dabei meine Blutzufuhr abzuschnüren. Ich will keine verräterischen Spuren auf meiner Haut zurücklassen, also ziehe ich nicht zu fest am Seil. Selbst wenn ich es schaffen sollte, mich zu befreien, müsste ich immer noch an den Wachtürmen vorbeikommen und einen Dschungel durchqueren, der von Esguerras Männern und Hightech Drohnen überwacht wird — falls Lucas mich nicht schon vorher einfangen würde.

Um überhaupt eine Chance zu haben, müsste mein Entführer weit weg sein und ich müsste den Zeitplan der Patrouillen kennen.

Ich versuche letzteres von Lucas zu erfahren, als wir nach längerem Sex entspannt und zufrieden im Bett liegen.

»Wie hast du diesen bekommen?«, frage ich, während ich meinen Finger über einen Bluterguss auf seinen Rippen gleiten lasse. »Das Anwesen ist nicht angegriffen worden, oder doch?«

Meine Besorgnis ist nur teilweise gespielt; der Gedanke, dass Lucas verletzt werden könnte, beunruhigt mich. Er scheint unverletzlich zu sein, jeder Millimeter seines Körpers ist voller harter Muskeln, aber ich weiß, dass ihn das nicht vor einer Bombe oder einem Schuss schützt. In seinem Job ist die Lebenserwartung viel kürzer als im Durchschnitt — eine Tatsache, die mich vor Sorge krank macht, wenn ich zu viel darüber nachdenke.

»Nein, niemand würde das Anwesen angreifen«, antwortet Lucas und ein Lächeln erscheint auf seinen Lippen. »Ich habe mir den Bluterguss beim Training zugezogen, das ist alles.«

»Ich verstehe.« Aus einem irrationalen Impuls heraus drücke ich ihm einen sanften Kuss auf die Verletzung, bevor ich meinen Kopf hebe, um ihn anzuschauen. »Warum würde niemand das Anwesen angreifen? Hat dein Chef nicht eine Menge Feinde?«

»Ja, die hat er.« Lucas' Augen verdunkeln sich, als er eine Hand in mein Haar gleiten lässt und meinen Kopf nach unten, in Richtung seines Unterleibs führt. »Aber es wäre selbstmörderisch, hierherzukommen. Die

Sicherheitsvorkehrungen sind zu hoch, um einfach hier eindringen zu können. Und jetzt« — er drückt meinen Kopf auf seine wachsende Erektion — »möchte ich in etwas anderes eindringen.«

Ich verstecke meine Enttäuschung, schließe meinen Lippen um seinen Schwanz und sauge stark, genauso wie er es mag.

Lucas ist zu clever, um mir die Informationen über die Sicherheitsvorkehrungen zu geben, die ich brauche — was bedeutet, dass ich einen anderen Weg finden muss.

* * *

Als die Tage vergehen, ohne dass ich einem brauchbaren Fluchtplan näherkomme, tröste ich mich mit dem Wissen, dass ich die Zeit nutze, um mich von meinem Aufenthalt in dem russischen Gefängnis zu erholen und wieder zu Kräften zu kommen. Da ich den Großteil des Tages im Sitzen verbringe und jeden Krümel Essen verspeise, den Lucas mir vorsetzt — wie langweilig er auch sein mag — nehme ich ständig zu und mein Körper wird langsam wieder genauso kurvig wie er vor den Wochen war, in denen ich fast nichts zu essen bekommen habe. Nach neun Tagen in Lucas' Haus bin ich kein Skelett mehr — und ich will unbedingt etwas anderes Essen als Sandwiches und Cornflakes mit Milch.

»Du solltest mich wirklich kochen lassen«, sage ich, nachdem es mittags wieder ein Sandwich gegeben hatte. »Ich kann Omelette, Suppe, Hühnchen, Lamm, Püree, Salat, Reis, Nachtisch zubereiten — eigentlich alles, wirklich! Wenn du mir kein Messer geben möchtest, kannst du mir ja helfen, indem du das Schneiden übernimmst. Ich werde nur würzen und andere ungefährliche Dinge tun. Du wirst in Sicherheit sein — außer du lagerst Rattengift in deiner Küche.«

Da er nur lacht, nehme ich an, dass er mein Angebot ignorieren wird, aber am selben Nachmittag bringt er einige Kisten mit Lebensmitteln, unter anderem alle möglichen Früchte und Gemüsesorten, zwei verschiedene frische Fische, einige ganze Hühnchen, ein Dutzend Lammkoteletts und eine komplette Gewürzauswahl.

»Wo hast du das denn alles her?«, frage ich, als ich voller Staunen die ganzen Dinge betrachte. In diesen Kisten ist genug Essen, um fünf Personen zu ernähren — vorausgesetzt man weiß, wie man alles zubereitet.

»Esguerra bekommt wöchentliche Lieferungen und ich habe etwas für uns genommen«, antwortet Lucas. »Ich habe mir gedacht, dass es an der Zeit ist, deine Kochkünste auf die Probe zu stellen.«

Ich kann meine freudige Überraschung nicht verbergen. »Du lässt mich kochen?«

»Ich lasse mir von dir Anweisungen geben.« Er grinst. »Du wirst hier sitzen« — er zeigt auf den

Küchentisch — »und mir sagen, was genau ich zu tun habe. Ich werde deinen Anweisungen folgen und dann schauen wir mal. Vielleicht werde ich etwas dabei lernen.«

»In Ordnung«, stimme ich zu und bin mehr als erfreut darüber, Lucas herumkommandieren zu können. »Das kann ich machen. Lass uns erst einmal alles wegräumen und heute Abend werden wir Lammkoteletts mit Knoblauch-Dill-Kartoffeln und grünem Salat zubereiten.«

SIEBZEHNTES KAPITEL

❖ LUCAS ❖

Während ich unter Yulias Anleitung Kartoffeln schäle und Knoblauch hacke, sitzt sie entspannt auf dem Küchenstuhl und ihre blauen Augen strahlen amüsiert.

»Weißt du eigentlich, dass du nicht die halbe Kartoffel wegschneiden musst, nur um die Schale zu entfernen?« Grinsend wirft sie einen Blick auf die kleinen Kartoffeln auf dem Tresen. »Hast du das noch nie gemacht?«

»Nein«, sage ich und bemühe mich, nicht zu tief in mein derzeitiges Wurzelgemüse zu schneiden, was schwerer ist, als ich gedacht habe. »Und jetzt weiß ich auch warum.«

»Du musstest in der Navy keine Kartoffeln schälen?«

»Nein, das gehört der Vergangenheit an. Wir hatten private Unternehmen, die sich um die Verpflegung gekümmert haben.«

»Ich verstehe. Also, dann brauchst du einen Kartoffelschäler«, sagt sie und schlägt ihre Beine übereinander. »Wie bei allem anderen, hilft auch in diesem Fall ein passendes Werkzeug.«

»Ein Kartoffelschäler. In Ordnung.« Ich behalte im Hinterkopf, einen zu bestellen. Außerdem versuche ich angestrengt, meine Augen von ihren nackten Beinen fernzuhalten, damit sie mich nicht ablenken. Vor vier Tagen habe ich Yulia endlich eigene Kleidung gegeben, aber es handelt sich dabei um kurze Sommersachen, was sich jetzt als Fehler herausstellt.

In dem weißen, taillenfreien Oberteil und den winzigen Jeans ist Yulias Körper, der nicht länger abgemagert ist, unmöglich zu übersehen.

»Das sind genügend Kartoffeln, denke ich«, sagt sie und steht auf. Ihre Flipflops — die einzigen Schuhe, die ich ihr besorgt habe — machen ein klatschendes Geräusch auf den Fliesen, als sie zu mir kommt. »Jetzt müssen wir den Knoblauch nehmen, ihn mit Dill, Salz und Pfeffer vermischen, und das Ganze in eine Pfanne geben. Du hast doch Öl?«

»Öl. Ja.« Ich nehme eine Flasche Olivenöl aus dem Schrank links von mir. »Soll ich es über die Kartoffeln gießen?«

Sie lehnt ihre Hüfte gegen die Kante der Arbeitsfläche. »Das meinst du nicht ernst, oder?«

Ich runzele meine Stirn, da mir nicht gefällt, dass sie mich aufzieht.

Sie explodiert vor Lachen. »Lucas, jetzt mal ehrlich. Hast du in deinem ganzen Leben noch nie etwas gebraten?«

»Nichts, was man hinterher hätte essen können«, gebe ich widerwillig zu. »Ich habe es ein- oder zweimal versucht und dann aufgegeben.«

»In Ordnung.« Yulia schafft es, lange genug nicht zu lachen, um mir zu erklären: »Du musst das Öl in die *Pfanne* gießen. Nein, nicht so viel —« Sie nimmt mir die Flasche aus der Hand noch bevor ich mehr als ein Viertel ihres Inhalts ausgegossen habe. Sie lacht hysterisch, nimmt sich die Küchenrolle und taucht sie in das Öl, um das, was zu viel ist, aus der Pfanne zu entfernen. »Wir wollen die Kartoffeln nicht frittieren«, erklärt sie mir, sobald sie wieder sprechen kann.

»In Ordnung«, sage ich und schaue ihr dabei zu, wie sie die Kartoffeln und den Knoblauch nimmt und beides in die Pfanne gibt. Ihre Bewegungen sind schnell und sicher, ihre schlanken Hände bewegen sich mit anmutiger Wirtschaftlichkeit.

Sie hat mich nicht angelogen, als sie mir gesagt hat, dass sie weiß, was sie macht.

»Es wäre schön, wenn wir frischen Dill hätten«, sagt sie und nimmt eines der Gläschen aus dem Gewürzregal. »Aber der getrocknete geht auch. Falls du das Gericht magst, könntest du uns dann das nächste Mal frische Kräuter besorgen?«

»Natürlich.« *Frische Kräuter.* Das behalte ich auch in einem Hinterkopf. »Ich kann uns alles besorgen.«

»Hervorragend. Und jetzt würde ich das gerne selber würzen, wenn du nichts dagegen hast. Die Kartoffeln werden nicht mehr lecker sein, wenn du den ganzen Salzstreuer hineinkippst.« Sie sieht aus, als würde sie gleich wieder anfangen zu lachen.

»Bitte sehr«, sage ich und lege das Messer, mit dem ich die Kartoffeln geschält habe, hinter mich. »Fühl dich wie zu Hause.«

Die nächste halbe Stunde sehe ich Yulia dabei zu, wie sie in der Küche wirbelt und dabei leise vor sich hin summt. Sie würzt und brät die Kartoffeln, legt die Lammkoteletts in einer Marinade ein und wäscht die Zutaten für den Salat. Sie strahlt förmlich und zum ersten Mal wird mir klar, wie wenig ich von dieser Seite von ihr bis jetzt gesehen habe — wie verhalten sie sich in meiner Gegenwart normalerweise benimmt.

Das ist natürlich keine Überraschung. Auch wenn ich ihr nicht wehgetan habe, ist sie trotzdem meine Gefangene und ich weiß, dass sie mir immer noch nicht vertraut. Egal wie sehr ich auf Antworten beharre, entweder wechselt sie das Thema oder sie weigert sich, mir zu antworten. Ich finde das frustrierend, aber zwinge mich dazu, geduldig zu bleiben.

Wenn Yulia erst einmal versteht, dass ich nicht vorhabe, ihr etwas anzutun, wird sie hoffentlich einsichtig werden und die Menschen aufgeben, die ihr Leben versaut haben. Momentan kann ich nur dafür sorgen, dass sie es halbwegs bequem hat — und gefesselt ist — bis die Tracker ankommen.

»Fertig«, sagt sie, als der Ofen klingelt. Sie lächelt strahlend, als sie sich nach vorne beugt, um die Lammkoteletts herauszunehmen und mein Schwanz versteift sich bei dem Anblick ihres Pos in den winzigen Shorts.

Wenn das Lamm nicht so köstlich riechen würde, hätte ich Yulia gleich hier und jetzt genommen.

Ich atme einige Male tief durch, um mich unter Kontrolle zu halten, während sie das Essen zum Tisch trägt. Das ist lächerlich. Ich habe schon immer einen starken Sexualtrieb gehabt, aber wenn Yulia in meiner Nähe ist, bin ich wie ein geiler Teenager, der seinen ersten Porno sieht. Ich will sie die ganze Zeit ficken, und egal wie oft ich sie nehme, mein Begehren wird nicht weniger.

Wenn überhaupt, dann stärker.

Ich muss noch einige weitere Male durchatmen, bevor meine Erektion so weit zurückgegangen ist, dass ich ihr dabei helfen kann, den Tisch zu decken. Yulia hat den Salat mittlerweile hübsch in einer Schüssel angerichtet und die Pfanne mit den Kartoffeln steht auf einem ordentlich gefalteten Handtuch in der Mitte des Tisches. Ich nehme an, dass letzteres dazu dient, dass die Pfanne die Oberfläche des Tisches nicht beschädigt — eine clevere Lösung, die die Haushälterin meiner Eltern ebenfalls angewandt hat.

Schließlich setzten wir uns hin, um zu essen.

»Yulia, das ist unglaublich«, sage ich, nachdem ich die Hälfte meines Tellers in weniger als einer Minute aufgegessen habe. »Das ist das Beste, das ich seit einer Ewigkeit gegessen habe.«

Sie lächelt mich glücklich an und nimmt ihr Lammkotelett in die Hand. »Ich freue mich, dass du es magst.«

»Dass ich es mag? Ich liebe es.« Ich kann mich nicht an das letzte Mal erinnern, dass ich eine so befriedigende Mahlzeit hatte. Die würzigen Kartoffeln passen perfekt zu dem aromatischen Lamm und dem knackigen Salat mit dem Zitronenaroma. »Wenn ich das dreimal täglich essen könnte, würde ich es tun.«

Yulias Lächeln wird noch breiter. »Gut. Ich hatte eigentlich auch vorgehabt, einen Nachtisch zuzubereiten, aber dann dachte ich mir, dass wir nach dem hier zu voll sein würden. Ich glaube, ein paar Weintrauben reichen aus.«

»Wie du möchtest«, nuschele ich, da ich den Mund voller Kartoffeln habe. »Mir passt alles.«

Sie lacht und isst weiter. Wir essen in angenehmem, freundschaftlichem Schweigen, und als der Großteil des Essens verspeist ist und wir satt sind, räume ich die Reste weg und wasche die Teller ab. Das mache ich alles automatisch, und erst als ich mich hinsetze, um die Weintrauben zu essen, fällt mir auf, wie zufrieden ich bin.

Nein, mehr als zufrieden.

Ich bin verdammt glücklich.

Mit Yulias strahlendem Gesicht und meiner Vorfreude darauf, mit ihr ins Bett zu gehen, genieße ich diesen Abend unglaublich. Und nicht nur diesen Abend, bemerke ich, als ich mir eine Handvoll Trauben nehme.

Diese letzte Woche, seit ich mich entschieden habe, Yulia für mich zu behalten, war die glücklichste Woche seit langem.

»Also, Lucas«, sagt Yulia, bevor ich diese Entdeckung verdaut habe, »ich würde gerne etwas wissen ...« Ihre weichen Lippen zucken, weil sie krampfhaft versucht, ein Lächeln zu unterdrücken. »Wie hast du es im Leben so weit gebracht, ohne jemals eine Kartoffel geschält zu haben?«

Ich schiebe mir eine Traube in meinen Mund und denke über ihre Frage nach. »Ich nehme an, dass das an meinem Elternhaus liegt«, sage ich, nachdem ich heruntergeschluckt habe. »Wir hatten eine Haushälterin, keiner meiner Eltern hat jemals Hausarbeit verrichtet und sie haben es auch von mir nicht verlangt. Als ich später in der Navy war, habe ich gegessen, was uns vorgesetzt wurde und danach ...«, ich zucke mit den Schultern, als ich mich an mein armseliges Leben im Dschungel erinnerte. Ich lebte damals mit einer kleinen Gruppe von Männern, die genauso gesetzlos und verzweifelt waren wie ich zu diesem Zeitpunkt. »Ich nehme an, ich habe Essen lediglich als Nahrungsaufnahme betrachtet. So lange ich keinen Hunger hatte, habe ich nicht viel darüber nachgedacht.«

»Ich verstehe.« Sie betrachtet mich nachdenklich. »Warum hast du beschlossen, dein Zuhause zu verlassen? Es ist ein großer Schritt, eine Familie mit einer Haushälterin zu verlassen, um sich in der Navy einzuschreiben.«

»Ich denke das war es.« Meine Eltern haben mit Sicherheit gedacht, ich sei verrückt geworden. »Zu diesem Zeitpunkt in meinem Leben schien es das Richtige zu sein.«

»Warum?« Yulia sieht wirklich verwundert aus. »In den USA besteht keine Wehrpflicht. Hast du dich dazu berufen gefühlt, dein Land zu verteidigen?«

Ich lache. »So etwas in der Art.« Ich werde ihr jetzt nicht von dem Kriminellen erzählen, den ich damals in der Brooklyner U-Bahn-Station getötet habe oder von meinem kranken Rausch, als ich sein Blut über meine Hände laufen sah. Sie hat sowieso schon Angst vor mir; sie muss nicht wissen, dass ich mit siebzehn Jahren zum Mörder geworden bin.

»Das ist sehr bewundernswert«, meint Yulia und ich kann die Skepsis aus ihrer Stimme heraushören. »Sehr selbstlos.«

»Naja, jemand muss es ja schließlich tun.« Ich beiße auf eine weitere Traube und lasse den kalten, süßen

Saft meinen Hals hinunterlaufen. Ich möchte, dass sie dieses Thema fallenlässt, also füge ich hinzu: »Genau wie irgendjemand auch Spion sein muss.«

Wie vorauszusehen war, spannt sie sich an und ihr Gesicht nimmt den verschlossenen Ausdruck an, den es immer bekommt, wenn wir auf dieses Thema zu sprechen kommen. »Möchtest du Tee?«, fragt sie und steht auf. »Ich habe in einer der Kisten Earl Grey gesehen.«

Ich lehne mich in meinem Stuhl zurück und betrachte sie. »Natürlich.« Ich kann die Anzahl der Male, an denen ich jemals Tee getrunken habe, an einer Hand abzählen, aber ich habe ihn besorgt, weil ich mich daran erinnert habe, dass Yulia bei unserem ersten Treffen in dem Moskauer Restaurant Tee getrunken hat. »Ich hätte gerne eine Tasse.«

Sie setzt Wasser auf, stellt zwei Tassen für uns zurecht, und ihre Bewegungen sind genauso anmutig wie immer. Alles an ihr ist anmutig und erinnert mich an eine Tänzerin.

»Hast du Ballettunterricht gehabt?«, frage ich sie, als mir dieser Gedanke durch den Kopf schießt. »Oder ist das nur ein Vorurteil über osteuropäische Mädchen?«

Yulia dreht sich mit den beiden Tassen in den Händen zu mir um. »Es ist ein Vorurteil«, antwortet sie und ihr angespannter Gesichtsausdruck verschwindet. »In meinem Fall stimmt es allerdings. Meine Eltern haben mich ab vier Jahren zum Ballett geschickt. Sie hatten gehofft, es würde mir dabei helfen, meine Schüchternheit zu überwinden.«

»Du warst als Kind schüchtern?«

»Sehr.« Sie kommt zum Tisch zurück. »Ich war kein niedliches Kind — ganz im Gegenteil. Die anderen Kinder haben mich oft gehänselt.«

»Wirklich? Ich kann mir nicht vorstellen, dass du jemals nicht hübsch warst.« Ich nehme Yulia die Tasse aus der Hand, die sie mir reicht. »Wie kann man es schaffen, vom nicht hübschen Kind zu der heißesten Frau zu werden, die ich jemals getroffen habe?«

Ihre Wangen erröten leicht. »Ich bin nicht wirklich die schöne Helena.« Sie setzt sich hin und umfasst ihre Tasse mit beiden Händen. » Meine Mutter war hübsch, also denke ich, dass ich etwas von ihr geerbt habe. Allerdings setzte sich ihr Teil erst durch, als ich bereits in der Pubertät war. Und natürlich hat eine Zahnspange auch Wunder bewirkt.« Sie lächelt mich breit an, so dass ich ihre geraden, weißen Zähne sehen kann.

»Ja, ich bin mir sicher, dass es genauso war«, sage ich trocken. »Von unglaublich hässlich zu unglaublich umwerfend im Handumdrehen.«

Sie zuckt mit den Schultern, errötet erneut und plötzlich habe ich das Bild von dem kleinen Mädchen vor Augen.

»Ich wette, dass du niedlich warst«, meine ich, während ich sie betrachte. »Die blonden Haare und die blauen Augen. Du hast es einfach nicht bemerkt.

Deshalb haben sie dich auch aus dem Waisenhaus mitgenommen, stimmt's? Weil sie dein Potential erkannt haben.«

Yulia versteift und ich weiß, dass ich mich wieder zu nahe an das Tabuthema herangewagt habe. Meine Stimmung verdunkelt sich, als ich über die Tatsache nachdenke, dass ich in den letzten Tagen keinerlei Fortschritte erzielt habe. Sie lächelt mich zwar an, kocht für mich und lässt mich willig in ihren Körper, aber sie traut mir immer noch nicht das kleinste bisschen.

»Yulia.« Ich stelle meinen Tee zur Seite. »Du weißt, dass das nicht für immer so weitergehen kann, stimmt's? Eines Tages wirst du mit mir reden müssen.«

Sie schaut auf ihre Tasse und ihre Körperhaltung signalisiert mir mehr als deutlich, damit aufzuhören.

»Yulia.« Ich reiße mich zusammen, ich stehe auf und gehe zu ihr, um sie hochzuziehen. Ich halte sie an ihren Armen fest und schaue auf ihren rebellischen Gesichtsausdruck. »Wer sind sie?«

Sie schweigt und senkt ihren Blick, damit ich nicht sehen kann, was sie denkt.

»Warum erzählst du mir nichts über sie?«

Sie antwortet nicht, sondern starrt weiterhin auf meinen Hals.

Mein Griff um ihre Arme verstärkt sich und sie zuckt zusammen, bevor sie sich versteift. Als mir auffällt, dass ich ihr ungewollt wehtue, zwinge ich mich dazu, meine Finger zu öffnen und meine Hände fallen zu lassen. Ich werde wütend und das ist nicht gut. Die Tatsache, dass ich sie nicht foltern möchte bedeutet, dass ich ihr Vertrauen gewinnen muss, und das ist wohl kaum der richtige Weg.

Ich atme tief durch, um mich unter Kontrolle zu bringen, und streiche ihr Haar zärtlich und behutsam hinter ihr Ohr. »Yulia.« Ich streichele ihre Wange mit der Rückseite meiner Finger. »Süße, sie haben deine Loyalität nicht verdient. Sie haben dein Leben ruiniert. Was sie getan haben, war falsch, kannst du das nicht erkennen? Ich habe dir versprochen, dich zu beschützen — vor ihnen und allen anderen, die dir etwas antun wollen. Du musst keine Angst davor haben, mit mir zu reden. Ich werde dir nicht in den Rücken fallen, wenn ich diese Informationen bekomme — ich gebe dir mein Wort.«

Sie schlägt ihre Wimpern nach oben, um mich anzuschauen. »Was wirst du tun, wenn ich dir von ihnen erzähle? Was wird mit ihrer Organisation passieren?«

Ich unterdrücke ein zufriedenes Lächeln. So weit war ich bis jetzt noch nie bei ihr gekommen. »Wir werden uns um sie kümmern.«

»Genauso, wie ihr euch um die Al-Quadar gekümmert habt?« Sie bekommt große Augen, wie es scheint aus einer Mischung aus Neugier und Hoffnung. »Ihr werdet sie alle auslöschen?«

»Ja, du wirst sicher vor ihnen sein. Wenn wir erst einmal mit ihnen fertig sind, wird niemand, der mit der

Organisation zu tun hatte, noch am Leben sein und dir wehtun.« Meine Worte sollen sie beruhigen, ein Versprechen für eine bessere Zukunft sein, aber während ich spreche, sehe ich, wie Yulia erblasst.

Sie zieht sich aus meiner Reichweite zurück, senkt den Blick erneut und plötzlich habe ich eine Vermutung.

»Yulia.« Ich ergreife ihren Arm, als sie sich wegdrehen will. Ich zwinge sie dazu, sich mir zuzuwenden und betrachte ihr blasses Gesicht. »Beschützt du sie? Beschützt du jemanden von ihnen?«

Sie antwortet nicht, aber ich kann die Anspannung auf ihrem Gesicht sehen, die Angst, die sie so angestrengt versucht nicht zu zeigen. Das ist mehr als Loyalität gegenüber einem Arbeitgeber, mehr als Sorge um Kollegen.

Sie hat Angst um sie — wie das bei einer geliebten Person der Fall sein würde.

Überrascht lasse ich ihren Arm los und trete zurück. Ich weiß nicht, warum ich diese Möglichkeit niemals in Betracht gezogen habe. Ich war so besessen von dem Gedanken, dass sie ihr Leben versaut haben, dass ich mich niemals gefragt habe, ob es in der Ukraine vielleicht jemanden gibt, der Yulia etwas bedeutet.

Ob sie mit jemandem zusammen sein könnte, der kein Auftrag ist.

* * *

Den restlichen Morgen funktioniere ich wie auf Autopilot. Esguerra und ich haben ein weiteres nächtliches Gespräch mit Asien, also binde ich Yulia in meinem Büro fest und lasse sie lesen, während ich mich um Geschäfte kümmere. Heute ist sie in meiner Nähe ungewöhnlich vorsichtig und beobachtet mich, so als könne ich sie jeden Moment angreifen. Ihr Verhalten verstärkt die tief in mir kochende Wut. Ich muss mich zusammenreißen, ihr einfach nur ein Buch zu geben und dann den Raum zu verlassen, ohne sie mir zu schnappen und Antworten von ihr zu verlangen.

Antworten zu verlangen, ohne Gewalt bei ihr anzuwenden.

Während ich den malaysischen Zulieferern dabei zuhöre, wie sie sich über die Qualität der letzten Plastiksprengstofflieferung streiten, versuche ich meine Gedanken davon abzuhalten, zu meiner Gefangenen abzuschweifen — aber das ist unmöglich. Da ich den Gedanken jetzt in meinem Kopf habe, kann ich ihn nicht ignorieren.

Einen geliebten Menschen. Einen Mann, der Yulia etwas bedeutet und den sie beschützen möchte.

Allein der Gedanke daran erfüllt mich mit rasender Wut. Wer ist er? Ein anderer Agent ihrer Organisation? Vielleicht jemand, den sie während ihres Trainings getroffen hat? Das kann ich nicht ausschließen. In diesem Fall wäre sie noch sehr jung gewesen, als sie ihn getroffen hat, aber Mädchen in diesem Alter verlieben sich leicht. Vielleicht war er einer ihrer Mitauszubildenden, jemand, mit dem sie sich durch die gleichen Erfahrungen verbunden fühlte. Oder aber er war älter — einer der Lehrer oder ein Agent, der seine Ausbildung bereits beendet hatte. Kirill war kaum der einzige, der bemerkt hat, wie aus dem hässlichen Entlein ein schöner Schwan wurde.

Je länger ich darüber nachdenke, desto wahrscheinlicher wird es. Sie hätten sich während des Trainings kennenlernen und ihre Beziehung später fortgesetzt haben können. Nur weil Yulias Job beinhaltet, dass sie sich Männern annähert, um Informationen zu bekommen, heißt das nicht, dass sie nebenbei nicht eine ernsthafte Beziehung geführt haben könnte. Und falls sie eine gehabt haben sollte, wäre ein anderer Agent der wahrscheinlichste Partner. Jemand aus ihrer Organisation würde Verständnis für ihren Job haben und ihr das verzeihen, was sie tun muss.

Akzeptieren, dass sie sich von mir ficken lässt, während sie ihn liebt.

Der Bleistift, mit dem ich während des Telefonats herumgespielt habe, zerbricht in meinen Händen und das laute Knacken ist in einer Gesprächspause zu hören. Esguerra zieht seine Augenbrauen in die Höhe, wirft mir einen kühlen Blick zu und ich zwinge meine Hände, den zerbrochenen Stift loszulassen.

Ich kann dieser Wut nicht nachgeben. Ich darf mir nicht erlauben, die Kontrolle zu verlieren. Ich muss eine neue Strategie ausarbeiten, etwas das nicht darauf beruht, dass Yulia mir blind vertraut.

Wenn ich mit meiner Vermutung, dass sie einen Freund hat, recht habe, wird sie mir niemals die Antworten geben, die ich suche.

Sie wird ihre Organisation schützen, weil er ein Teil von ihr ist.

* * *

Yulia liest immer noch, als ich mein Büro betrete und ihren blonden, über einen Michael Crichton Techno-Thriller gebeugten Kopf erblicke. Sie hat das Buch auf ihrem Schoß liegen — die einzige Position, die die Seile, mit denen sie an die Armlehnen gefesselt ist, zulassen.

Als sie mich eintreten hört, schaut sie auf und blickt mich misstrauisch an. Sie erwartet, dass ich Informationen von ihr erzwinge, und ihre Angst ist wie Benzin auf meinem flammenden Zorn.

Ich habe nicht vor, meine Gefangene zu enttäuschen.

»Warum schützt du sie?« Ich durchquere den Raum und bleibe vor ihr stehen. Meine Stimme ist kalt, auch wenn die Wut in meinen Adern brennend heiß ist. »Was haben sie vor?«

Yulias Blick senkt sich und sie schaut auf meinen Bauch. »Ich weiß nicht, wovon du redest.«

»Lüg mich nicht an.« Ich begebe mich leicht in die Knie, damit wir auf Augenhöhe sind. Ich strecke meine Hand aus, ergreife ihr Kinn und zwinge sie, mich anzuschauen. »Du möchtest nicht, dass wir deine Organisation verfolgen. Warum nicht?«

Sie schweigt und erwidert meinen Blick.

»Gibt es jemanden, der Teil der Organisation ist, den du beschützt?«

Ihre Augen weiten sich leicht und ich sehe kurz Panik in ihren blauen Tiefen aufblitzen. »Nein, natürlich nicht«, antwortet sie schnell.

Sie lügt. Ich weiß, dass sie es tut, aber ich spiele mit. »Also warum willst du dann nicht mit mir reden?«

»Weil sie deine Rache nicht verdient haben.« Ihre Worte schießen heraus, schnell und verzweifelt. »Sie haben nur ihren Job gemacht und unser Land beschützt.«

»Also machst du das alles aus Patriotismus? Willst du mir das erzählen?«

»Natürlich.« An ihrem Hals kann ich eine Ader pulsieren sehen. »Warum sollte ich es sonst tun?«

»Vielleicht weil sie dich rekrutiert haben, als du noch ein verdammtes Kind warst?« Mein Griff an ihrem Kinn verstärkt sich. »Weil die einzige Wahl, die sie dir gelassen haben die war, eine Nutte für sie zu werden oder im Waisenhaus zu verrotten?«

Yulia zuckt bei meinen harten Worten zusammen, ihre Augen füllen sich mit Tränen und ich halte inne, um gegen einen Wutanfall anzukämpfen. Als mir auffällt, dass sich meine Finger in ihre Haut bohren, löse ich meine Hand von ihr und lasse sie in meinen Schoß sinken. Meine Hand formt sich sofort zu einer Faust und sie weicht in ihren Stuhl zurück, so als habe sie Angst, ich könne sie schlagen.

Unter Anstrengungen entspanne ich meine Hand. »Yulia.« Es gelingt mir, meinen Ton zu mildern. »Sie sind Monster, verdammt nochmal. Ich verstehe nicht, wieso du das nicht erkennen kannst.«

Sie schließt ihre Augen und ich sehe, dass ihr eine Träne die Wange hinunterläuft. »Es ist nicht so einfach«, flüstert sie und öffnet ihre Augen, um mich wieder anzusehen. »Das verstehst du nicht, Lucas.«

»Nein?« Ich kann dem Drang nicht widerstehen, meine Hand zu heben und ihr die Feuchtigkeit aus dem Gesicht zu wischen. Meine Berührung ist fast zärtlich, da meine schlimmste Wut verschwindet, als ich sie weinen sehe. »Dann erkläre es mir, meine Schöne. Hilf mir, es zu verstehen.«

»Das kann ich nicht.« Eine weite Träne läuft ihre Wange hinunter und macht meine Arbeit zunichte. »Es tut mir leid, aber das kann ich nicht.«

»Das kannst du nicht, oder das wirst du nicht?« Es gibt nur einen Grund, der mir für ihr anhaltendes Schweigen einfällt. Meine Vermutung stimmt. Yulia hat jemanden in der Organisation, den sie beschützt — jemanden, von dem sie mir nicht erzählen kann, weil sie weiß, was mit ihm passieren wird, wenn ich von seiner Existenz erfahre.

Weil sie weiß, dass ich ihn persönlich umbringen werde.

Sie beantwortet meine Frage nicht. Stattdessen fragt sie ruhig: »Kann ich bitte das Badezimmer benutzen? Ich muss wirklich dringend.«

Ich starre sie an und meine Wut verstärkt sich. In weniger als fünf Tagen fliege ich nach Chicago und ich bin wirklichen Antworten immer noch kein Stück näher gekommen.

Und das werde ich auch nie, solange sie ihn liebt.

Als ich auf ihr Tränen überströmtes Gesicht schaue, habe ich eine Idee, die ich zuvor als zu grausam abgetan hätte. Jetzt allerdings, mit diesem neuen Wissen, das meine Wut nährt, sehe ich keinen anderen Ausweg. Ich kann Yulia nicht für immer in meinem Haus einschließen; irgendwann werde ich ihr mehr Freiraum geben müssen und wenn ich das tue, muss ich mir sicher sein, dass sie weder wegrennen, noch sich irgendwo verstecken kann.

Ich muss sicherstellen, dass sie nicht zu ihm zurückgehen kann.

Ich greife in meine Tasche, hole mein Klappmesser hervor und schneide ihre Fesseln durch, während sie mir blass und verängstigt zuschaut.

Ich setze einen harten, maskenhaften Gesichtsausdruck auf, ergreife ihren schlanken Arm und stelle sie hin. »Gehen wir«, sage ich mit eisiger Stimme.

Während ich sie den Flur hinunterführe, werde ich mir immer sicherer, dass ich genau das tun muss.

Es ist an der Zeit, die Samthandschuhe auszuziehen.

Yulia wird heute Nacht mit mir reden — auf die eine oder die andere Art.

ACHTZEHNTES KAPITEL

❖ YULIA ❖

Mein Puls jagt vor Angst, als wir schweigend zum Badezimmer gehen. Ich kann spüren, wie wütend Lucas ist. Trotzdem ist er anders, als ich es vorher bei ihm erlebt habe — kühler und kontrollierter. Er ist gleichzeitig wütend und entschlossen, und das macht mir mehr Angst, als wenn er einfach explodiert wäre.

Er lässt mich wie immer alleine ins Badezimmer gehen. Ich schließe die Tür hinter mir und lehne mich dagegen, um meine Gedanken zu sammeln und meinen rasenden Herzschlag zu beruhigen. Das Abendessen liegt mir wie ein Stein im Magen. Seit über einer Woche habe ich keine Panik verspürt und ich hatte ganz vergessen, wie stark dieses Gefühl sein kann.

Er hat gelogen. Er hat gelogen, als er mir versprochen hat, mir nicht wehzutun. Ich konnte den dunklen Vorsatz in seinem Gesicht erkennen und die kaum gezügelte Gewalt spüren, als er mich berührt hat.

Er wird heute Nacht etwas mit mir tun — irgendetwas Schreckliches.

Mir ist schlecht, als ich aufs Klo gehe und meine Hände wasche, ganz routiniert, trotz meiner Panik. Zu wissen, dass Lucas mich betrogen hat, fühlt sich an, als habe mir jemand ein Messer in die Brust gerammt. Am Anfang hatte ich vermutet, dass er nur mit mir spielen könnte, aber im Laufe der Zeit habe ich mein natürliches Misstrauen ihm gegenüber langsam abgeworfen und angefangen zu glauben, dass dieses eigenartige häusliche Arrangement von uns eine Weile andauern würde.

Langsam ernsthafte Hoffnungen zu haben, dass er mir nicht wehtun würde.

Dura. Dura, dura, dura. Das russische Wort für Dummkopf dröhnt wie ein Presslufthammer in meinem Kopf. Wie hatte ich nur so ein Idiot sein können? Ich weiß, was Lucas ist. Ich kann die Dämonen sehen, die ihn antreiben. Mein Entführer ist ein Mann, der ein gutes, sicheres Zuhause verlassen hat, um sich für ein Leben voller Gefahren und Gewalt einzuschreiben, und das nicht aus Liebe zu seinem Land.

Er hat es getan, weil das seine Natur ist — weil er die Dunkelheit in sich ausleben musste.

Ich habe andere wie ihn kennengelernt. Meine Ausbilder. Obenko selbst. Sie alle teilen diesen Charakterzug, diese Unfähigkeit, Teil einer friedlichen Gesellschaft zu sein und nach ihren Gesetzen zu leben. Das macht sie so gut in ihrem Job — und so gefährlich.

Wenn man kein Gewissen hat, ist es leicht, das zu tun, was getan werden muss.

»Yulia.« Ein Klopfen an der Tür erschreckt mich und ich bemerke, dass ich einfach nur in meine Gedanken versunken dagestanden habe. »Bist du fertig?« Lucas' tiefe Stimme reißt mich aus meiner Lähmung und ich setze mich in Bewegung, da meine Angst durch einen Adrenalinschub verdrängt wird.

»Gleich«, rufe ich mit lauter Stimme, damit ich das laufende Wasser übertöne. »Ich muss nur noch mein Gesicht waschen.«

Ich lasse den Wasserhahn an, um die Geräusche meiner Bewegungen zu übertönen, als ich mich hinknie und den Schrank unter dem Waschbecken öffne. Dort, zwischen dem Toilettenpapier und den Zahnpastatuben ist das Objekt, das ich genau für eine solche Gelegenheit dort versteckt hatte.

Eine kleine Metallgabel, die ich vor zwei Tagen aus der Küche entwendet habe, indem ich sie in die Tasche meiner Shorts gleiten ließ, während Lucas abgewaschen hat. Er hatte sie wahrscheinlich ohne es zu merken in einer Schublade liegen gelassen, in der sich Servietten und andere kleine Gegenstände befinden. Ich habe sie herausgenommen, als ich frische Servietten für den

Tisch geholt habe und sie hier in der Hoffnung versteckt, sie niemals benutzen zu müssen.

Aber jetzt brauche ich sie. Die kleine Gabel ist keine besonders gute Waffe, aber robuster als eine Plastikzahnbürste.

Ich ignoriere den Teil in mir, der sich dagegen auflehnt, Lucas zu verletzen, nehme die Gabel und lasse sie in die hintere Tasche meiner Shorts gleiten, bevor ich den Schrank wieder schließe.

Ich kann es nicht zulassen, dass er mich bricht.

Das Leben meines Bruders hängt davon ab.

* * *

Lucas führt mich weiterhin schweigend zum Schlafzimmer. Ich mache nicht den Fehler, ihn anzugreifen sobald ich rauskomme — ich werde ihn nicht ein zweites Mal überraschen können. Stattdessen gehe ich so ruhig ich kann und versuche, nicht an die kleine Gabel zu denken, die ein Loch in meine Hose brennt. Ich weiß, dass Lucas immer meine Hände kontrolliert, also lasse ich sie locker und entspannt an meinen Seiten baumeln und kämpfe gegen meinen Instinkt an, mich zu schützen und ihn *sofort* anzugreifen.

»Ausziehen«, sagt Lucas und bleibt vor dem Bett stehen. Die Lider seiner blassen Augen sind schwer, als er meinen Arm loslässt und zurücktritt. Ich kann seinen Hunger spüren. Er ist dunkel und stark, trotz der kalten Wut, die ich eindeutig in den harten Linien seines Gesichts erkennen kann.

Das wird kein zärtliches Liebemachen werden. Er wird mir wehtun.

Ich muss mich zwingen, den Rand meines kurzen Tanktops zu ergreifen, es über meinen Kopf zu ziehen und damit meine Brüste freizulegen. Mein Hals ist so eng, dass ich kaum atmen kann, aber ich lasse das Tanktop fallen und schaue ihn ausdruckslos an. Das schlimmste, was ich tun kann, ist ihm zu zeigen, wie viel Angst ich habe — und wie verzweifelt ich bin.

»Den Rest«, meint Lucas, als ich innehalte. Sein Gesichtsausdruck verändert sich nicht, aber ich kann die wachsende Ausbeulung in seiner Jeans sehen. »Zieh alles aus — oder ich werde es tun.« Seine Armmuskeln spannen sich an und verraten, wie ungeduldig er ist.

Ich zwinge meine Lippen zu einem spielerischen Lächeln. »Ach ja?« Langsam, sehr langsam, ergreife ich meinen Reißverschluss und bete dabei, dass meine Hände nicht zittern. »Und wie genau wirst du das tun?«

Bei meiner Herausforderung blähen sich Lucas' Nasenlöcher und er tut genau das, was ich erwartet habe.

Er streckt sich nach mir aus, seine Finger schieben sich unter das Bündchen meiner Shorts und ziehen mich gegen seinen harten Körper. Ich ziehe hörbar Luft ein, so als würde mich seine Rauheit erregen, und während er abgelenkt ist, lasse ich meine rechte Hand in meine Hosentasche gleiten, ergreife die Gabel und steche zu.

Blitzschnell schießt meine Hand auf sein Gesicht zu und die Gabel zielt auf sein Auge, während sich mein Knie gleichzeitig anhebt, um in seine Eier zu treten. Schon eine der beiden Verletzungen könnte ihn für einige kritische Momente aus der Fassung bringen, und beide zusammen sollten mir genug Zeit verschaffen, um wegzurennen.

Es hätte funktioniert — bei jedem anderen Mann hätte es funktioniert — aber Lucas ist nicht jeder andere Mann. So schnell ich auch bin, er ist noch schneller. In einem Bruchteil einer Sekunde weicht er aus. Die Gabel berührt leicht seinen Wangenknochen, mein Knie trifft auf seine Oberschenkelinnenseite und dann ist er auch schon auf mir, dreht meinen Arm mit einer schnellen, gnadenlosen Bewegung auf meinen Rücken. Seine Finger drücken meine Handgelenke so stark zusammen, dass meine Hand taub wird. Die Gabel rutscht mir aus den Fingern und im nächsten Moment liege ich auf meinem Bauch auf dem Bett und sein großer Körper drückt mich nach unten. Ich fühle seine Erektion an meinem Po pochen, spüre die Wut und die Lust, die er ausstrahlt und meine alte Angst steigt auf — und mit ihr die alten Erinnerungen, die mich wie eine übelkeitserregende Welle überrollen.

Nein, bitte nicht. Ich kann mich nicht bewegen, kann nicht atmen. Ich werde festgehalten, bin hilflos, während männliche Hände meine Kleidung wegreißen.

Der Mann auf mir will mir wehtun, mich bestrafen. Ich kämpfe dagegen an, aber ich kann nichts tun, und die dunkle Panik erfasst mich, lässt mich die Kontrolle verlieren.

»Nein, bitte nicht!« Ich bekomme nicht mit, dass ich schreie, brülle und ihn anflehe. Alles, was ich fühle, sind seine Hände, die meine Shorts nach unten ziehen und seine Knie, die auf meinen Oberschenkeln liegen, um mich unten zu halten. Sein Griff ist nicht zärtlich, sondern voller rauer, rachsüchtiger Lust und das Grauen wird unerträglich, als seine Finger in meinen Körper eindringen, so gewalttätig zustoßen, dass ich vor Schmerzen schreie und schluchze.

»Hör auf, bitte, hör auf!« Es ist nicht mehr länger Lucas, der auf mir liegt, nicht mehr der Mann, der mir Lust verschafft hat. Es ist das brutale Monster meiner Albträume, das meinen Körper und meine Seele zerfetzt hat. Die Grenzen meines Bewusstseins verschwinden und ich befinde mich in der Vergangenheit. »Nein! Bitte, hör auf!«

Das Monster hört nicht auf, hört nicht auf mich. »Wer bin ich?«, knurrt es und seine Finger sind gnadenlos. »Wie heiße ich?«

»Nein, hör auf!« Ich winde mich unter ihm und bin vor Angst wahnsinnig. Ich verstehe nicht, was er sagt, was er von mir will. Ich muss weg von hier. Ich muss ihn dazu bekommen, mich loszulassen. »Lass mich gehen!«

»Sag mir meinen Namen und ich werde aufhören.«
Irgendetwas an dieser Aussage ist falsch, irgendetwas,
das mich innehalten lassen sollte, aber ich kann nicht
denken, kann mich auf nichts, außer das dunkle,
wirbelnde Grauen konzentrieren.

»Lass mich gehen!«

Seine Finger stoßen tiefer hinein und seine Stimme
ist hart und grausam. »Sag mir meinen Namen.«

»Kirill!« Ich schreie und klammer mich verzweifelt
an jeden Hoffnungsschimmer, auch wenn er noch so
klein sein sollte. Ich würde alles tun, alles sagen, was
ihn aufhören lässt.

Er hört nicht auf. »Mein voller, richtiger Name.«

»Kirill Ivanovich Luchenko!«

»Wer bin ich?«

»Mein Ausbilder!« Die Dunkelheit frisst mich auf,
zerstört mich. »Bitte, hör auf!«

»Dein Ausbilder wo?«

»An der UUR!«

»Was ist die UUR?« Sein Körper drückt mich nach
unten und nimmt mir mit seinem Gewicht die Luft.
»Wofür steht diese Abkürzung, Yulia?«

»Ukrainskoye —« Die Absurdität des Ganzen
dringt endlich durch meine Panik und ich erstarre, als
meine Gedanken schmerzhaft zwischen der
Vergangenheit und der Gegenwart hin- und
herspringen. Das ergibt keinen Sinn. Alles ist anders,
alles ist falsch. Die Finger in mir sind rau, aber sie
zerreißen mich nicht und ich rieche auch kein Parfum.

Es gibt kein Parfum.

»Wofür steht die Abkürzung?«, wiederholt der Mann und zum ersten Mal höre ich die Anspannung in seiner vertrauten, tiefen Stimme.

Einer Stimme, die Englisch spricht.

Nein, um Himmels willen, nein. Diese Erkenntnis ist wie ein Pfeil, der sich durch meine Lungen bohrt.

Auf mir liegt nicht Kirill.

Es ist Lucas.

Es war die ganze Zeit über Lucas.

Er hat meinen Alptraum aufleben lassen und ich bin zerbrochen.

Ich habe ihm alles erzählt.

NEUNZEHNTES KAPITEL

❖ LUCAS ❖

Yulia hört auf, sich unter mir zu bewegen; ihr schlanker Körper erzittert einige Male und ich weiß, dass sie sich nicht länger dort befindet, an diesem alten Ort ihres Grauens.

Sie ist wieder bei mir.

Ich sollte mich nach diesem Sieg gut fühlen. Der Name ihres ehemaligen Ausbilders und die Abkürzung ihrer Organisation sind konkrete Hinweise. Unsere Hacker werden das Netz durchforsten und es ist nur eine Frage der Zeit, bevor sie Yulias Vorgesetzte und ihren Liebhaber finden.

Ich habe die Aufgabe, die ich zu erledigen hatte, ausgeführt.

Aber aus irgendeinem Grund fühlt es sich nicht wie ein Sieg an. Meine Brust schmerzt dumpf, als ich meine Finger aus Yulia ziehe und in mir ist eine Leere, ein Hohlraum, wo vorher Wut und Eifersucht lebten.

Ich habe ihr wehgetan. Nicht sehr — vielleicht auch gar nicht, körperlich. Sie war nicht völlig trocken gewesen und ich war vorsichtig eingedrungen, um sie nicht zu verletzen. Aber ich habe ihr trotzdem wehgetan.

Ich habe das Grauen ihrer Vergangenheit dazu benutzt, sie zu brechen. Ich kannte ihre Angst vor sexueller Gewalt und habe ihr Angst eingejagt, bis sie mich angegriffen hat und ich mich auf die Art gerächt habe, die sie am meisten fürchtet.

Ich habe ihren Albtraum aufleben lassen und sie wieder in das verängstigte fünfzehnjährige Mädchen verwandelt.

»Yulia.« Ich gehe von ihr runter, setze mich hin und die Schmerzen in meiner Brust werden stärker, als ich sie einfach nur zitternd daliegen sehe. Ich strecke meine Hand aus und streichele ihr sanft über den Rücken, da ich nicht weiß, was ich sagen soll. Ihre Haut fühlt sich unter meinen Fingerspitzen kalt und feucht an und sie atmet unregelmäßig. »Süße …«

Sie dreht sich weg und ihr Körper rollt sich zu einem kleinen Ball nackter Gliedmaßen zusammen. Ihre Shorts hängen immer noch auf Kniehöhe, aber das scheint sie nicht zu bemerken. Sie rollt sich einfach noch fester zusammen, so als würde sie verschwinden wollen.

»Komm her, Baby.« Ich muss einfach nach ihr greifen. Sie versteift sich, als ich sie auf meinen Schoss ziehe und jeder Muskel in ihrem Körper ist angespannt. Ich weiß, dass meine Berührung das letzte ist, was sie gerade möchte, aber ich kann sie damit nicht alleine lassen.

Auch wenn ich weiß, dass Yulia einen anderen Mann liebt, kann ich sie nicht alleine lassen.

Ihr nasses Gesicht lehnt an meiner Schulter, während ich sie umarme und ihren Rücken, ihre Haare und die schlanken Muskeln ihrer Waden streichele. Der Geruch ihrer Haut nach Pfirsich umschmeichelt meine Nase, aber meine Lust ist im Moment unterdrückt, damit ich mich auf ihr Wohlbefinden konzentrieren kann. Yulia, die ihre Knie an ihre Brust gezogen hat, scheint nicht größer als ein Kind zu sein und ihr ganzer Körper hat auf meinem Schoß Platz. Ihre Zerbrechlichkeit wiegt schwer auf mir und verstärkt den Druck, der auf meinem Herzen lastet. Ich weiß nicht, was ich tun soll, also halte ich sie einfach nur in meinen Armen und wärme ihre kalte Haut mit meinem Körper. Sie zieht sich nicht zurück, kämpft nicht gegen mich an, und das reicht mir im Moment.

Es muss reichen.

»Es tut mir leid«, murmele ich, als ihr Zittern langsam nachlässt. Die Worte klingen für sie wahrscheinlich genauso hohl wie für mich, aber ich rede weiter, weil sie mich verstehen muss. »Ich wollte dir nicht wehtun, aber wir mussten aus dieser Sackgasse herauskommen. Du hättest mir niemals genug vertraut, um mir von der UUR zu erzählen. Und jetzt ist es vorbei. Es ist geschafft. Ich habe dir versprochen, dass ich dir nichts tun würde, wenn du redest, und das werde ich auch nicht. Alles wird gut werden. Das verspreche ich dir.«

Sobald ihr Freund tot ist, wird sie ganz und gar mir gehören.

Yulia sagt nichts, aber nach einigen Minuten normalisiert sich ihre Atmung und sie hört auf zu zittern. Selbst ihre Haut fühlt sich wärmer an, auch wenn ihr Körper immer noch steif in meinen Armen liegt.

»Bist du müde, Baby?«, flüstere ich und bewege meine Hand in kleinen, kreisförmigen Bewegungen über sie. »Möchtest du schlafen gehen?«

Sie antwortet nicht, aber ich kann spüren, wie sie noch steifer wird.

»Keine Angst, ich werde dich nicht anfassen«, sage ich, da ich mir denken kann, warum sie so angespannt ist. »Wir werden einfach schlafen gehen, in Ordnung?«

Sie antwortet mir immer noch nicht, aber das erwarte ich gerade auch nicht. Ich drücke sie gegen meine Brust, stehe auf und trage sie zu ihrer Bettseite, um sie sanft auf das Laken zu legen. Yulia dreht sich sofort weg von mir, wickelt sich in die Decke und ich lasse sie in Ruhe, während ich mich ausziehe und die Handschellen hervorhole.

Ich lege mich neben sie, ziehe die Decke weg und greife nach ihrem linken Handgelenk. »Komm her, Süße. Du kennst den Ablauf doch.«

Sie widersetzt sich nicht, als ich die Handschellen um unsere Handgelenke lege. Es sollte unbequem sein, so zusammengekettet zu schlafen, aber ich habe mich so sehr daran gewöhnt, dass es sich völlig natürlich anfühlt.

Sobald ich Yulia gesichert habe, ziehe ich sie an meine Brust und umfasse sie von hinten. Als mein Lendenbereich gegen ihren Po drückt, spüre ich den rauen Stoff an meinem nackten Schwanz und mir fällt auf, dass sie sich die Shorts hochgezogen haben muss, während ich mich ausgezogen habe. Ich überlege, sie so schlafen zu lassen, aber nachdem ich mich einige Male zurechtgerückt habe, um eine bessere Position zu finden, greife ich nach dem Reißverschluss ihrer Shorts.

»Ich werde dich nur im Arm halten«, verspreche ich ihr und ziehe die Hose an ihren Beinen herunter, während sie steif und ohne sich zu bewegen daliegt. »Das wird auch für dich bequemer sein.«

Ich lasse die Shorts aus dem Bett fallen, ziehe Yulia zurück in die Löffelchen Stellung und genieße es, wie perfekt ihr nackter Körper in meine Arme passt. Bevor ich Yulia getroffen habe, habe ich nie das Bedürfnis verspürt, mit einer Frau zu kuscheln, aber jetzt kann ich mir nicht mehr vorstellen, einzuschlafen ohne sie zu umarmen.

Natürlich hätten wir normalerweise Sex, fällt mir auf, als mein Schwanz sich an ihrem Po aufrichtet. Es ist viel einfacher zu schlafen, nachdem ich sie einige Male gefickt habe.

Naja. Ich atme tief durch und stelle mir vor, wie ich durch den Schlamm in den afghanischen Bergen krieche und eisiger Graupelregen meine Kleidung durchweicht. Als das nicht funktioniert, denke ich an meine Eltern und daran, dass sie sich niemals berührt oder angelächelt haben, und Zuneigung durch Freundlichkeit und familiäre Bindung durch gemeinsame Ziele ersetzt wurden.

Diese Erinnerung hat den gewünschten Effekt und meine Erektion schwächt so weit ab, dass ich mich entspannen kann. Als ich in die beruhigende Dunkelheit des Schlafes sinke, träume ich von Pfirsichkuchen, Engeln mit langen blonden Haaren und einem Lächeln.

Yulias strahlendem, echtem Lächeln.

ZWANZIGSTES KAPITEL

❖ YULIA ❖

»*Es ist deine Schuld, Schlampe. Es ist alles deine Schuld.*«

Mir fällt am Rande auf, dass die Worte eigenartig entfernt klingen, aber das Entsetzen hat mich immer noch fest im Griff und nimmt mir die Luft wie ein erdrückendes Tuch. Ich kann ihn auf mir spüren und ich schreie und kämpfe, um der Vergewaltigung zu entgehen, dem unerträglichen Schmerz.

»Nein, bitte nicht.«

»Ruhig, Baby, es ist alles in Ordnung. Du hast gerade einen Albtraum.«

Starke Arme halten mich fest und drücken mich gegen einen harten, warmen Körper. Meine erstickende

Panik lässt nach und die grausamen Stimmen verschwinden. Ich schluchze vor Erleichterung und versuche, mich umzudrehen, die Person anzuschauen, die mich hält, aber etwas Hartes zieht an meinem linken Handgelenk.

Die Handschellen.

»Lucas?«

»Ja, ich bin es.« Warme Lippen streifen an meinen Schläfen entlang und eine große Hand streicht mir über mein Haar. »Ich habe dich. Du bist in Sicherheit. Es geht dir gut.«

Er hat mich. Etwas an dieser Aussage sollte mich beunruhigen, aber in diesem Moment nehme ich nur die berauschend beruhigende Wirkung war. Lucas starke Arme sind um mich, halten mich fest, schützen mich in der Dunkelheit und das Grauen der Träume entfernt sich, zieht sich in den Sumpf der Vergangenheit zurück.

Es gibt keinen Kirill hier. Es gibt nur Lucas und niemand kann mich ihm jemals wieder wegnehmen.

»Baby, hör auf, dich so zu bewegen.« Seine Stimme ist rau und ich bemerke, dass ich mich an ihm reibe, um mich noch tiefer in seiner Umarmung zu vergraben. Während ich das tue, berührt mein Po immer wieder seinen Lendenbereich, und das Ergebnis ist keine Überraschung.

Das Entsetzen flackert auf, die Panik kommt für einen Moment zurück und ich versuche erneut, mich umzudrehen, mein Gesicht an seiner breiten Brust zu vergraben, aber die Handschellen sind im Weg.

»Ruhig, es ist alles in Ordnung. Du bist in Sicherheit.« Ich spüre ein Ziehen und höre ein leises Klicken, als er die Schlüssel umdreht und die Handschellen aufschließt. »Du musst keine Angst haben. Es ist alles in Ordnung.«

Es ist alles in Ordnung. Die Panik zieht sich zurück, besonders als ich meine Arme um Lucas' muskulösen Oberkörper legen und seinen vertrauten Geruch einatmen kann. Er riecht nach seinem Duschgel und warmer männlicher Haut, nach Sicherheit, Stärke und Geborgenheit. Ich vergrabe mein Gesicht an seiner Brust und lege ein Bein über seine Hüfte, da ich mich am liebsten wie Wein um ihn winden möchte. Ich höre, wie er aufstöhnt, als sein harter Schwanz sich gegen meinen Bauch drückt.

Etwas an dieser Reaktion sollte mich ebenfalls beunruhigen, aber da mein Kopf noch mit meinem Traum zu kämpfen hat, komme ich nicht darauf. Ich möchte ihn einfach noch näher bei mir haben - so nahe, wie es zwei Menschen möglich ist.

»Fick mich«, flüstere ich und lasse eine Hand zwischen unsere Körper gleiten, um seine angespannten Hoden zu umfassen. »Bitte, Lucas, fick mich.«

»Du ...« Seine Stimme hört sich belegt an. »Du willst mich?«

»Ja, Lucas, bitte.« Ich weiß, dass es pathetisch ist, ihn anzubetteln, aber ich brauche ihn. Ich brauche ihn, damit er die Angst verjagt. »Bitte« — ich ergreife seinen Schwanz um ihn zu meinem Geschlecht zu führen — »bitte, fick mich. Bitte.«

»Ja. Verdammt nochmal, ja.« Er hört sich ungläubig an, als er sich auf mich rollt und seine Hüften zwischen meinen geöffneten Oberschenkeln platziert. »Was immer du möchtest, meine Schöne. Was immer du« — er stößt tief in mich — »möchtest.«

Wir beide stöhnen auf, als er vollständig in mich eingedrungen ist und mich seine Dicke bis an meine Grenzen ausdehnt. Ich bin nicht so feucht wie sonst, aber das ist egal. Das fast schmerzhafte Dehnen, die überwältigende Kraft seines plötzlichen Eindringens — genau das brauche ich. Hier geht es nicht um Sex oder Lust.

Hier geht es darum, dass ich ihm gehöre.

»Yulia …« Seine Stimme ist ein gequältes Stöhnen, als er beginnt, sich in mir zu bewegen. »Verdammt, Baby, du fühlst dich so unglaublich …«

»Ja.« Ich schlinge meine Beine um seine muskulösen Oberschenkel und nehme ihn noch tiefer in mir auf. »Ja, genau so. Oh Gott, genau so.«

Er gehorcht, sein Rhythmus ist fest und gleichmäßig und ich vergesse das unangenehme Gefühl von vorher. Während er mich nimmt, baut sich eine unkontrollierte Hitze in mir auf, ein rein animalisches Verlangen. Ich will, dass er mich so hart fickt, dass es wehtut, dass er mich so stark kommen lässt, dass ich meinen eigenen Namen vergesse.

Ich will, dass seine Wildheit meine Dämonen zerstört.

»Härter«, flüstere ich und kralle meine Nägel in seinen Rücken. »Nimm mich härter.«

Er spannt sich an, ein Schauer läuft durch seinen großen Körper und ich spüre, wie sein Schwanz noch stärker anschwillt. In seiner Brust vibriert ein leises Knurren und er wird schneller, seine Pomuskeln spannen sich unter meinen Waden an, als er mich wie ein Presslufthammer bearbeitet und jeder Stoß so tief ist, dass er mich fast zerreißt. Es sollte zu viel sein, zu hart, aber mein Körper umarmt ihn und die Hitze in mir verstärkt sich mit jedem Stoß. Ich kann meine eigenen Schreie hören, den explosiven Druck spüren, der sich in mir aufbaut und alle meine Ängste lösen sich in Luft auf, bis nur noch die brennende Lust zurückbleibt.

»Lucas!« Ich weiß nicht, ob ich seinen Namen wirklich rufe oder ob sich das nur in meinem Kopf abspielt, aber in diesem Moment schreit er heiser auf und ich spüre, wie er sich in mich ergießt, während heiße Ekstase durch meine Nervenenden fließt. Der Orgasmus ist so intensiv, dass sich mein ganzer Körper nach oben biegt und weiße Flecken vor meinen Augen erscheinen. Er scheint endlos zu sein, wie ein pulsierender Krampf nach dem anderen, aber irgendwann lassen die Wellen der Lust nach und mein Bewusstsein kehrt langsam zurück.

Lucas liegt auf mir und sein großer Körper ist schweißbedeckt. In dem Moment, in dem ich sein schweres Gewicht wahrnehme, rollt er bereits von mir runter und zieht mich an sich, so dass mein Kopf auf seinen Schultern liegt. Wir liegen einfach nur da, schwer atmend und zu kaputt, um uns zu bewegen. Als sich mein Herzschlag langsam wieder normalisiert, überkommt mich die Schwere der Befriedigung.

»Schlaf schön, Baby«, höre ich ihn noch flüstern, bevor mich der Schlaf übermannt, ich meine Augen schließe und weiß, dass ich sicher bin.

Ich gehöre zu Lucas und er wird meine bösen Träume fernhalten.

* * *

»Guten Morgen, meine Schöne.« Ein zärtlicher Kuss auf meine Schulter weckt mich auf. »Möchtest du Tee?«

»Wie bitte?« Ich versuche angestrengt, meine Augenlider zu öffnen und blinzele, um den schläfrigen Nebel aus meinem Kopf zu vertreiben. Ich liege auf meiner Seite und rolle mich auf den Rücken, um zu Lucas hochzublicken, der bereits angezogen neben dem Bett steht und etwas in der Hand hält, das wie eine Tasse mit einer dampfenden Flüssigkeit aussieht.

»Tee«, erklärt er mir. Sein harter Mund lächelt. »Ich habe dir eine Tasse gekocht. Ich hoffe, dass ich es nicht versaut habe.«

»Äh …« Mein Kopf arbeitet immer noch nicht richtig, also setze ich mich hin und versuche zu verstehen, was gerade passiert. »Du hast mir Tee gekocht?«

»Ja.« Lucas setzt sich auf die Bettkante und reicht mir vorsichtig die Tasse. »Bitteschön. Ich war mir nicht sicher, wie lange er ziehen muss, aber auf der Packung war eine Anleitung, also habe ich es hoffentlich richtig gemacht.«

»Okay.« Ich nehme ihm die Tasse ab und trinke einige Schlucke. Der Tee ist heiß genug, um meine Zunge zu verbrennen, aber der vertraute Geschmack des Earl Grey belebt mich und setzt mein Gehirn in Gang. Langsam kommt alles Stück für Stück zurück.

Lucas als Kirill. Meine Enthüllung über die UUR.

Die Tasse zittert in meiner Hand und heiße Flüssigkeit schwappt auf meine nackten Brüste.

Von dem plötzlichen Schmerz überrascht, blicke ich nach unten und höre wie Lucas flucht, während er mir die Tasse abnimmt. Er stellt sie auf den Nachttisch, bevor er meine Brust mit einer Ecke der Decke abtrocknet. »Scheiße. Yulia, alles in Ordnung?«

Ich blicke ihn an und meine Haut fühlt sich trotz der Verbrennung mit dem heißen Tee kalt an. »Du möchtest wissen, ob ich in Ordnung bin?« Jetzt erinnere ich mich wieder an alles. Die Art und Weise, wie er mich gebrochen hat. Die Art und Weise, wie er mich danach getröstet hat. Den Albtraum. Wie ich mich in der Dunkelheit an ihn geklammert habe.

Wie ich ihn gebeten — nein, *angefleht habe* — mich zu ficken.

Lucas' Gesicht spannt sich an. »Hast du dich schlimm verbrannt?«

»Nein.« Mein inneres Frösteln verstärkt sich und betäubt die kranke Panik, die durch meine Adern fließt. »Ich habe mich nicht verbrannt.«

Zumindest nicht an dem Tee.

Ich drehe mich weg, hebe die Bettdecke an und suche nach den Shorts, die er mir letzte Nacht ausgezogen hat, als wir uns schlafen legten. Es ist etwas, worauf ich mich konzentrieren kann, etwas, das ich tun kann. Außerdem brauche ich Kleidung. Sie ist ein Schutz, und genau den brauche ich.

Ich muss mich an etwas festklammern, um nicht durchzudrehen.

Wie konnte ich mich nach diesem furchtbaren Traum nur an Lucas wenden, wenn er ihn doch einige Stunden davor wahr werden ließ? Wie konnte ich nur diesen Mann begehren, der mich auf eine solche Art und Weise gebrochen hat? Es ist, als habe ich das verdrängt, was er getan hat, alles unterdrückt, weil ich so verzweifelt das Gefühl von Geborgenheit brauchte.

Wegen meines schwachen, selbstsüchtigen Bedürfnisses habe ich den Mann umarmt, der meinen Bruder zerstören wird.

»Yulia.« Lucas streckt sich nach mir aus, aber ich zucke zurück. Meine Finger bekommen endlich die Shorts zu fassen, die vor dem Bett lagen, und ich ergreife sie. Danach stehe ich auf, allerdings verlasse ich das Bett auf der Seite, die am weitesten von Lucas entfernt ist. Ich weiß, dass ich keinen Rückzugsort habe, aber ich kann es noch nicht zulassen, dass er mich berührt.

Ich würde erneut zerbrechen.

»Was tust du?«, fragt er als ich die Shorts anziehe und dann auf allen vieren nach dem Top suche, das ich letzte Nacht getragen habe. »Yulia, was zum Henker tust du?«

Ah, dort. Ich ignoriere seine Fragen und schnappe mir das Tanktop — falls man einen Sport BH mit Spitzenumrandung so nennen kann. Alle Sachen, die ich von Lukas bekommen habe, sind so: leger aber unglaublich sexy. Sie sind allerdings besser als nichts, also ziehe ich mir das Tanktop über und stelle mich hin, ohne ihn anzuschauen.

Das scheint ihn zu irritieren. Innerhalb einer Sekunde hat er den Raum durchquert, steht vor mir und seine Finger umschließen meinen Arm.

»Was ist los, Yulia?« Lucas ergreift mein Kinn mit seiner freien Hand und zwingt mich dazu, ihn anzuschauen. »Was ist das für ein Spiel, das du spielst?«

»Ich?« Als ich ihn anblicke, flackert trotz meiner Verzweiflung ein kleiner Funke Ärger auf. »Du bist der Spielführer, Kent. Ich bin doch nur eine Spielfigur.«

Er zieht seine Augenbrauen zusammen. »Und was war letzte Nacht? Warst du da auch nur eine Figur?«

»Letzte Nacht war ein kurzer Anflug von Wahnsinn.« Das ist zumindest die einzige Erklärung, die ich für mich finden kann. Meine Stimme ist hart und bitter als ich hinzufüge: »Außerdem, was interessiert es dich? Du hast doch bekommen, was du wolltest.«

»Ja, das habe ich.« Sein Gesichtsausdruck ist unleserlich. »Ich habe genug Informationen, um die UUR zu zerstören.«

Eine Übelkeitswelle überrollt mich und ich möchte mich übergeben. Ich weiß nicht, ob Lucas das spürt, aber er lässt mein Kinn los und tritt zurück.

»Dir wird nichts passieren«, sagt er mit eigenartig angespannter Stimme. »Ich habe dir schon gesagt, dass ich dich weder umbringen, noch dir etwas anderes antun werde, sobald ich die Informationen habe, und das werde ich auch nicht. Du hast keinen Grund mehr, angespannt zu sein. Es ist vorbei.«

Ich starre ihn an, weil mir auffällt, dass ich weder gestern Nacht, noch heute Morgen auf den Gedanken gekommen bin, dass Lucas mich umbringen könnte. Ich habe überhaupt nicht darüber nachgedacht, was mit mir geschehen könnte. Irgendwann habe ich offensichtlich angefangen zu glauben, dass mein Entführer nicht möchte, dass ich sterbe.

Ich habe angefangen, darauf zu vertrauen, dass seine sexuelle Besessenheit von mir echt ist.

»Die Dinge werden sich jetzt bessern«, sagt Lucas, als ich weiterhin schweige. »Sobald die UUR ausgelöscht ist, werde ich dir mehr Freiheiten gewähren. Du wirst dich frei auf dem Anwesen bewegen können, überall hingehen können wo du möchtest.«

»Wirklich?« Trotz meiner Verzweiflung muss ich fast laut auflachen. »Und warum denkst du, dass ich nicht wegrennen werde?«

Auf seinem Mund erscheint ein dunkles Lächeln. »Weil du nicht weit kommen würdest, solltest du es versuchen. Ich werde dich mit Trackern ausstatten.«

Mein Herz setzt einen Schlag aus. »Tracker?«

Lucas nickt und lässt meinen Arm los. »Esguerras Leute haben einen neuen Prototyp entwickelt. Aber warum gebe ich dir jetzt nicht schon einmal einen Vorgeschmack auf deine Zukunft? Wir können nach dem Frühstück draußen spazieren gehen.«

Ein Spaziergang. Zu einem anderen Zeitpunkt wäre ich überglücklich gewesen, aber jetzt schaffe ich es kaum, halbwegs normal mit Lucas umzugehen.

So zu tun, als würde meine Welt nicht bald zusammenbrechen.

»Zuerst frühstücken wir aber«, meint Lucas, als ich nicht reagiere. »Komm. Ich bringe dich zum Badezimmer, damit du dich fertigmachen kannst.«

Badezimmer. Frühstück. Ich will ihn anschreien und ihm sagen, dass er verrückt ist, dass ich unmöglich etwas essen kann, aber ich schweige und tue, was er sagt. Ich muss einen Weg finden, das Chaos, das ich angerichtet habe, wieder in Ordnung zu bringen.

»Über welche Tracker sprichst du?«, zwinge ich mich, ihn zu fragen, als wir zum Badezimmer gehen. »Implantate oder solche zum äußerlichen Tragen?«

»Implantate.« Lucas bleibt vor der Badezimmertür stehen und schaut mich an. »Nur einige wenige, um dich in Sicherheit zu wissen.«

Und sicher zu gehen, dass er jederzeit weiß, wo ich bin.

»Wann wirst du sie mir einpflanzen?«, frage ich und versuche, meine Stimme ruhig zu behalten. Sollten die Tracker so schwer zu entfernen sein wie ich vermute, wird eine Flucht unmöglich sein.

»Sobald ich aus Chicago zurückkomme«, antwortet Lucas. »In fünf Tagen werde ich für zwei Wochen dorthin fliegen. Leider werden die Tracker nicht vorher hier eintreffen, also musst du die ganze Zeit über gefesselt bleiben.«

»Du verreist?« Mein Herz schlägt plötzlich hoffnungsvoll schneller. Wenn er weg sein wird ...

»Ja, aber mach dir keine Sorgen. Ich habe einigen Wächter, denen ich vertraue, Anweisungen gegeben, sich um dich zu kümmern.« Er lächelt, so als könne er meine Gedanken lesen. »Sie werden dafür sorgen, dass du in Sicherheit bist und es dir gut geht.«

Und immer noch hier, wenn ich zurückkomme.

Diese unausgesprochenen Worte liegen in der Luft, als ich das Badezimmer betrete und leise die Tür hinter mir schließe. Lucas' Plan, mich an sich zu ketten, sollte mich entsetzen, aber die übelkeitserregende Angst, die ich verspüre, hat nichts mit meinem eigenen Schicksal zu tun.

Wenn Esguerras Männer die UUR genauso verfolgen wie sie es mit ihren anderen Feinden getan haben, wird niemand, der mit der Organisation in Verbindung steht, ihrer Rache entkommen.

Obenkos ganze Familie wird ausgelöscht werden — und mit ihr mein Bruder.

EINUNDZWANZIGSTES KAPITEL

❖ LUCAS ❖

Yulia ist still und in sich gekehrt, als sie uns Frühstück macht und ich zweifele nicht daran, dass sie gerade an ihn denkt — den Mann, dem ihr Herz gehört. Sie fragt sich wahrscheinlich, was aus ihm werden wird und macht sich Vorwürfe, dass sie ihn ungewollt verraten hat. Ich will sie mir schnappen und ihr befehlen, ihn zu vergessen, aber das würde die Sache nur noch schlimmer machen. Wenn sie versteht, dass ich über ihn Bescheid weiß, könnte sie um sein Leben betteln, und das möchte ich nicht.

Ich werde dieses Arschloch auf jeden Fall umbringen und ich möchte nicht, dass das für sie schmerzhafter als nötig wird.

Heute verrichtet sie die Küchenarbeit ohne zu lächeln, oder ab und an fröhlich zu lachen. Da ich den Zwischenfall mit der Gabel noch frisch im Kopf habe, beobachte ich sie besonders aufmerksam um sicherzugehen, dass sie nicht noch etwas versteckt. Ich nehme an, dass ich arrogant bin, meine Gefangene einfach so herumlaufen zu lassen, frei und mit Zugang zu Dingen, die sie als Waffe benutzen könnte. Ich bin mir ziemlich sicher, dass ich sie aufhalten kann, solange ich den Angriff vorhersehe, aber es besteht immer die Möglichkeit, dass sie mich eines Tages unvorbereitet trifft.

Sie ist gefährlich, aber genau wie bei einem schwierigen Auftrag macht das die Sache nur aufregender.

Das Frühstück, das Yulia uns zubereitet, ist einfach: ein Omelette mit Käse und eine Schüssel Erdbeeren als Nachtisch. Theoretisch hätte ich das auch machen können, aber meine Eier wären entweder wie Gummi oder zu flüssig geworden und der Käse wäre an den Rändern der Pfanne verbrannt. Bei Yulia passiert nichts dergleichen. Das Omelett ist leicht, fluffig und voller Käse, und selbst die Erdbeeren schmecken besser als ich sie in Erinnerung hatte.

»Das ist unglaublich gut«, sage ich zu ihr, während ich meine Portion esse und Yulia nickt, um mir zu zeigen, dass sie mich gehört hat. Abgesehen davon schaut sie mich weder an, noch spricht sie mit mir.

Es ist so, als würde ich nicht existieren.

Ihr Verhalten macht mich wütend, aber ich reiße mich zusammen. Ich weiß, dass ich ihr Schweigen verdient habe. Ich habe ihr zwar nicht körperlich wehgetan, aber das mindert die Schwere dessen, was ich getan habe, nicht.

Ich habe sie gequält, habe ihre größte Angst dazu benutzt, sie zu brechen.

Meine starken Schuldgefühle stören mich und so stehe ich auf und wasche ab, in der Hoffnung, dass mich diese Routineaufgabe von meinen lästigen Gedanken ablenkt. Meiner Meinung nach tue ich Yulia einen Gefallen, wenn ich ihren Freund aus ihrem Leben entferne. Es ist eindeutig, dass er sie nicht verdient hat. Er hat sie nach Moskau gehen lassen, um mit anderen Männern zu schlafen und hat sie zwei Monate lang in einem russischen Gefängnis verrotten lassen. Agent oder nicht, dieser Mann ist ein Schwächling und sie ist ohne ihn besser dran. Als Yulia letzte Nacht zu mir kam, dachte ich, dass sie mir wie durch ein Wunder vergeben hat. Ich wollte sogar schon ihren Freund vergessen, aber jetzt erkenne ich, dass ich Unrecht hatte.

Sie war zu traumatisiert gewesen um zu wissen, was sie tat.

»Bist du bereit für einen Spaziergang?«, frage ich, als ich zum Tisch zurückkehre. Yulia trinkt ihren Tee und schaut mich immer noch nicht an. »Ich habe in weniger als zwei Stunden ein Telefonat zu erledigen, also falls du rausgehen möchtest, sollten wir das jetzt tun.«

Sie steht, immer noch schweigend, auf und ich sehe, dass ihr Gesicht aschgrau ist. Sie ist erschüttert. Nein, mehr als erschüttert — sie ist völlig verstört.

Mein schlechtes Gewissen meldet sich wieder zu Wort und ich kann es nur unter größten Anstrengungen wegdrücken. »Komm her«, sage ich und nehme ihre Hand. Ihre schlanken Finger fühlen sich kalt an, als ich sie aus der Küche führe. »Wir werden hinten hinausgehen.«

Das Schlafzimmer hat eine Tür, die zum Garten führt und ich benutze sie, um uns vor neugierigen Blicken zu schützen. Ich möchte nicht, dass irgendjemand meine Gefangene draußen sieht und Gerüchte in die Welt setzt. Bis ich Esguerra etwas Handfestes über die UUR liefern kann, möchte ich unser Verhältnis geheim halten. Mein Chef schuldet mir einen Gefallen, aber es ist besser, wenn es sich um einen wechselseitigen Deal handelt — die Köpfe unserer Feinde gegen Yulia.

»Es tut mir leid, dass es so heiß ist«, sage ich, als wir hinaustreten. Es ist erst acht Uhr dreißig morgens, aber es fühlt sich bereits an wie in einer Dampfsauna. Wahrscheinlich wird es innerhalb der nächsten Stunde regnen, aber momentan ist der Himmel klar und es sind nur einige wenige weiße Wolken zu sehen. »Das nächste Mal werden wir eher gehen.«

»Nein, das ist kein Problem«, antwortet Yulia und bleibt auf einer Lichtung zwischen den Bäumen stehen. Überrascht schaue ich sie an und sehe, dass ihr Gesicht jetzt einen Hauch von Farbe hat. Während ich sie betrachte, schließt sie ihre Augen und legt ihren Kopf in den Nacken. Sie erinnert mich an eine Pflanze, die das Sonnenlicht aufsaugt, und ich verstehe, dass sie genau das tut: sie badet in der Sonne, nimmt ihre Wärme auf.

»Dir gefällt es hier.« Ich weiß nicht, warum mich das überrascht. Ich nehme an, ich habe mir einfach vorgestellt, dass jemand aus ihrem Teil der Welt an die Kälte gewöhnt sei und die heiße Hitze des Regenwalds hassen würde. »Du magst dieses Wetter.«

Sie hebt ihren Kopf wieder an und öffnet ihre Augen um mich anzuschauen. »Ja«, sagt sie ruhig. »Das tue ich.«

»Das freut mich.« Ich drücke Yulias Hand und lächele sie an. »Ich habe eine Weile gebraucht, bis ich mich daran gewöhnt hatte, aber jetzt kann ich mir nicht mehr vorstellen, an einem kalten Ort zu leben.«

Sie erwidert mein Lächeln nicht, aber ihre Hand wird wärmer, während wir weitergehen, tiefer in den Wald hinein, der an das Anwesen grenzt. Esguerras Besitz ist riesig und erstreckt sich kilometerweit in den Regenwald. In den achtziger Jahren stellte Juan Esguerra, Julians Vater, hier riesige Mengen an Kokain her, aber davon ist kaum noch etwas zu sehen. Der Dschungel hat die alten, hüttenartigen Laboratorien verschluckt, als sich die Natur das ihr entwendete Land zurückerobert hat und das Gras in einer unglaublichen Geschwindigkeit nachgewachsen ist.

»Es ist wunderschön hier«, sagt Yulia, als wir eine weitere Lichtung betreten und ich sehe, dass sie auf die tropischen Blumen schaut, die einen kleinen Teich einige Meter weit weg umranden. Sie hört sich eigenartig wehmütig an.

Ich lasse ihre Hand los und drehe mich um, um sie anzusehen. »Das ist dein neues Zuhause.« Ich greife nach oben, um ihre eine Haarsträhne hinter das Ohr zu streichen. »Sobald alles zur Ruhe gekommen ist, wirst du hierher kommen können, wann immer du möchtest.«

Ich will sie mit meinen Worten beruhigen, ihr versprechen, dass die Dinge besser werden, aber ihr Gesicht spannt sich bei meinen Worten an und ich weiß, dass sie sich wieder Sorgen um ihren Freund macht.

Arschloch. Ich wünschte mir, der Mann läge bereits unter der Erde, damit sie ihn endlich hinter sich lassen kann.

Ich erinnere mich daran, geduldig zu sein, nehme meine Hand herunter und sage: »Das ist einer von vielen hübschen Plätzen auf diesem Anwesen. Nicht weit von hier befindet sich auch ein hübscher See.«

Yulia antwortet nicht. Sie dreht sich weg und geht zum Teich. Ihre Flipflops sind kaum zu sehen, als sie in dem hohen Gras steht. Als ich die grünen Halme an ihren Knöcheln erblicke, fällt mir auf, dass ich ihr für diese Spaziergänge ein Paar Turnschuhe besorgen sollte. Es gibt hier Schlangen und alles mögliche Ungeziefer. Auch wilde Tiere — einige Wächter haben letzte Woche berichtet, Jaguare auf dem Grundstück gesehen zu haben.

Da ich mir plötzlich Sorgen mache, gehe ich zu Yulia und untersuche das Gras in ihrer Nähe. Ich kann nichts besonders Gefährliches sehen, also beschließe ich, sie nicht zu stören. Sie scheint in ihre Gedanken versunken zu sein, während sie mit in Falten gezogener Stirn auf das Wasser schaut. Ihr Haar glüht im Sonnenlicht und zum ersten Mal bemerke ich, dass einige der Strähnen einen fast weißen Goldton haben, während andere eher die Farbe dunklen Honigs besitzen. Da ich keine Ansätze erkennen kann, nehme ich an, dass ihre Haarfarbe natürlich sein muss.

»Waren deine Eltern auch so blond?«, frage ich sie, als ich hinter sie trete. Ich kann meinem Drang nicht widerstehen, ihre Haare in meine Hände zu nehmen und genieße seine Fülle. »Diesen Farbton sieht man bei Erwachsenen nicht häufig.«

»Meine Mutter, ja.« Yulia scheint es nicht auszumachen, dass ich mit ihrem Haar spiele, also mache ich weiter und lasse meine Finger durch die seidige Masse gleiten, bevor ich sie zur Seite lege, um ihren langen, schlanken Hals freizulegen. »Mein Vater hatte eher ein sandiges braun, ein wenig dunkler als dein Haar. Aber als Kind war er richtig hell gewesen.«

»Ich verstehe.« Ich beuge mich nach unten, um ihren Pfirsichduft einzuatmen, aber kann der Versuchung nicht widerstehen, an dem empfindlichen Punkt unter ihrem rechten Ohr zu knabbern. Ihre Haut fühlt sich unter meinen Lippen warm und zart an und als ich mit meinen Zähnen über ihr Ohrläppchen fahre, höre ich, wie sich ihre Atmung beschleunigt. Sofort schießt Lust durch mich hindurch und mein Körper verhärtet sich vor Verlangen.

»Yulia …« Ich gebe ihr Haar frei, um ihre weichen, runden Brüste zu umfassen. »Ich begehre dich so unglaublich.«

Sie erschaudert und ihre Lippen öffnen sich zu einem lautlosen Stöhnen, während ihr Kopf nach hinten gegen meine Schultern fällt und sie ihre Augen schließt. Sie mag zwar wegen ihres Freundes erschüttert sein, aber sie will mich immer noch — das ist nicht abzustreiten. Ihre Nippel sind hart, als sie sich durch ihr Tanktop in meinen Handflächen drücken und ihre blasse Haut ist errötet.

Also war letzte Nacht doch kein Fehltritt. Yulia mag mir nicht verziehen haben, wohl aber ihr Körper.

Während ich immer noch ihren Hals küsse, gehe ich in die Knie und ziehe sie mit mir ins Gras. Ich lege mich auf meinen Rücken, drehe sie mit dem Gesicht zu mir und setze sie mit gespreizten Beinen und ihren Händen auf meinen Schultern auf mich. Yulias Augen sind jetzt geöffnet und sie betrachtet mich, während ich ihre Hüften umfasse und mein Becken anhebe, um meine Erektion an ihr Geschlecht zu drücken. Selbst durch unsere Kleidung hindurch fühlt es sich gut an, sich an ihr zu reiben, besonders weil ich sehe, wie sich ihre Augen verdunkeln.

»Komm her«, murmele ich und bewege eine meiner Hände ihren Rücken hinauf. Ich lege meine Finger um ihren Nacken, ziehe ihren Kopf zu mir und küsse sie, wobei ich ihr überraschtes Ausatmen aufsauge. Sie schmeckt nach Erdbeeren und sich selbst und ihre Zunge schlingt sich vorsichtig um meine, als ich den Kuss vertiefe. Ich drücke sie fester an mich, da ich näher bei ihr sein muss, aber unsere Bekleidung ist im Weg.

Da ich langsam ungeduldig werde, höre ich einen Moment lang auf, sie zu küssen und bewege meine Hand zum Saum ihres Oberteils. Mit einer flüssigen Bewegung ziehe ich es aus und lege ihre umwerfenden Brüste frei — Brüste, die sie sofort mit ihren Händen bedeckt.

»Lucas, warte.« Yulia wirft einen ängstlichen Blick hinter uns. »Was ist, wenn —«

»Niemand wird uns hier stören.« Ich greife nach ihren Shorts. »Wir sind zu weit von dem befestigten Pfad entfernt.«

»Aber die Wachen —«

»Die nächsten Türme sind zu weit weg, als dass sie uns hier sehen könnten.« Ich mache den Reißverschluss ihrer Shorts auf und lege sie aufs Gras. Ich ziehe ihre Hosen hinunter und füge mit einem dunklen Lächeln hinzu: »Wir sind ganz alleine, meine Schöne.«

Als nächstes ziehe ich mich aus und Yulia beobachtet mich dabei mit einem hin- und hergerissenen, fast gequälten Ausdruck. Ich weiß nicht, ob sie sich fühlt als würde sie ihn betrügen weil sie mich will, aber ich werde mich jetzt nicht darum kümmern. Sobald ich nackt bin, bedecke ich sie mit meinem Körper und schiebe meine Knie zwischen ihre Beine, um sie zu spreizen.

»Schau mich an«, befehle ich ihr, als sie ihre Augen schließen und ihr Gesicht wegdrehen will. Ich stütze mich auf meinen Ellenbogen ab, nehme ihr Gesicht in meine Hände und wiederhole: »Schau mich an, Yulia.« Ihr Geschlecht ist weniger als zwei Zentimeter von meiner Eichel entfernt und die Lust beginnt, meinen Verstand zu vernebeln. Bevor ich sie nehme, brauche ich allerdings noch etwas von ihr.

Ich muss wissen, dass sie mir gehört.

Yulia öffnet ihre Augen und ich sehe, dass sie nass sind. Sie blinzelt schnell, so als versuche sie, ihre Tränen zurückzuhalten, aber sie schießen heraus und laufen an ihren Schläfen hinunter. Bei ihrem Anblick zieht sich etwas in mir zusammen und ein eigenartiger Schmerz erwacht tief in meiner Brust.

»Nein«, flüstere ich und beuge mich nach unten, um die Feuchtigkeit wegzuküssen. »Mach das nicht, meine Süße. Es ist alles in Ordnung. Alles wird gut werden.« Der salzige Geschmack auf meinen Lippen verstärkt meinen Schmerz. »Weine nicht. Dir geht es gut. Ich werde auf dich aufpassen.«

Ihre Tränen versiegen nicht — es werden immer mehr — und ich kann mich nicht länger zurückhalten. Der Hunger in mir ist wie ein Dämon, der sich seinen Weg nach draußen bahnt. Ich küsse sie tief auf den Mund während ich in sie stoße und fühle, wie ihr feuchtes Fleisch mich umhüllt, mich so stark zusammendrückt, dass ich vor leidenschaftlicher Lust erzittere.

Sie versteift sich unter mir und ein rohes, schmerzerfülltes Geräusch entweicht ihrem Mund — doch ich höre nicht auf. Ich kann nicht. Mein Bedürfnis, sie zu besitzen, ist stark und ursprünglich, ein Instinkt, der in grauer Vorzeit geboren wurde. Sie wurde für mich geschaffen, diese wunderschöne, gebrochene Frau. Es ist ihr Schicksal, mir zu gehören. Ich höre nicht auf sie zu küssen, während ich immer wieder so tief ich kann in sie gleite und irgendwann spüre ich ihre Hände auf meinem Rücken, als sie mich umarmt und mich an sich zieht.

Mich genauso eng an sich bindet, wie ich sie an mich gebunden habe.

TEIL III DER BRUCH

ZWEIUNDZWANZIGSTES KAPITEL

❖ YULIA ❖

Während der nächsten vier Tage verändert sich unser täglicher Ablauf. Wenn ich nicht angebunden bin, koche ich, wir essen zusammen und wir gehen früh am Morgen spazieren. Und wir ficken. Wir ficken oft. Es scheint so, als sei Lucas noch hungriger als sonst, weil er weiß, dass wir uns bald trennen. Er fickt mich überall — im Schlafzimmer, in der Küche, gegen einen Baum im Wald gestellt — und so häufig, dass mein Körper am Ende des Tages wund ist und schmerzt, und meine Seele zerrissen ist, weil ich weiß, dass ich mit dem Feind schlafe.

Nein, nicht, weil ich mit dem Feind schlafe — sondern weil ich es genieße. Egal, was ich mir sage, egal, wie sehr ich versuche ihm zu widerstehen, ich zerfließe in dem Moment in dem Lucas mich berührt. Vielleicht wäre das anders, wenn er mir erneut wehtun würde, aber das tut er nicht. Seine Leidenschaft für mich ist stark und manchmal sogar brutal, aber sie ist weder wütend, noch will sie mir schaden. Und oft — viel zu oft, um nicht verrückt zu werden — ist sie zärtlich.

Es ist, als beginne er, etwas für mich zu empfinden, mich für mehr zu wollen, als nur für Sex.

Ich versuche, nicht darüber nachzudenken — über seine Pläne mit mir und die Tracker, die er mir einpflanzen wird, um mich an sich zu ketten, während er alles zerstört, was ich liebe. Lucas hat nicht viel über die UUR gesprochen, aber von dem, was ihm herausgerutscht ist, weiß ich, dass er schon einige Hacker auf sie angesetzt hat. Es besteht die Möglichkeit, dass seine Recherche die Alarmglocken in der Organisation läuten lassen wird und sie Zeit haben, sich zu verstecken — aber dafür gibt es keine Garantie. Obenko hat es noch nie mit einem so mächtigen und rücksichtslosen Feind wie Esguerra zu tun gehabt, und die Wahrscheinlichkeit ist sehr groß, dass er nicht gegen ihn ankommt.

Wenn Lucas und sein Chef die Al-Quadar auslöschen konnten, ist es nur eine Frage der Zeit bevor sie das gleiche mit meiner Organisation tun. Ich muss flüchten oder ihnen zumindest eine Nachricht zukommen lassen, um sie zu warnen, was auf sie wartet. Aber Lucas ist genauso vorsichtig mit seinem Telefon und seinem Laptop wie mit seinen Waffen. Vielleicht werde ich eines Tages in der Lage sein, mich in sein Büro zu schleichen und das Passwort an seinem Computer zu hacken, aber darauf kann ich mich nicht verlassen.

Es gibt nur einen Weg, wie ich Misha vielleicht retten kann.

Ich muss Lucas von ihm erzählen.

Das ist ein beängstigender Schritt für mich. Ich vertraue meinem Entführer nicht — er hat mir bereits bewiesen, dass er meine Schwächen ausnutzt — aber ich sehe keine andere Möglichkeit. Wenn ich weiterhin schweige, ist Misha so gut wie tot. Ich weiß, dass ich Lucas nicht ausreden kann, an der UUR Rache zu nehmen, aber vielleicht würde er seinen Einfluss auf Esguerra dafür nutzen, meinen Bruder zu verschonen.

Misha wird nie ein normales Leben führen, aber vielleicht kann ich ihn davor bewahren, getötet zu werden.

Bevor ich mich mit meiner Bitte an Lucas wende, beschließe ich, zuerst den Bruch zwischen uns zu reparieren, wieder dorthin zu gelangen wo wir waren, bevor er mich gebrochen hat. Ich muss vorsichtig sein, um zu verhindern, dass er misstrauisch wird, aber die Zeit wird knapp. Am Abend nach unserem ersten Spaziergang antworte ich ihm deshalb schon wieder in ganzen Sätzen und am nächsten Tag verhalte ich mich fast so, als sei nichts passiert. Ich massiere ihn in der

Dusche, frage ihn, was er gerne zum Abendessen haben würde und rede wieder mit ihm über die Bücher, die ich gerade lese. Ich erzähle ihm sogar von meiner ersten schrecklichen Erfahrung beim Ballett, als ein Lehrer vor der ganzen Klasse gesagt hat, dass ich den Hals eines Straußes hätte — weshalb die anderen Kinder mich natürlich jahrelang „Strauß" genannt haben.

Lucas lacht über die Geschichte, seine hellen Augen ziehen sich vor Belustigung zusammen und ich lächele ihn an, da ich einen Moment lang vergesse, dass er mein Feind ist, dass ich das nicht ernst meine. Es ist erschreckend einfach für mich, meine Rolle zu spielen. Solange ich nicht an Misha und das Schicksal denke, das ihm bevorsteht, genieße ich Lucas Gesellschaft wirklich. Für so einen kantigen Mann ist mein Gefängniswärter ein leichter Gesprächspartner — und aufmerksam und clever, ohne arrogant zu sein. Auch wenn Lucas niemals eine Universität besucht hat, kennt er sich in vielen Themen hervorragend aus und kann intelligent über alles reden, von Politik über Aktienmarkt bis hin zu einschneidenden Entwicklungen in Wissenschaft und Technologie.

»Wo hast du so viel über Investitionen gelernt?«, frage ich ihn während eines Spaziergangs als sich unsere Unterhaltung um ein Buch über Finanzen dreht, das ich gerade gelesen habe. Nassim Talebs *Der schwarze Schwan* ist eine scharf formulierte Kritik an dem Risikomanagement der Finanzindustrie und es überrascht mich, dass es eines der Lieblingssachbücher von Lucas ist.

»Meine Eltern sind beide Wirtschaftstjuristen an der Wallstreet«, erklärt er mir. »Als ich aufgewachsen bin, lief im Hintergrund ständig CNBC und an meinem zwölften Geburtstag hat mein Vater ein Anlagekonto für mich eröffnet. Man könnte also sagen, dass mir das Thema im Blut liegt.«

»Oh.« Fasziniert bleibe ich stehen und blicke ihn an. »Investierst du immer noch?«

Lucas nickt. »Ich habe ein ansehnliches Portfolio. Ich kümmere mich zwar nichts selbst darum, weil ich keine Zeit dazu habe, aber derjenige, der es tut, ist gut. Er ist auch Esguerras Portfoliomanager. Wenn wir in Chicago sind, werde ich mich wahrscheinlich mit ihm treffen.«

»Ich verstehe.« Ich weiß nicht, warum mich das überrascht. Es ergibt Sinn. Ich kenne Lucas' Herkunft aus seiner Akte. Ich nehme an, dass ich immer gedacht habe, dass seine Erziehung nicht auf ihn abgefärbt hat, aber ich hätte es besser wissen sollen, besonders, nachdem ich die ganzen Bücher in seinem Büro entdeckt habe.

»Hast du noch Kontakt zu ihnen?«, frage ich. »Zu deinen Eltern, meine ich.«

»Nein.« Lucas bekommt einen verschlossenen Gesichtsausdruck. »Das habe ich nicht.«

Das stand auch in seiner Akte, aber ich hatte mich gefragt, ob er nur seine Familie schützen wollte.

Offensichtlich nicht. Ich würde ihn gern mehr fragen, aber ich will nicht aufdringlich sein — es ist wichtig für mich, dass er gute Laune behält und sich nicht über mich ärgert. Den Rest des Wegs lasse ich Lucas die Unterhaltung führen und als wir wieder am Teich ankommen, gehe ich auf die Knie und blase ihm einen nach allen Regeln meiner Kunst.

Seine Zufriedenheit hat gerade höchste Priorität.

* * *

Am Tag vor Lucas' Abreise beschließe ich, dass es an der Zeit ist, ihm von Misha zu erzählen. Zum Mittagessen bereite ich Lucas Lieblingsessen zu: Brathähnchen mit Kartoffelpüree und zum Nachtisch Apfelkuchen. Meine Haare kämme ich auch extralange, bis sie seidig glatt sind und ich trage ein kurzes weißes Sommerkleid — das hübscheste Kleidungsstück, das ich von ihm bekommen habe. Als wir uns an den Tisch setzen, sehe ich, wie Lucas mich mit den Augen verschlingt und ich weiß, dass ich ihm eine Freude gemacht habe.

Jetzt muss ich nur noch herausfinden, wie sehr er sich freut.

Während des Essens denke ich darüber nach, wann der beste Moment wäre, dieses Thema anzusprechen. Wird er vor oder nach dem Dessert bessere Laune haben? Sollte ich warten, bis er sein Hühnchen gegessen hat, oder sollte ich jetzt auf meinen Bruder zu sprechen kommen? Während ich diese Optionen in Gedanken abwäge, sagt Lucas im Plauderton: »Ich habe kürzlich einige Nachforschungen über deine Heimatstadt Donetsk angestellt. Stimmt es, dass die Muttersprache der meisten Menschen, die dort leben, Russisch ist, und nicht Ukrainisch?«

Ich atme erleichtert aus. Das ist ein guter Einstieg ins Thema. »Ja, das stimmt«, antworte ich lächelnd. »Meine Familie hat zu Hause Russisch gesprochen. Ich habe Ukrainisch in der Schule gelernt, aber eigentlich spreche ich mittlerweile besser Englisch als Ukrainisch.«

Lucas nickt, so als hätte ich eine Vermutung bestätigt. »Deshalb sind sie im Waisenhaus auf euch zugekommen, stimmt's? Weil die Kinder dort schon eine der Sprachen fließend sprachen, die sie brauchten.«

Ich kann nur unter größter Anstrengung mein Lächeln beibehalten. Die Erinnerungen an das Waisenhaus und die UUR lassen meinen Appetit verschwinden, auch wenn wir uns dem Thema annähern, das ich besprechen möchte. Ich schiebe meinen halb vollen Teller zur Seite und sage so ruhig ich kann: »Ja, genau deshalb. Ich war eine besonders gute Kandidatin, weil ich außerdem Englisch sprach.«

»Und weil du wunderschön bist.« Lucas' Gesichtsausdruck kühlt sich unerwartet ab. »Vergiss den Teil nicht.«

Ich nehme meinen Mut zusammen. »Vielleicht«, erwidere ich vorsichtig. »Aber sie sind keine schlechten Menschen. Eigentlich —«

Lucas hebt seine Handflächen nach oben. »Yulia, halt. Ich weiß, was du mir jetzt sagen möchtest.«

Überrascht blicke ich ihn an. »Du weißt es?«

»Du möchtest einen von ihnen retten, stimmt's?« Lucas' Augen erinnern mich wieder einmal an winterliches Eis. »Darum ging es doch, bei dem allen hier.« Er lässt seine Hand über dem Tisch durch die Luft schweifen. »Das Kleid, das Essen, das hübsche Lächeln. Denkst du wirklich, ich durchschaue dich nicht?«

Ich schlucke und mein Herz beginnt zu rasen. »Lucas, ich wollte einfach —«

»Nein.« Seine Stimme ist genauso hart wie der Ausdruck auf seinem Gesicht. »Erniedrige dich nicht noch mehr. Es wird nichts bringen. Ich kann nichts mehr tun.«

Mein Magen schnürt sich zu. »Wie meinst du das?«

»Esguerra wird sich niemals darauf einlassen und ich werde meinen Einfluss nicht darauf verschwenden.«

Ich stehe taumelnd auf. »Aber —«

»Es gibt nichts mehr zu besprechen.« Lucas steht ebenfalls auf und schaut mich gebieterisch an. »Die einzige Person der UUR, die verschont werden wird, bist du.«

Ich gehe um den Tisch herum und mein Entsetzen verwandelt sich in kaltes Grauen. Das kann er mit Sicherheit nicht so meinen. »Lucas, bitte. Das verstehst du nicht. Er ist unschuldig. Er hat mit der ganzen Sache nichts zu tun.« Ich ergreife seine Hand und drücke sie verzweifelt. »Bitte, ich werde alles tun, was du möchtest, wenn du ihn verschonst. Er ist nur eine einzige Person. Alles was ich möchte, ist, dass er am Leben bleibt.«

Lucas windet seine Hand aus meinem Griff und unterbricht mein Flehen. »Ich habe es dir bereits gesagt. Es gibt nichts, was ich für ihn tun kann.« Auf dem Gesicht meines Entführers ist kein Mitleid zu sehen, kein Hauch von Gnade. »Esguerra entscheidet solche Dinge, nicht ich. Du hast einfach Pech, meine Schöne.«

Mein Blick verschwimmt und Blut dröhnt in meinen Ohren. »Bitte, Lucas —« Ich versuche erneut, ihn anzufassen, aber er ergreift mein Handgelenk und dreht meinen Arm nach oben, damit ich ihn nicht erreichen kann.

»Hör verdammt nochmal auf für ihn zu betteln.« Lucas drückt mein Handgelenk schmerzhaft zusammen, zieht mich an sich und ich sehe die heiße Wut in seinen eisigen Augen. »Du hast Glück, selbst noch am Leben zu sein. Begreifst du das nicht? Wenn du nicht so ein heißer Fick wärst —« Er verstummt, aber es ist zu spät.

Ich habe ihn laut und deutlich gehört und die wackeligen Überreste meiner Fantasie zerfallen zu Staub.

DREIUNDZWANZIGSTES KAPITEL

❖ LUCAS ❖

Yulia starrt mich mit riesigen Augen an, während ich ihr Handgelenk immer noch festhalte. Sie sieht aus, als hätte ich ihr gerade das Herz herausgerissen und etwas, das sich wie Reue anfühlt, kühlt den brennenden Nebel der Wut ab, der mich umgibt.

Ich lasse sie los und sage in einem ruhigeren Ton: »Yulia, das ist nicht das, was ich —«

»Warum tust du es nicht gleich jetzt und hier?«, unterbricht sie mich und ihr Blick bleibt auf mich gerichtet, als sie zurücktritt. »Mach schon, töte mich. Das wirst du doch sowieso tun. Dann, wenn ich nicht mehr so ein heißer Fick bin, stimmt's?«

»Nein, natürlich nicht.« Meine Wut kehrt zurück, nur dass sie sich dieses Mal gegen mich selbst richtet. »Ich habe dir doch gesagt, dass du bei mir in Sicherheit bist.«

»Nicht, wenn dein Chef möchte, dass ich sterbe.« Ihre Oberlippe verzieht sich spöttisch. »Hast du mir das nicht gerade erzählt?«

»Das habe ich damit nicht gemeint.« Ich verfluche mich selbst. Esguerra schien eine gute Entschuldigung zu sein, damit sie aufhört, für ihren Liebhaber zu betteln, aber ich hätte daran denken sollen, wie Yulia meine Worte interpretieren würde. »Ich habe dir versprochen, dich zu beschützen, und ich werde dieses Versprechen halten.«

»Und warum kannst du ihn dann nicht beschützen?« Ihr Gesicht ist voller verzweifelter Hoffnung, als sie wieder auf mich zukommt. »Bitte, Lucas. Er ist unschuldig —«

»Nein.« Ich will mir nicht anhören, wie sie mich für ihn anfleht. »Es ist mir scheißegal, ob er schuldig oder unschuldig ist. Ich habe es dir bereits gesagt — nur eine Person. Das ist der Deal.«

Ich erwarte, dass Yulia ablässt, dass sie akzeptiert, dass sie verloren hat, aber stattdessen hebt sie ihr Kinn und ihre Augen glühen wie blaue Kohlen in ihrem leichenblassen Gesicht. »Dann er. Ich möchte, dass Misha gerettet wird, nicht ich.«

Misha. Ich speichere diesen Namen ab, auch wenn sich mein Brustkorb durch die frische Wut zusammenzieht.

Sie ist bereit, für ihn zu sterben — für ihren schwächlichen Freund.

»Was du möchtest, ist nicht entscheidend.« Meine Worte sind genauso ätzend wie die Eifersucht, die in mir brennt. »Ich entscheide, wer lebt, nicht du.«

Sie reagiert, als hätte ich sie gerade geschlagen. Ihre Lippen zittern, sie zieht sich zurück und verschränkt die Arme vor ihrer Brust.

»Yulia.« Ich gehe ihr hinterher, da ihr Schmerz wie eine Klinge in mich schneidet, aber sie dreht sich weg und schaut aus dem Fenster, als ich mich ihr nähere. Ich hebe meine Hand, um sie ihr auf die Schulter zu legen, aber im letzten Moment ändere ich meine Meinung. Es gibt nichts, was ich tun kann, damit sie sich besser fühlt, außer der einen Sache, bei der ich allerdings keinen Kompromiss eingehen werde.

Ich will Mishas Tod und ich werde es nicht zulassen, dass sie mich solange manipuliert, bis ich ihn davonkommen lasse.

Ich lasse meine Hand sinken, trete zurück und betrachte Yulias angespannte Gestalt. Meine Gefangene sieht heute noch umwerfender aus als gewöhnlich, da sie in diesem weißen Kleid so unschuldig sexy wirkt. Ihre Haare fallen wie ein schmaler Wasserfall ihren Rücken hinunter, so dass sie die personifizierte Versuchung ist — und ich weiß, dass es Absicht ist.

Wie alles andere, was Yulia in den letzten Tagen getan hat, ist auch ihre hübsche Aufmachung heute ein Versuch, ihren Freund zu retten.

Dieser Gedanke erfüllt mich mit bitterer Wut. Ich drehe mich um, räume die Reste des Essens weg und wasche die Teller, um mich abzukühlen. Yulia bewegt sich nicht von der Stelle und als ich zu ihr gehe, sehe ich, dass sie immer noch totenbleich und ihr Blick abwesend ist.

Ich wappne mich gegen meinen irrationalen Drang, sie zu trösten und strecke meine Hand aus, um ihren Arm zu ergreifen. »Komm.« Meine Stimme ist ruhig. »Ich muss dich festbinden.«

Ich umfasse Yulias Arm fester als nötig, als ich sie in die Bibliothek bringe.

* * *

Sie schweigt, als ich sie an den Sessel fessele und sicherstelle, dass das Seil nicht in ihre Haut schneidet. Als ich fertig bin, trete ich zurück und schaue sie an. »Welches Buch möchtest du haben?«

Sie antwortet nicht, sondern starrt einfach nur auf ihren Schoß.

»Yulia. Ich habe dich verdammt noch mal etwas gefragt.«

Sie schaut kurz hoch und ihre Augen sind schmerzerfüllt.

»Was möchtest du lesen?«, wiederhole ich und versuche, mich von ihrem offensichtlichen Leiden nicht berühren zu lassen. »Welches Buch?«

Sie blickt weg, allerdings nicht, bevor ich einen Blick auf die Feuchtigkeit erhasche, die in ihren Augen schimmert.

Scheiße.

»In Ordnung, wie du möchtest.« Ich nehme irgendeinen Thriller aus dem Regal und lege ihn auf ihren Schoß. »Ich werde vor dem Abendessen zurück sein.«

Yulia reagiert nicht auf meine Worte und ich verlasse den Raum, bevor ich vor Wut überkoche.

VIERUNDZWANZIGSTES KAPITEL

❖ YULIA ❖

Es ist mir scheißegal, ob er schuldig oder unschuldig ist. Es gibt nichts, was ich für ihn tun kann. Wenn du nicht so eine heißer Fick wärst ...

Lucas' Worte hallen in meinem Kopf wider, wiederholen sich in einer übelkeitserregenden Schleife immer wieder. Er war so kalt gewesen, so grausam. Es war, als wären die letzten zwei Wochen niemals passiert, als hätte ihm unsere gemeinsame Zeit nie etwas bedeutet.

Mein Herz fühlt sich an, als sei es in Scheiben geschnitten worden und der Schmerz ist so groß, dass ich ihn kaum ertragen kann. Ich atme flach, um besser mit den Qualen fertig zu werden, aber sie scheinen sich zu verstärken, sich auszubreiten und tiefer in meine Brust einzudringen.

Ich habe versagt. Ich habe bei meinem Bruder versagt. Alles, was ich von dem Moment an getan habe, in dem Obenko im Waisenhaus zu mir gekommen ist, habe ich für Misha getan, und jetzt war alles umsonst.

Der Mann, der meine letzte Hoffnung war, ist ein gnadenloses Monster und ich fühle mich wie ein Trottel.

Erniedrige dich nicht noch mehr. Es wird nichts bringen.

Irgendwoher hatte Lucas von meinem Bruder gewusst. Er wusste, dass ich ihn bitten würde, Mishas Leben zu retten. Er wusste, dass ich die ganzen letzten Tage versucht habe, ihn weichzukochen.

Er hat alles genommen, was ich zu geben habe und danach hat er ein Messer direkt in mein Herz gestoßen.

Ein bitteres Lachen entweicht mir, als ich darüber nachdenke, wie genial sein sadistischer Plan war. Ich muss zugeben, dass Lucas Kents Vorstellung von Rache brillant ist. Keine körperliche Folter würde so wehtun wie seine unverblümte Weigerung, meinem Bruder zu helfen.

Aus meinem Lachen wird Schluchzen und ich schlucke es hinunter, würge das Geräusch ab. Selbst in meinen Ohren höre ich mich verrückt und hysterisch an. Der Therapeut der Organisation hatte Recht. Ich bin nicht für diesen Job gemacht. Ich bin nicht wie Lucas oder Obenko.

Ich habe nicht die Fähigkeit, mich ausreichend von allem zu lösen.

»Deine Loyalität zu deinem Bruder ist bewundernswert, aber sie ist gleichzeitig deine größte Schwäche«, hatte mir Obenko nach einigen Monaten meines Trainings gesagt. »Du hängst an Misha, weil er Teil deiner Vergangenheit ist, aber du kannst nicht mehr in der Vergangenheit leben. Du kannst keine Familie haben. Du musst damit klarkommen, oder du wirst nicht in der Lage sein, dieses Leben zu führen. Es wird Zeiten geben, wenn du nahe an Menschen herankommen musst, ohne diese Menschen nahe an dich zu lassen. Du musst deine Gefühle kontrollieren können. Denkst du, dass du dazu in der Lage bist?«

»Natürlich bin ich das«, habe ich schnell geantwortet, da ich Angst hatte, von ihm aus dem Programm geschmissen zu werden und mit meinem Bruder ins Waisenhaus zurückkehren zu müssen. »Nur weil ich Misha liebe, heißt das nicht, dass ich jemand anderem so nahe komme.«

Und ich habe hart gearbeitet, um das zu beweisen. Ich war freundlich zu den anderen Auszubildenden, aber habe mich mit niemandem angefreundet. Das gleiche galt für die Lehrer. Ich habe zu allen einen emotionalen Abstand gehabt. Selbst nach dem Zwischenfall mit Kirill habe ich versucht, alleine mit meinem Trauma zurechtzukommen.

Ich war so eine gute, gewissenhafte Auszubildende, dass ich den Auftrag in Moskau weniger als ein Jahr nach Kirills Überfall erhalten habe.

Ein weiteres schluchzendes Lachen steigt in meinem Hals auf. Ich schlucke das hysterische Geräusch herunter, aber ich kann die Tränen nicht zurückhalten, die meine Wangen hinunterlaufen. Ich dachte, ich sei gut in dem, was ich tat. Ich lächelte und flirtete mit den mir zugeteilten Liebhabern, aber habe niemals Gefühle für sie entwickelt. Selbst bei Vladimir, der mich sexuelle Lust lehrte, blieb ich kühl und distanziert. Außer meinem Bruder hat mir niemals jemand etwas bedeutet.

Bis ich Lucas traf.

Um nahe an meinen Entführer zu kommen, habe ich mich zu sehr geöffnet. Ich habe die Kontrolle über meine Gefühle verloren. Ich habe es zugelassen, dass ein rücksichtsloser, verräterischer Mann mir nahekommt und er hat diese Nähe ausgenutzt, um die grausamste aller Bestrafungen zu finden.

Er hat die beste Art gefunden, mich zu zerstören.

FÜNFUNDZWANZIGSTES KAPITEL

❖ LUCAS ❖

Ich habe noch eine Unmenge an Arbeit zu erledigen, bevor wir morgen früh abreisen, aber ich gehe trotzdem in den Fitnessraum, weil ich mich auf nichts konzentrieren kann, weil meine Gedanken von Yulia und ihrem gequälten Gesichtsausdruck beherrscht werden.

Als ich den Sandsack bearbeite, versuche ich, die Bilder davon zu ignorieren, wie sie so entfernt und verwundet dasaß. Sie hat mich angeschaut, als habe ich sie betrogen — so als hätte ich ihr unglaublich wehgetan.

Der Sack schwingt von einer Seite zur anderen, als ich meine Faust in ihn ramme und einen harten Schlag nach dem anderen ausführe. Der Gedanke, dass sie sich von mir betrogen fühlt, bringt mich dazu, jemanden zu Brei schlagen zu wollen. Was zum Teufel hat sie erwartet? Dass sie mir ein paar Mal einen bläst und dann rette ich gerne ihren Freund? Dass ich ihren Wunsch, Mishas Leben zu verschonen, nicht in Frage stellen würde?

Sie hat gesagt, er sei unschuldig, so als würde mich das interessieren. Was mich betrifft, verdient der Mann es schon alleine deshalb zu sterben, weil er sie berührt hat. Da er außerdem noch Teil der UUR ist, hat er Glück, wenn ich ihn schnell töte.

»Lucas. Hey. Bist du bald fertig?«

Diegos Frage unterbricht mein gedankenloses Einschlagen auf den Sack. Ich wische mir den Schweiß von der Stirn und drehe mich zu dem jungen Mexikaner um, der hinter mir steht und sich schon seine Handschuhe angezogen hat. Hinter ihm warten einige weitere Wächter darauf, dass sie an der Reihe sind.

Dem Ausdruck auf ihren Gesichtern und dem wunden Gefühl auf meinen Knöcheln nach zu urteilen muss ich eine ganze Weile damit beschäftigt gewesen sein, meine Wut wegzutrainieren.

»Ich bin fertig«, antworte ich und zwinge mich dazu, von dem Sandsack zurückzutreten. »Du kannst.«

Als ich den Trainingsraum verlasse, überlege ich, ob ich zurück ins Haus gehen kann, um zu duschen, aber ich bin noch nicht ruhig genug, um Yulia gegenübertreten zu können. Also gehe ich stattdessen in Esguerras Herrenhaus und benutze die Dusche am Pool. Er hat dort auch einen Stapel T-Shirts liegen, falls er unerwartet blutige Geschäfte zu erledigen hatte, und ich nehme mir eines von ihnen, um es mir anzuziehen, sobald ich sauber bin.

Ich dusche mich schnell ab und als ich meine Shorts und das frische T-Shirt überziehe, erhasche ich einen Blick auf eine dunkelhaarige Gestalt, die gerade ins Haus eilt.

Rosa.

Ich hatte das Hausmädchen völlig vergessen. Sie muss sich meine Worte zu Herzen genommen haben, da ich sie seit unserem Gespräch in Esguerras Küche nicht mehr gesehen habe. Hoffentlich habe ich dem Mädchen nicht allzu wehgetan, aber es ging nicht anders. Ich wollte nicht, dass sie in Yulias Nähe herumschleicht.

Nach meinem harten Workout fühle ich mich ein wenig besser und gehe zu Esguerras Büro, um das Telefonat mit dem israelischen Geheimdienst zu führen.

* * *

Die nächsten zwei Stunden sprechen wir mit der Mossad über die neuesten Entwicklungen in Syrien und dem restlichen Mittleren Osten. Gegen Ende des Telefonats überlege ich, Esguerra davon zu erzählen, was ich bis jetzt über die UUR herausgefunden habe, aber entscheide dann, dass dies nicht der richtige Zeitpunkt ist. Ich werde mit ihm über Yulia und ihre Organisation sprechen, wenn wir aus Chicago zurück sind. Bis dahin sollte ich konkretere Informationen haben, da die Hacker endlich recht erfolgreich darin sind, sich durch die verschlüsselten Daten der ukrainischen Regierungsakten zu wühlen.

Als das Telefonat beendet ist, gehen Esguerra und ich einige Last-Minute Planungen für die morgige Reise durch.

»Nach der Landung fahren wir direkt zum Haus von Noras Eltern«, erklärt mir Esguerra. »Sie möchten sie sofort sehen, selbst wenn das ein spätes Abendessen bedeutet.«

Ich wundere mich schon lange nicht mehr über diese verrückte Reise, also sage ich einfach nur: »In Ordnung. Ich werde bis morgen Nacht alle Einzelheiten der Bewachung ausarbeiten und sie mit den Betreffenden besprechen, damit jeder weiß, was er zu tun hat.«

»Gut.« Esguerra hält kurz inne. »Du weißt, dass Rosa mitkommt?«

Das wusste ich ehrlich gesagt nicht. »Ach ja? Warum?«

»Nora hätte gerne ihre Gesellschaft.«

»Okay.« Ich kann nicht sehen, dass das irgendetwas ändert. Außer natürlich ... »Soll ich zusätzliche

Männer mitnehmen, die nach ihr sehen, oder wird sie die meiste Zeit bei Ihnen und Nora verbringen?«

»Sie wird bei uns sein.« Esguerra sieht leicht amüsiert aus. »In Ordnung, dann hätten wir ja alles geklärt. Ich sehe dich morgen im Flugzeug.«

»Bis morgen«, erwidere ich und gehe zu den Unterkünften der Wächter, um mich mit Diego und Eduardo zu treffen — den beiden Wächtern, die ich für die Zeit meiner Abwesenheit zu Yulias Gefängniswächtern bestimmt habe.

* * *

»Gehen wir noch einmal alles durch«, meine ich zu Eduardo, nachdem ich ihm und Diego die ganze Auflistung meiner Anweisungen gegeben habe, die meine Gefangene betreffen. »Wie oft werdet ihr zu meinem Haus gehen, um sie zum Badezimmer zu führen und sich die Beine vertreten zu lassen?«

Der Kolumbianer rollt mit den Augen. »Dreimal pro Tag und sie darf sich auch zu den Mahlzeiten frei bewegen. Wir haben es verstanden, Kent, ich verspreche es.«

»Und was werdet ihr tun, wenn sie versucht, zu entkommen?«

»Wir werden sie davon abhalten, aber ihr nichts tun«, antwortet Diego und seine Lippen zucken vor Belustigung. »Entspann dich, Mann. Wir haben es verstanden. Wir werden sie nicht berühren, außer wir müssen sicherstellen, dass sie nicht flieht. Sie wird ihre Bücher und Fernsehsendungen haben und ja, ich werde einmal pro Tag mit ihr rausgehen.«

»Und wir werden unseren Mund halten und niemandem von dieser Sache erzählen«, fügt Eduardo mit meinen exakten Worten hinzu. »Niemand wird auch nur einen Ton von uns über deine Prinzessin hören.«

»Gut.« Ich schaue sie streng an. »Und Essen?«

»Wir werden ihr Lebensmittel aus dem Haupthaus bringen und sie selber kochen lassen«, antwortet Diego und versucht gar nicht mehr, sein Grinsen zu unterdrücken. »Sie wird die bestgenährteste, bestunterhaltendste Gefangene der Geschichte sein.«

Ich ignoriere sein Sticheln. »Und nachts?«

»Werde ich ihr Handgelenk mit Handschellen an den Metallpfosten ketten, den du neben dem Bett montiert hast«, sagt Eduardo. »Und ich werde keine Hand an sie legen. Es wird so sein, als sei sie ein Sack Kartoffeln — aber ein wirklich wichtiger«, fügt er schnell hinzu, als sich meine Hand zu einer Faust ballt. »Ernsthaft, Kent, ich habe nur einen Witz gemacht. Wir werden uns gut um dein Mädchen kümmern, das verspreche ich dir. Du weißt, dass du dich auf uns verlassen kannst.«

Das weiß ich. Deshalb habe ich sie für diese Aufgabe ausgewählt. Beide Wächter arbeiten seit zwei Jahren hier und haben ihre Loyalität unter Beweis gestellt. Sie mögen meine Anweisungen amüsant finden, aber sie werden sie befolgen.

Yulia wird bei ihnen sicher aufgehoben sein.

»Okay«, sage ich und nicke ihnen zu. In diesem Fall sehe ich euch beide morgen früh. Seid Punkt neun bei mir zu Hause.

Damit verlasse ich die Unterkünfte der Wachen und gehe zum Trainingsbereich zurück, um nach unseren neuen Rekruten zu sehen.

SECHSUNDZWANZIGSTES KAPITEL

❖ YULIA ❖

Ich weiß nicht, wie viel Zeit vergeht, bevor ich meine Tränen unter Kontrolle bekomme, aber als ich endlich das Buch öffne, das Lucas mir dagelassen hat, geht die Sonne bereits unter. Ich starre auf die Worte der aufgeschlagenen Seite, aber der Text verschwimmt immer wieder und die Buchstaben gehen vor meinen geschwollenen Augen ineinander über.

Ich habe bei meinem Bruder versagt. Meinetwegen wird er getötet werden.

Ich versuche, mich auf das Buch zu konzentrieren und dieses zerstörerische Wissen zu verdrängen, aber ich kann an nichts Anderes denken. Alte Erinnerungen kommen hoch und ich schließe meine Augen, da ich zu müde bin, um mich gegen sie zu wehren.

»Bitte pass auf deinen Bruder auf«, beharrt meine Mutter und ihre blauen Augen blicken sorgenvoll. »Schau nach ihm, bevor du schlafen gehst, okay? Er schien vorhin ein wenig Fieber zu haben, also falls sich seine Stirn ungewöhnlich warm anfühlt, rufe uns an, in Ordnung? Und mach Fremden nicht die Tür auf.«

»Das werde ich nicht, Mama. Ich weiß, was ich tun muss.« Ich bin zwar erst zehn, aber es ist nicht das erste Mal, dass ich alleine mit Misha zu Hause bleibe, während meine Eltern zum Krankenbett meines Großvaters eilen. »Ich werde gut auf ihn aufpassen, das verspreche ich dir.«

Meine Mutter gibt mir einen Kuss auf die Stirn und ihr blumiges Parfum steigt mir in die Nase. »Das weiß ich«, murmelt sie und tritt zurück. »Du bist mein tolles, erwachsenes Mädchen.« Ihr Gesicht ist angespannt, aber das Lächeln, das sie mir schenkt, ist voller Wärme. »Wir werden zurück sein, sobald sich dein Großvater ein wenig stabilisiert hat.«

»Ich weiß, Mama.« Ich erwidere ihr Lächeln ohne zu ahnen, dass sich mein Leben bald für immer verändern wird. »Fahrt zu Großvater. Ich werde auf Misha aufpassen, ich verspreche es.«

Und genau das habe ich versucht. Als die Polizisten am nächsten Morgen zu unserer Wohnung kamen, habe ich sie nicht hineingelassen, bis sie mir die Bilder meiner vom Autounfall verletzten und blutigen Eltern aus der Leichenhalle gezeigt haben. Ich habe darauf bestanden, dass mein Bruder bei mir bleibt, als die Jugendfürsorge versucht hat uns zu trennen, da sie der Meinung war, dass ein zweijähriger nicht an der Beerdigung seiner Eltern teilnehmen sollte. Und als ein Jahr später Obenko im Waisenhaus auf mich zukam, um mir anzubieten, dass seine Schwester und ihr Ehemann Misha adoptierten, wenn ich seiner Organisation beitrete, habe ich nicht gezögert.

Ich habe dem Vorsitzenden der UUR geantwortet, dass ich alles dafür tun würde, dass mein Bruder ein normales und glückliches Leben führen kann.

Ich öffne meine Augen und versuche erneut, mich auf das Buch zu konzentrieren, aber in diesem Moment nehme ich aus meinem Augenwinkel eine Bewegung wahr. Überrascht schaue ich auf und sehe, dass eine dunkelhaarige Frau mitten in Lucas' Bibliothek steht.

Es ist Rosa, erkenne ich, und mein Puls rast.

»Was machst du hier? Wie bist du hereingekommen?« Ich kann den panischen Unterton in meiner Stimme nicht verstecken. Meine Hände sind mit Handschellen gefesselt und ich bin mit einem Seil mehr als sorgfältig an einen Stuhl gebunden. Wenn sie mir etwas antun möchte, kann ich nichts dagegen tun.

Rosa hält einen Schlüsselring in ihren Händen. »Im Haupthaus haben wir Ersatzschlüssel für alle Gebäude auf diesem Anwesen, einschließlich der Privathäuser.«

Ich kann keine Waffen an ihr entdecken, was mich ein wenig beruhigt. »Okay, aber was tust du hier?«, frage ich in einem ruhigeren Ton.

»Ich wollte dich sehen«, antwortet sie. »Morgen fliegen wir für zwei Wochen weg. Wir werden Noras Familie in Chicago besuchen.«

»Noras Familie?«

»Señor Esguerras Frau«, erklärt mir Rosa.

Ich runzele verständnislos meine Stirn. Ich erinnere mich dunkel daran, dass das amerikanische Mädchen, das Esguerra entführt und geheiratet hat, Nora heißt. Lucas hatte mir keinen Grund für seine Reise genannt und ich war davon ausgegangen, dass es um Geschäfte ging. Ich hatte keine Ahnung gehabt, dass Lucas' sadistischer Chef ein freundschaftliches Verhältnis zu seinen Schwiegereltern pflegt.

»Wie dem auch sei«, fährt Rosa fort, »ich wollte persönlich mit dir reden, bevor ich fliege.«

Das verwirrt mich noch mehr. »Warum?«

Rosa tritt näher an mich heran. »Weil ich denke, dass du nicht hierher gehörst.« Sie hat ihre Hände vor ihrem schwarzen Kleid verschränkt. »Weil das hier nicht richtig ist.«

»Was ist nicht richtig?« Will sie, dass ich in einer Folterkammer aufgehängt werde, so wie sie es das letzte Mal angedeutet hat?

»Du. Diese ganze Sache.« Ihre braunen Augen betrachten mich fest. »Es ist falsch, dass Lucas dich hier hat. Dass er dich in Diegos und Eduardos Obhut lässt. Sie sind gute Menschen, beide. Sie pokern gerne.«

»Pokern?« Jetzt verstehe ich gar nichts mehr.

Rosa nickt. »Sie spielen mit den Jungs vom North Tower Two. Jeden Donnerstagnachmittag von zwei bis sechs.«

»Tun sie das?« Mein Herzschlag beschleunigt sich erneut. Will Rosa mich wirklich gerade das wissen lassen, was ich denke?

»Ja«, antwortet sie ruhig. »Das ist kein Problem, da die Drohnen um das Anwesen kreisen und es überall Wärme- und Bewegungssensoren gibt. Alles, was sich den Grenzen des Grundstücks nähert, egal wie groß oder klein es ist, wird von unserer Sicherheitssoftware gescannt und untersucht, und die Wachen werden alarmiert, wenn der Computer meint, dass es ein Problem gibt.«

Jetzt rast mein Puls. »Ich verstehe.« *Alles, was sich nähert*, hat sie gesagt. Das bedeutet, dass der Computer alles ignoriert, was sich in die andere Richtung bewegt. »Wie weit ist es von hier bis zur nördlichen Grenze des Anwesens?«

Rosa zögert und ich trete mir in Gedanken in den Hintern, weil ich so direkt gewesen bin. Sie will offensichtlich vorgeben, dass sie sich nur mit mir unterhalten hat und dass alle Informationen, die ich gewinne, rein zufällig herausgekommen sind.

»Vier Kilometer«, erklärt sie mir schließlich und ich atme erleichtert aus. Ich habe sie doch nicht vergrault.

»Es gibt dort einen Fluss, der die Grenze markiert«, fährt sie fort und lässt die Maske fallen. »Weiter im Westen führt eine kleine Straße über den Fluss. Sie führt in den Norden, bis Miraflores. Manchmal bekommen wir auf diesem Weg Lieferungen.« Sie macht eine kurze Pause, bevor sie hinzufügt: »Die nächste planmäßige Lieferung kommt diesen Donnerstag um drei Uhr nachmittags.«

»Donnerstag um drei«, wiederhole ich und kann mein Glück kaum fassen. »Diesen Donnerstagnachmittag. Übermorgen.«

Sie nickt. »Wir bekommen eine Lebensmittellieferung.«

»Okay.« Meine Gedanken rasen, suchen nach potentiellen Hindernissen. »Was ist mit —«

»Ich muss jetzt gehen«, sagt Rosa und tritt noch näher an mich heran. »Lucas wird bald nach Hause kommen.« Sie lässt ihre Finger über mein Buch gleiten und ihre Hand berührt eine Sekunde lang meine. »Tschüss, Yulia«, sagt sie leise, bevor sie sich herumdreht und aus dem Raum geht.

Überrascht blicke ich nach unten und entdecke zwei kleine Gegenstände auf dem Buch.

Eine Rasierklinge und eine Haarnadel.

SIEBENUNDZWANZIGSTES KAPITEL

❖ LUCAS ❖

Es ist bereits nach acht Uhr, als ich nach Hause komme. Zu meiner Erleichterung liest Yulia ruhig in ihrem Sessel, als ich die Bibliothek betrete.

»Entschuldige bitte, dass ich so lange gebraucht habe«, sage ich, als ich zu ihr gehe, um sie vom Sessel loszubinden. »Du musst am Verhungern sein — ganz zu schweigen davon, dass du wahrscheinlich auf die Toilette musst.«

Sie schaut zu mir hoch und ich sehe, dass ihre Augen leicht gerötet sind, so als habe sie geweint. Sie sagt nichts, aber das habe ich auch nicht erwartet. Ich habe die Vermutung, dass das heutige Abendessen nicht besonders gesprächig verlaufen wird.

Ich beuge mich hinunter, mache sie los und helfe ihr aus dem Sessel, ohne darauf einzugehen, dass sie sich bei meiner Berührung versteift.

»Komm. Es ist schon spät.« Ich bin entschlossen, mein Temperament zu zügeln, als ich sie zum Badezimmer führe.

Ich warte, während Yulia die Toilette benutzt und bringe sie danach in die Küche. Ich hatte gehofft, dass sie trotz ihrer Stimmung das Abendessen zubereiten würde, aber sie setzt sich einfach nur an den Tisch und blickt geradeaus.

»In Ordnung«, sage ich nur, um nicht zu zeigen, dass ich mich ärgere. »Du kannst sitzenbleiben, wenn du das möchtest. Ich werde einige Reste aufwärmen.«

Sie antwortet nicht, bewegt sich nicht einmal, als ich den Tisch decke und alles vorbereite. Zum Glück schmecken das Hühnchen und das Püree, die sie zum Mittagessen gekocht hat, immer noch großartig, nachdem ich sie in der Mikrowelle aufgewärmt habe.

Ich erwarte halbwegs, dass sie in ihrem zurückgezogenen Zustand nichts essen wird, aber sie nimmt ihre Gabel in die Hand, sobald ich den Teller vor sie stelle.

Ich nehme an, dass ihr Hunger größer ist als ihre Wut auf mich.

Wir verzehren das Hühnchen schweigend und danach schneide ich jedem von uns ein Stück Apfelkuchen zum Nachtisch ab. Als ich gerade das Stück für Yulia auf ihren Teller legen will, erschreckt sie mich, indem sie sagt: »Für mich nicht, danke. Ich bin satt.«

»In Ordnung.« Ich lasse mir meine Freude darüber, dass sie wieder mit mir spricht, nicht anmerken. »Möchtest du Tee?«

Sie nickt und steht auf. »Ich gehe.«

Mit diesen anmutigen und effizienten Bewegungen, die so typisch für sie sind, bereitet sie den Tee zu und bringt die beiden Tassen zum Tisch. Sie stellt eine Tasse vor mich, setzt sich mir gegenüber an den Tisch und pustet in ihren Tee, um ihn abzukühlen. Ich tue das gleiche, bevor ich einen Schluck nehme. Die Flüssigkeit ist heiß und leicht bitter, aber nicht unangenehm. Ich kann ein wenig verstehen, warum Yulia Tee so gerne mag.

Wir sprechen nicht, während wir unseren Tee trinken, aber die Stille ist nicht mehr so angespannt wie vorher. Ich bekomme die Hoffnung, dass dieser Abend kein komplettes Desaster werden wird.

Als wir den Tee ausgetrunken haben, räume ich auf, während Yulia mit einem unleserlichen Gesichtsausdruck am Tisch sitzenbleibt. Hasst sie mich? Wünscht sie sich, mich mit der nächstbesten Gabel zu erstechen? Hofft sie, dass ich nie wieder von der Reise zurückkehre?

Dieser Gedanke ist mehr als nur ein wenig hässlich.

Ich unterdrücke ihn, wische die Arbeitsflächen ab und kehre zu Yulia zurück. »Ich habe zwei meiner Wächter damit beauftragt, dich während meiner

Abwesenheit zu bewachen«, teile ich ihr mit. »Diego und Eduardo. Du kennst Diego bereits — er ist derjenige, der dich aus dem Flugzeug getragen hat.«

»Ja, ich erinnere mich an ihn.« Yulias Stimme ist ruhig, als sie sich erhebt. »Er scheint in Ordnung zu sein.«

»Das ist er — und Eduardo auch.« Ich bleibe vor ihr stehen. »Sie werden gut für dich sorgen.«

»Mich bewachen, meinst du«, sagt sie und schaut mich an.

»Wie auch immer du es nennen möchtest.« Ich hebe meine Hand an, um eine Locke ihres Haares zu ergreifen. »Sie werden sicherstellen, dass du alles hast, was du brauchst.«

Sie nickt und tritt einen kleinen Schritt zurück, so dass ihre seidige Strähne aus meinen Fingern gleitet. »In Ordnung.«

»Komm.« Ich umfasse ihr Handgelenk, bevor sie sich meiner Reichweite entziehen kann. »Gehen wir ins Bett. Ich muss früh aufstehen.«

Sie versteift sich, aber lässt sich von mir ohne zu widersprechen ins Badezimmer führen. Ich bringe sie dorthin, damit sie sich schnell duschen kann — ich habe ja bereits geduscht — bevor wir ins Schlafzimmer gehen. Als wir den Raum betreten, versteift sich mein Schwanz voller Vorfreude und erotische Bilder steigen in meinem Kopf auf.

Ich kämpfe gegen diese plötzliche Lustwelle an, bleibe neben dem Bett stehen und drehe mich zu Yulia um. Ich lasse ihr Handgelenk los, nehme ihr Gesicht zwischen meine Hände und streiche ihr einige Haarsträhnen mit meinen Daumen hinters Ohr. Sie bewegt sich nicht, schaut mich einfach nur schweigend mit ihren großen, traurigen blauen Augen an.

»Yulia …« Ich weiß nicht, was ich sagen soll, wie ich die Situation retten kann, aber ich muss es versuchen. Der Gedanke daran, sie für zwei Wochen zu verlassen, während die Lage zwischen uns so angespannt ist, ist für mich unerträglich. »Es muss nicht so sein«, sage ich sanft. »Es kann … besser sein.«

Sie blinzelt, so als würden sie meine Worte überraschen, und ich sehe erneut Tränen in ihren Augen aufsteigen. »Wovon redest du?«, flüstert sie und ihre Hände legen sich um meine Handgelenke. »Ist es nicht genau das, was du wolltest? Mir wehtun? Mich bestrafen?«

»Nein.« Ich lasse sie meine Hände von ihrem Gesicht entfernen. »Nein, Yulia. Ich möchte dir nicht wehtun, das musst du mir glauben.«

Ihre Augenbrauen ziehen sich zusammen, als sie meine Handgelenke loslässt. »Aber wie kannst du dann —«

»Ich möchte nicht mehr darüber reden. Es ist vorbei. Wir werden es hinter uns lassen. Verstehst du mich?« Meine Worte klingen unbeabsichtigt grob und ich sehe, wie sie zusammenzuckt, während sie zurücktritt.

Ich atme tief durch. Die Eifersucht glüht immer noch in mir, aber ich bin entschlossen, nicht ihretwegen unsere letzte gemeinsame Nacht zu ruinieren. Ich zwinge mich dazu, mich langsam und bedächtig zu bewegen, als ich zuerst mein T-Shirt ausziehe, es auf den Boden fallen lasse, und danach das gleiche mit meinen Schuhen, Shorts und meiner Unterwäsche tue. Yulia betrachtet mich und ihre Wangen erröten leicht, als ihr Blick auf meine wachsende Erektion fällt. Zu meiner Erleichterung sehe ich, dass ihre steifen Brustwarzen durch den weißen Stoff ihres Kleides schimmern.

Sie hasst mich vielleicht, aber sie will mich immer noch.

»Komm her.« Ich kann mich nicht länger zurückhalten und greife nach ihr, umfasse ihre schmalen Schultern. Sie versteift sich, als ich sie zu mir ziehe, aber ich sehe, dass ihre Pulsader am Halsansatz pulsiert. Sie ist kein bisschen immun gegen mich und ich habe vor, das auszunutzen.

Heute Nacht wird Yulia auf gar keinen Fall an ihren Freund denken.

Ich beuge meinen Kopf nach unten, da ich ihre weichen Lippen kosten möchte, aber im letzten Moment dreht sie ihren Kopf weg und mein Mund landet stattdessen auf ihrem Kiefer. Ich spüre, wie sie erschaudert, bevor sie sich aus meinem Griff windet und zurückweicht. Ihre Brust hebt und senkt sich, ihr

Gesicht ist errötet und ihre Augen glitzern, als sie mich anblickt.

»Ich kann nicht —« , Yulias Stimme bricht. »Ich kann das nicht tun, Lucas. Nicht nachdem —«

»Hör auf.« Die unerwünschte Eifersucht kehrt zurück und mein Magen brennt voller Wut, als ich ihr folge. »Ich habe dir bereits gesagt, dass ich nicht mehr darüber sprechen möchte.«

Sie weicht weiterhin zurück. »Aber —«

»Kein weiteres Wort.« Ihr Rücken trifft auf den Kleiderschrank und ich schließe den verbleibenden Abstand zwischen uns, um sie dort festzuhalten. Ich lege meine Handflächen auf beiden Seiten neben ihrem Kopf auf den Schrank, beuge mich nach vorne und atme ihren zarten Duft ein. Jede dunkle Fantasie, die ich jemals hatte, geht mir durch den Kopf und meine Stimme wird rauer, als ich in ihr Ohr flüstere: »Ich habe genug davon. Jetzt gehörst du mir und es ist an der Zeit, dass du verstehst, was das bedeutet.«

ACHTUNDZWANZIGSTES KAPITEL

❖ YULIA ❖

Die feuchte Hitze von Lucas' Atem auf meinem Ohr lässt mich erzittern und meine Oberschenkel ziehen sich krampfartig zusammen um die wachsende Lust zwischen ihnen zurückzuhalten. Die Tatsache, von meinem eigenen Körper betrogen zu werden, verschlimmert das Durcheinander in meinem Kopf. Ich hatte gedacht, dass ich mich dazu zwingen müsste, seine Berührungen ertragen zu können, aber ich fühle mich alles andere als abgestoßen.

Obwohl ich weiß, dass er ein herzloses Monster ist, kann ich nicht aufhören, ihn zu begehren.

Sein Mund wandert über meinen Kiefer, während er mich gegen den Schrank drückt und meine

Herzfrequenz erhöht sich, als ich seinen harten Schwanz an meinem Bauch spüre. »Tu das nicht«, flüstere ich und meine Hände formen sich an meinen Seiten zu Fäusten. Ich spüre die Wärme seines kräftigen Körpers, der mich umgibt, mich bedeckt, und mein Magen zieht sich mit einer Mischung aus Angst, Scham und Sehnsucht zusammen. »Bitte … lass mich los.«

Lucas ignoriert meine Worte und bewegt seine rechte Hand zu meiner Schulter. Er schiebt seine Finger unter das Riemchen meines Kleides und zieht es herunter. Sein Mund befindet sich jetzt auf meinem Hals, leckt und beißt ihn sanft, und meine Erregung verstärkt sich, als seine Hand unter das Oberteil meines Kleides gleitet und seine Hand sich auf meine Brust legt, die raue Kante seines Daumens über meine Brustwarze fährt.

Die Hitze tief in meinem Unterleib dehnt sich aus und meine Erregung verstärkt sich, obwohl ich mich selbst dafür verachte. Ich will diese Gefühle nicht für meinen grausamen Entführer empfinden. Ich wehre mich nicht gegen ihn, weil ich meine bevorstehende Flucht nicht riskieren möchte, aber ich sollte es nicht genießen.

Ich sollte den Mann, der meinen Bruder umbringen wird, nicht begehren.

Als könne Lucas meine Gedanken lesen, hebt er seinen Kopf und schaut mich an. In seinen blassen

Augen kann ich Lust und etwas Anderes erkennen — etwas Dunkles und unheimlich Besitzergreifendes.

»Nein, meine Schöne«, murmelt er, ohne seine Hand von meiner Brust zu nehmen. »Ich werde dich nicht gehen lassen.«

Ich will antworten, aber er senkt seinen Kopf und verschließt meinen Mund mit seinem. Seine linke Hand umfasst meinen Nacken und hält mich fest, während seine rechte Hand sich nach unten bewegt, um meinen Rock anzuheben. Mit einer Bewegung reißt er meinen Tanga weg. Ich bekomme das kaum mit, da sein Kuss zu hungrig und verzehrend ist. Seine Lippen und seine Zunge nehmen mir den Atem und ich kann mich kaum daran erinnern, warum ich ihn nicht begehren sollte. Verzweifelt drücke ich meinen Handflächen gegen den Schrank hinter mir, um mich davon abzuhalten, ihn zu berühren. Es ist nur ein sehr kleiner Sieg, und er hält auch nicht lange an. Lucas, der immer noch meinen Mund verschlingt, dreht uns um und schiebt mich vor sich her, bis ich das Bett berühre.

Die Hinterseiten meiner Oberschenkel stoßen gegen den Rahmen und dann liege ich auch schon mit meinem bis zur Taille hochgezogenen Kleid auf meinem Rücken. Lucas beugt sich mit vor Hunger verzerrtem Gesicht und funkelnden Augen über mich. Bevor ich mich von seinem Kuss erholen kann, ergreift er meine Knie und hockt sich vor das Bett, um sein Gesicht zwischen meine geöffneten Beine zu schieben.

»Nein, das bitte nicht.« Ich versuche, nach hinten zu rutschen, aber Lucas hat mich fest im Griff und zieht mich näher zur Bettkante. Seine Lippen verziehen sich zu einem ironischen Halblächeln — er weiß, warum ich diese Lust nicht verspüren möchte — und dann vergräbt er seinen Kopf zwischen meinen Oberschenkeln und lässt seine warme, feuchte Zunge über meinen Schlitz gleiten.

Die Lust schlägt nahezu brutal zu. Mein ganzer Körper bäumt sich auf, als er sich meiner Klitoris zuwendet und in einem sanften Rhythmus an ihr saugt. Stöhnend versuche ich meine Beine zu schließen, mich dieser erotischen Folter zu entziehen, aber Lucas Griff ist unentrinnbar und sein Rhythmus verändert sich nicht. Ich kann spüren, wie die Nässe meiner Erregung aus mir herausläuft und meine Nippel sich fest zusammenziehen, während sich in mir eine unerträgliche Anspannung aufbaut, die mit jedem Moment stärker wird.

Der Rhythmus seines Saugens wird schneller, seine Lippen pressen meine Klitoris mit jedem Ziehen zusammen und ein unterdrückter Schrei entweicht mir, als ich den Orgasmus kommen spüre. *Der Mörder meines Bruders ...* Diese Worte gehen mir durch den Kopf, als mein Körper damit beginnt, sich zusammenzuziehen.

»Nein, halt!« Ohne nachzudenken schieße ich nach oben und drehe mich mit aller Kraft auf die Seite, um seine Hände von meinen Hüften zu lösen. Meine überraschende Gegenwehr trifft Lucas unvorbereitet und es gelingt mir, auf meinen Knien fast bis zur anderen Seite des Bettes zu kriechen, bevor er bei mir ist und seine Finger sich in letzter Sekunde um meinen Knöchel schließen.

Instinktiv drehe ich mich um und trete in sein Gesicht, aber er weicht zur Seite aus, weshalb ich ins Leere treffe. Bevor ich ein weiteres Mal zutreten kann, hat er auch schon meinen anderen Knöchel umfasst und zieht mich zu sich.

»Was soll der Scheiß, Yulia?« Lucas kontrolliert meine rudernden Beine mit seinen Knien, drückt mich mit seinem Körper nach unten und umfasst meine Handgelenke, um meine Arme an meinen Seiten auszustrecken. Sein Gesicht ist vor Wut angespannt und seine Augen sind zusammengekniffen. »Bist du so verrückt nach ihm?«

Ich starre ihn schwer atmend an. Mein Körper pocht in frustrierter Erregung und eine giftige Mischung aus Angst, Adrenalin und Wut kocht in meiner Brust. Gegen Lucas anzukämpfen war dumm von mir, aber in seinen Armen zu kommen, wäre ein schlimmer Verrat an meinem Bruder gewesen. »Natürlich bin ich das«, erwidere ich wütend, da ich mich nicht beherrschen kann. »Was hast du denn erwartet?«

Lucas Griff um meine Handgelenke verstärkt sich. »Er ist jetzt ein niemand für dich.« Seine Augen funkeln zornig. »Niemand. Du gehörst mir, verstanden?«

Ich starre meinen Entführer verständnislos an. Wie kann er von mir erwarten, meinen Bruder zu vergessen? Ich weiß, dass Lucas besitzergreifend ist, aber das, was er gerade verlangt, ist nahezu verrückt.

Bevor ich meine Gedanken ordnen kann, verhärtet sich Lucas' Gesicht. Mit einer schnellen Bewegung zieht er meinen rechten Arm über meinen Körper und umfasst meine beiden Handgelenke mit seiner linken Hand. Ich finde mich auf meiner Seite wieder und während er meine Handgelenke mit einer Hand festhält, greift er mit der anderen über mich hinweg zu seinem Nachttisch, so dass ich von seinem schweren Gewicht in die Matratze gedrückt werde. Die Luft entweicht meinen zusammengedrückten Lungen, aber einen Moment später erhebt er sich und der Druck auf meinen Brustkorb lässt nach. Lucas beugt sich über mich, hält mich mit seinem Körper fest — und in seiner rechten Hand sehe ich, was er von seinem Nachttisch geholt hat.

Das Seil.

Ein kalter Schauer läuft mir über die Haut und meine Erregung wird durch eine Angstwelle gemindert. »Was tust du?« Diese Worte sind ein panisches, flehendes Flüstern. »Lucas, das musst du nicht tun. Ich werde mich nicht mehr wehren.«

Aber es ist zu spät. Er schlingt das Seil bereits um meine Handgelenke und meine alte Angst steigt in mir auf, nimmt mir durch die Erinnerungen an Kirill die Luft. Die lähmende Angst der Vergangenheit rauscht gerade auf mich zu, als Lucas sich nach unten beugt und in mein Ohr flüstert: »Ich werde dir nicht wehtun — aber du wirst ihn vergessen.«

Ich atme zitternd ein, da seine Worte mir dieses Fünkchen Sicherheit geben, das ich brauche, um nicht in der Vergangenheit zu versinken. Meine Angst wird allerdings nicht weniger; was er tut und sagt, ist mehr als verrückt. Ich beginne, mich erneut zu wehren, da ich ihm unbedingt entkommen möchte, aber er ist zu stark. Lucas ignoriert meine Versuche, ihn von mir zu stoßen und bindet das Seil fest um meine Handgelenke, bevor er sich meinen Knöcheln widmet. Während er das tut, verlagert er einen Moment lang sein Gewicht und es gelingt mir, ihn in die Seite zu treten, bevor er meine Knöchel ergreifen kann.

»Oh nein, das wirst du nicht.« Seine Stimme ist ein tiefes Knurren, als er meine Knöchel ergreift und meinen Körper zusammenklappt. Ich schlage mit meinen zusammengebundenen Händen nach ihm, aber ich habe kaum Spielraum, so dass ich nur seine Schulter treffe, während er meine Unterschenkel mit seiner muskulösen Armbeuge zusammendrückt. Mit seinen freien Händen schlingt er das andere Ende des Seils um meine Knöchel. Seine Bewegungen sind schnell, sicher und gnadenlos. Innerhalb weniger Sekunden hat er mich wie einen Truthahn zusammengebunden — mit meinen Handgelenken und Knöcheln vor meinem Bauch. Dadurch, dass mein Kleid nach oben geschoben ist und ich keine Unterwäsche mehr anhabe, liegt mein Unterleib völlig frei da.

Meine Verletzlichkeit in dieser Position bringt mein Herz so sehr zum Rasen, dass mir schwindelig wird. Blut dröhnt in meinen Ohren als Lucas meine zusammengebundenen Handgelenke und Knöchel über meinen Kopf streckt und meine Sehnen damit bis an ihre Grenzen dehnt. Er befestigt das Seil an dem Metallpfosten, den er neben dem Bett montiert hat und bewegt sich danach meinen zusammengefalteten Körper hinunter. Seine Hände umfassen meine zitternden Oberschenkel und ich sehe, dass der mich betrachtet — meine weit geöffnete Muschi und den ebenso freiliegenden Arsch.

»Was tust du?« Ich kann wegen der wachsenden Panik in meiner Brust kaum atmen. »Lucas, was hast du vor?«

Er blickt auf, schaut mich an und ich sehe die wilde Lust in seinen Augen brennen. »Was immer ich möchte, Baby. Was immer ich möchte.«

Damit senkt er seinen Kopf zwischen meine Beine und widmet sich meiner Klitoris.

NEUNUNDZWANZIGSTES KAPITEL

❖ LUCAS ❖

Sie schmeckt berauschend, unerträglich erotisch. Ihre Muschi ist tropfnass und ihr erregter weiblicher Duft lässt Lusttropfen in meinem Schwanz aufsteigen. Ich will in sie stoßen, spüren, wie ihre feuchte Enge mich umarmt, aber ich will noch etwas Anderes — etwas, dass Yulia mir bisher nicht gegeben hat.

Zuerst muss ich allerdings das zu Ende bringen, was ich bereits begonnen habe. Ich ignoriere die Lust, die in mir brennt und sauge in dem gleichen Rhythmus an ihrer Klitoris, der sie eben schon bis an den Rand eines Orgasmus gebracht hat. Ich habe gespürt, dass sie anfing, sich zusammenzuziehen, bevor sie angefangen hat, sich zu wehren und ich weiß, dass sie nach einer weiteren Sekunde gekommen wäre. Sie hat Panik bekommen — wahrscheinlich weil sie ihn nicht verraten möchte — aber das kann ich nicht akzeptieren.

Sie wird heute Nacht kommen, immer wieder, so lange, bis ihr Freund nichts weiter ist als eine flüchtige Erinnerung.

In weniger als einer Minute ist Yulia wieder kurz vor dem Orgasmus: sie war bereits mehr als erregt und ihr rosafarbenes Fleisch ist geschwollen und empfindlich von vorhin. Sie bettelt, fleht mich an, sie gehen zu lassen, aber ich mache so lange weiter, bis ich unter meiner Zunge die Kontraktionen ihrer Muschi spüre und ihren erleichterten Aufschrei höre.

Dann beginne ich wieder von vorne, lasse meinen Finger in ihren zuckenden Kanal gleiten und stimuliere sie dort, während ich gleichzeitig ihre Klitoris lecke. Sie kommt stark und schnell, ihre Flüssigkeit bedeckt meine Hand und ich beginne mit dem dritten Mal, auch wenn mein Schwanz kurz vorm Platzen steht.

»Aufhören«, stöhnt sie als ich zwei Finger in ihre feuchte Hitze schiebe und den Punkt finde, der sie verrückt macht. »Bitte Lucas, nicht noch mehr ...«

Aber ich bin noch nicht fertig mit ihr. Nicht einmal ansatzweise. Ich ficke sie mit zwei Fingern und lege meine Lippen erneut um ihre Klitoris. Meine Finger bearbeiten sie hart und schnell und ihre Schreie werden sekündlich lauter. Ich spüre, wie ihre inneren Wände sich durch einen erneuten Orgasmus zusammenziehen, aber ich höre nicht auf. Ich mache weiter, bis sie noch einmal kommt — und dann nehme ich mir etwas von der reichlichen Feuchtigkeit ihrer Muschi und schmiere sie auf die kleine Öffnung ihres Pos.

Zuerst reagiert sie nicht, sondern liegt einfach nur mit gerötetem Gesicht und geschlossenen Augen da, um zu Atem zu kommen. Mit ihren an die Handgelenke gebundenen Knöcheln und der nassen, geschwollenen Muschi ist sie der Inbegriff der hilflosen Sinnlichkeit. Bondage ist normalerweise nichts, was mich anmacht, aber Yulia zu fesseln ist anders. Dabei geht es nicht um den Kick, sondern um Besitz.

Nach der heutigen Nacht wird sie keine Zweifel daran haben, dass sie mir gehört.

Als ihr Poloch ausreichend befeuchtet ist, drücke ich meinen Finger auf die enge Öffnung und beobachte, wie sie reagiert. Als ich einmal unter der Dusche ihren Po berührt habe, hat sie sich angespannt und ich habe verstanden, dass sie entweder ein Problem mit Analsex hat, oder das Thema neu für sie ist. Ich hoffe, dass es sich um letzteres handelt, aber ich vermute, dass es das andere ist.

Und ich habe recht. Als mein Finger einen halben Zentimeter in sie eingedrungen ist, presst Yulia ihren Po zusammen und reißt ihre Augen auf. »Nein.« Ihre Stimme ist angespannt. »Nein, bitte nicht.«

»Dein Ausbilder?« Ich bewege meinen Finger nicht von der Stelle, schiebe ihn weder weiter hinein, noch ziehe ich ihn hinaus. »Hat er dir dort auch wehgetan?«

Sie starrt mich mit bebender Brust an und ich sehe, dass ihr Mund zittert, bevor sie ihre Lippen fest aufeinander presst. Sie antwortet nicht, aber ich brauche auch keine weitere Bestätigung.

Dieses Arschloch hat ihr auch dort wehgetan — uns sie hat Angst, dass ich das Gleiche tun werde.

Etwas in mir zieht sich schmerzhaft zusammen. Ich verdiene ihr Vertrauen nicht, aber ein Teil von mir möchte es. Es ist ein Wunsch, der im Gegensatz zu meinem primitiven Bedürfnis steht, sie zu unterdrücken, sie um jeden Preis zu behalten.

Ich möchte, dass sie selbst gefesselt und hilflos keine Angst vor mir hat — zumindest nicht auf diese Art.

»Ich werde dir nicht wehtun«, sage ich ruhig und schaue Yulia dabei in die Augen. Der wilde Hunger, der in mir pocht, verwandelt sich in ein stummes Gebrüll, als ich meine Fingerspitze aus ihr zurückziehe. »Das verspreche ich dir.«

Sie erschaudert vor Erleichterung und ich beuge meinen Kopf wieder nach unten, um ihre Muschi mit langen und zärtlichen Bewegungen zu lecken. Ihr Fleisch ist zart, immer noch weich und nass. Ich weiß, dass sie jetzt gerade nicht in der Stimmung ist, einen Orgasmus zu bekommen, und ich versuche auch nicht, sie dorthin zu führen. Stattdessen beruhige ich sie mit meinen Lippen und meiner Zunge, verschaffe ihr ein harmloses Vergnügen. Ich tue das für gefühlte Stunden und irgendwann spüre ich, wie die letzten Reste ihrer verängstigten Anspannung ihren Körper verlassen.

Ich lecke weiter, aber bewege meinen Mund weiter nach unten zu ihrer cremigen Öffnung und lasse meine Zunge hineingleiten, um sie dort zu schmecken. Sie spannt sich erneut an, allerdings nicht aus Angst, und ich verstärke ihre wachsende Erregung, indem ich ihre geschwollene Klitoris sanft mit meinen Fingern reibe. Jetzt stöhnt sie lauter und ich bewege meine Zunge noch weiter nach unten bis zu dem engen Muskelring zwischen ihren Pobacken.

Yulia versteift einen Moment lang, aber ich lecke sie nur, umkreise ihre hintere Öffnung mit meiner Zunge und reibe ihre Klitoris bis sie keucht und stöhnt und ihre Hüften sich in einem instinktiven Rhythmus bewegen. Ich spüre, dass sie kurz davor ist zu kommen und ich lasse sie, indem ich fest und gleichmäßig auf ihre Klitoris drücke.

Ihr Körper spannt sich an und ich fühle, wie ihr Muskelring pulsiert und unter meiner Zunge zuckt, als sie erleichtert aufschreit. Ich lecke sie ein letztes Mal, hinterlasse so viel Speichel wie ich kann und nutze dann ihre Ablenkung durch den Orgasmus dazu, meinen Finger wieder hineinzuschieben. Er gleitet leicht hinein, bevor sich ihr Körper um ihn schließt und ich lasse ihn dort, damit sich ihr Körper an dieses Gefühl gewöhnen kann, während ich mich hinsetze und meinen Lendenbereich gegen ihren Unterleib drücke.

Sie schaut mich mit großen, glasigen Augen und leicht geöffneten Lippen an, und ihre Brust bebt, da sie keuchend atmet.

»Ich werde dir nicht wehtun«, sage ich ihr noch einmal, während ich meinen Schwanz mit meiner freien Hand zu ihrer Muschi führe, ohne meinen Finger aus ihr zu ziehen. »Weiter werden wir heute nicht gehen.«

Yulia antwortet mir nicht, aber ihre Augen schließen sich und ihre Zähne beißen in ihre Unterlippe, als die Spitze meines Schwanzes in ihre feuchte Hitze eindringt. Da ich meinen Finger in ihrem Po habe, kann ich spüren, wie mein Schwanz in sie stößt, ihre inneren Wände ausdehnt, als ich tiefer hineingleite, und ich stöhne wegen dieser unglaublichen Lust, während sich meine Eier durch explosives Verlangen anspannen.

»Ja, Baby, genauso. Lass mich tiefer …« Mir ist kaum bewusst, was ich sage, meine Stimme ist ein wildes Grollen in meiner Brust, als ihre Muschi mich hineinsaugt, meine ganze Länge in sich aufnimmt. »Ja, das ist es …«

Sie schreit auf, als ich mich auf dem Bett abstütze und kräftiger zustoße, da ich mich nicht mehr beherrschen kann. In ihr ist es wie in einem Paradies, das ich nie wieder verlassen möchte. Wenn es nach mir ginge, würde ich Yulia ewig ficken. Aber viel zu schnell wird die Lust zu groß, verwandelt sich in unerträgliche Ekstase und ich kann den unausweichlichen Orgasmus bereits in meinen Eiern spüren. Ich werde schneller — ich stoße wie ein Presslufthammer zu — und ich höre, dass ihre Schreie lauter werden und sich mit meinem eigenen grunzenden Stöhnen vermischen. Meine Sicht verschwimmt, mein ganzer Körper wird von einer unerträglichen Anspannung ergriffen und ich höre, wie Yulia aufschreit und sich ihre inneren Muskeln um meinen Schwanz und Finger krampfen.

Ich nehme dunkel wahr, dass sie kommt, als mein eigener Orgasmus mich überrollt und mein Sperma in sie spritzt, während mein Schwanz unkontrollierbar zuckt.

DREISSIGSTES KAPITEL

❖ YULIA ❖

Ich bin benebelt und zittere, meine Herzfrequenz ist astronomisch hoch, als Lucas langsam seinen Finger aus meinem Po entfernt und sich aus mir zurückzieht. Ich bin so geschafft, dass ich kaum bemerke, dass Lucas meine Fesseln löst, mich hochhebt und mich aus dem Zimmer trägt.

Erst als der Wasserstrahl mich trifft, verstehe ich, dass wir uns unter der Dusche befinden und er seine Arme von hinten um mich gelegt hat, damit ich nicht zusammenbreche. Meine Beinmuskeln zittern, weil sie so lange gestreckt wurden und mein Körper pocht als Nachspiel dieser doppelten Invasion. Lucas küsst meinen Hals während er mich vor sich hält und ich lasse es zu, während ich meinen Kopf auf seine Schulter lege und das warme Wasser über unsere Körper läuft.

»Entspanne dich, meine Schöne.« Seine Stimme ist ein leises Grollen in meinem Ohr, als ich versuche, mich wegzudrehen. Seine Arme spannen sich um mich an, halten mich an Ort und Stelle fest. »Wir werden nur zusammen duschen, das ist alles.«

Ich weiß, dass ich protestieren, ihn wegdrücken sollte, aber ich habe nicht mehr die Kraft, gegen ihn anzukämpfen. Vielleicht hatte ich sie nie — weil gegen Lucas anzukämpfen bedeutet, gegen mich selbst anzukämpfen. Etwas Perverses in mir hat sich von Anfang an von diesem grausamen, gefährlichen Mann angezogen gefühlt.

Als Lucas bemerkt, dass ich nicht mehr versuche, mich zurückzuziehen, geht er sicher, dass ich auf eigenen Füßen stehen kann und löst vorsichtig seine Umarmung.

»Lass dich von mir waschen«, murmelt er und greift nach der Flasche mit dem Duschgel, während ich wie ein folgsames Kind dastehe und mich von ihm von Kopf bis Fuß einseifen und waschen lasse. Seine schaumigen Hände berühren mich überall, auch da, wo seine Finger vorher in mich eingedrungen sind und ich schließe meine Augen und gebe mich seiner zärtlichen Fürsorge hin.

Ich werde mich morgen dafür verachten, aber heute Nacht brauche ich seine Zuneigung. Ich sehne mich danach.

Er hat sein Versprechen gehalten, mich nicht zu verletzen. Das überrascht mich immer noch ein wenig. Als Lucas mich gefesselt hat, dachte ich, dass er etwas Schlimmes mit mir vorhat — und als er begonnen hat, meinen Po zu berühren, war ich mir dessen sicher. Aber abgesehen von dem leichten Brennen am Anfang, hat mir sein Finger nicht wehgetan und seine Zunge hatte sich dort … interessant angefühlt. Das Gefühl war fremd und unbekannt, aber hatte nichts mit den schrecklichen Schmerzen zu tun, die Kirill mir an jenem Tag zugefügt hat.

Die Wasserstrahlen versiegen und als ich meine Augen öffne, bemerke ich, dass Lucas die Dusche abgestellt hat.

»Komm, Baby.« Er führt mich aus der Duschkabine und wickelt mich in ein kuscheliges Handtuch, bevor er sich selbst schnell abtrocknet. »Komm, wir gehen ins Bett«, sagt er und kommt zu mir. »Du schläfst gleich im Stehen ein.«

Er nimmt mich wieder hoch und ich protestiere nicht dagegen, dass er mich zurück ins Schlafzimmer trägt. Trotz der Dusche fühle ich mich immer noch, als würde ich gleich umkippen. Die Orgasmen, die Lucas mir aufgezwungen hat, haben mich emotional und körperlich ausgelaugt und ich will nichts weiter als einfach zu schlafen.

Schlaf wird meine Zuflucht für den Rest der Nacht sein und morgen, morgen wird mein Peiniger abreisen.

Er wird fort sein und, falls Rosa mir die richtigen Informationen gegeben hat, ich auch.

Dieser Gedanke sollte mich glücklich machen, aber als Lucas mich auf dem Bett ablegt und uns mit Handschellen aneinanderkettet, fühle ich mich alles andere als glücklich. Ein Teil von mir trauert selbst jetzt noch um die Fantasie, die ich hatte, bevor der Mann, in den ich begonnen hatte mich zu verlieben mein Herz gebrochen hat.

* * *

Lucas weckt mich mitten in der Nacht dadurch auf, dass er in mich stößt, sein dicker Schwanz von hinten in mich eindringt. Ich schnappe nach Luft und reiße die Augen durch diese plötzliche Störung auf. Ich bin nicht so feucht wie zuvor, aber das macht nichts. Mein Körper reagiert augenblicklich auf ihn und mein Unterleib füllt sich mit flüssiger Hitze, als er beginnt, mich zu nehmen. Seine Art mich zu ficken ist nicht sanft, sie verschleiert nicht, um was es geht.

Eine harte Inbesitznahme.

Unsere linken Handgelenke sind immer noch zusammengekettet und im Zimmer ist es rabenschwarz. Ich kann nichts sehen, ich kann nur spüren, dass er mich an sich drückt und sein Arm wie ein Stahlband um meinen Brustkorb liegt. Seine Hüften hämmern in mich und ich nehme ihn auf, da ich nichts Anderes tun kann. Ich atme schneller, Hitzewellen fahren über meine Haut und meine inneren Muskeln beginnen, sich anzuspannen.

»Sag mir, dass du mir gehörst.« Ich spüre Lucas' heißen Atem auf meinen Nacken. »Sag mir, dass du zu mir gehörst.«

»Ich —« Die Gefühle sind so intensiv, dass sie zu viel für mein durch den Schlaf benebeltes Gehirn sind. »Ich gehöre dir.«

»Noch einmal.«

»Ich gehöre dir.« Ich stöhne auf, als sein Schwanz einen Punkt in mir berührt, der meine Hitze auf vulkanische Temperaturen ansteigen lässt. »Ich gehöre dir.«

»Ja, das tust du.« Er bewegt seine linke Hand zu meinem Geschlecht und zieht dabei mein Handgelenk mit sich. »Du gehörst mir und niemand anderem.«

»Ja, niemand anderem …« Ich weiß nicht, was ich da gerade sage, aber da seine Finger meine Klitoris berühren, ist mir das auch egal. Alles daran fühlt sich surreal an, so als hätte ich einen erotischen Traum. Ich kann spüren, wie mich Lucas' Körper umgibt während sein Schwanz in mich stößt und meine vulkanische Hitze wächst weiter und verbrennt meine Gedanken und meine Vernunft. Benebelt schreie ich auf, als die Gefühle ihren Höhepunkt erreichen und ich komme, sich meine inneren Muskeln um seinen harten Schwanz krampfen.

Lucas stöhnt ebenfalls und ich spüre, wie sein großer Körper sich hinter mir anspannt und erzittert.

Die Wärme seines Samens überschwemmt mich und mein Geschlecht zuckt in den Nachwehen, als die Lust in meinen Nervenenden funkenartig aufflammt.

Ich atme schwer, schließe meine Augen und fühle, wie sich seine Brust an meinem Rücken hebt und senkt, während sein Schwanz in mir langsam erschlafft. Ich weiß, dass ich aufstehen und mich sauber machen, oder zumindest ein Taschentuch benutzen sollte, aber ich bin zu entspannt und erschöpft. Ich möchte einfach nur in Lucas' Armen liegen. Er scheint sich ebenfalls nicht bewegen zu wollen und meine Augenlider werden schwer, als meine Gedanken beginnen abzuschweifen. Alle meine Ängste und Sorgen fühlen sich irreal an, scheinen weit weg von diesem Moment und uns zu sein. In einer weit entfernten Welt sind wir Feinde und er hat mich gefangen, aber ich bin nicht länger an diesem brutalen Ort.

Ich bin hier, warm und sicher in der Umarmung meines geliebten Lucas.

Die Dunkelheit hüllt mich ein und ich versinke gerade noch tiefer im Nebel der Träume, als ich ihn sagen höre: »Es tut mir leid, Yulia. Hasst du mich?«

»Nein«, flüstere ich dem Lucas in meinem Traum zu. »Ich liebe dich. Ich gehöre dir.«

Und dann, als mich der Schlaf übermannt, spüre ich, wie er mich auf die Schläfe küsst und mich noch enger an sich zieht, so als habe er Angst mich gehen zu lassen.

EINUNDDREIßIGSTES KAPITEL

❖ LUCAS ❖

Yulias Atmung bekommt den gleichmäßigen Rhythmus des Schlafes, aber ich bin hellwach und mein Herz klopft in meiner Brust. Hat sie es wirklich gemeint? Hat sie gewusst, was sie sagt?

Hat sie gewusst, dass sie es zu mir sagt?

Ich will sie wachrütteln und sie fragen, aber ich widerstehe meinem Drang. Ich weiß nicht, was ich tun würde, wenn Yulia mir erklären würde, dass sie von Misha geträumt hat. Allein der Gedanke daran brennt wie Säure. Wenn ich herausfände, dass die Worte ihm galten …

Nein, das kann ich nicht tun. Ich möchte nicht, dass Yulia mich wieder so anschaut, als sei ich ein Monster.

Ich lege meinen Arm noch fester um ihren Brustkorb, fahre mit meinen Lippen über ihre Schläfe und schließe meine Augen, um mich zu entspannen. Höchstwahrscheinlich ist ihr das einfach nur herausgerutscht, aber selbst wenn an ihren Worten etwas dran wäre, warum sollten sie mir etwas bedeuten? Ich will Sex von ihr, Sex und eine gewisse, unkomplizierte Gesellschaft.

Dass ich Yulia begehre, bedeutet nicht, dass ich ihre Liebe brauche.

Ich zwinge meine Atmung dazu, sich zu verlangsamen und die Müdigkeit, die mich zu übermannen droht, aber der Gedanke, dass sie mich lieben könnte, lässt mich nicht los. Egal wie sehr ich es versuche, ich kann ihn nicht verdrängen — oder das warme Gefühl unterdrücken, das er in mir auslöst.

Das ist eine unlogische Reaktion meinerseits. Ich weiß besser als alle anderen, wie bedeutungslos diese Worte sind. Meine Eltern haben auf gesellschaftlichen Veranstaltungen auch immer „ich liebe dich" gesagt, zu sich selbst und mir. Das war Teil der glänzenden Fassade, die sie der Öffentlichkeit präsentierten, und ich habe schon immer gewusst, dass ich es nicht ernst nehmen kann. Das gleiche galt für die Frauen, mit denen ich geschlafen habe: mehr als eine von ihnen hat die Worte einfach benutzt, sie genauso beiläufig gesagt wie andere „Hallo" und „Tschüss" sagen. Es gibt überhaupt keinen Grund, mich an diesem gemurmelten Satz von Yulia aufzuhängen — einem

Satz, der nicht einmal für mich gemeint gewesen sein könnte.

Außer natürlich, er war für mich gemeint. Ist das möglich? Er wäre bei Yulia nicht bedeutungslos, dessen bin ich mir sicher. Unter den gegebenen Umständen würde sie versuchen, es mich so lange wie möglich nicht wissen zu lassen, wenn sie sich in mich verliebt hätte — was bedeutet, dass sie wahrscheinlich nicht mitbekommen hat, was sie gesagt hat.

Scheiße. Ich kann diese Sache auf keinen Fall auf sich beruhen lassen. Falls Yulia mich liebt, muss ich es wissen, damit ich aufhören kann, darüber nachzudenken.

Ich setzte mich hin, beuge mich über sie und schalte die Nachttischlampe ein.

Sie zuckt nicht einmal, als ich mich bewege. Ihre Lippen sind leicht geöffnet und ihre Wimpern formen einen dunklen Halbmond auf ihren blassen Wangen. Ihr durch den Schlaf entspanntes Gesicht sieht unglaublich jung aus — und unschuldig, erschöpft von meinen gnadenlosen Forderungen.

Ich betrachte sie einige Augenblicke lang, bevor ich mich wieder nach der Lampe ausstrecke, um sie auszuschalten. Ich lege mich hin, drücke meinen Körper von hinten gegen ihre schlanke Gestalt und atme den süßen, leicht nach Pfirsich duftenden Geruch ihres Haares ein.

Bald, verspreche ich mir, als ich meine Augen schließe. Sobald ich aus Chicago zurückkehre, werde ich sie fragen und die Wahrheit herausfinden.

Meine Gefangene wird nirgendwo hingehen und zwei Wochen kann ich warten.

* * *

Der Wecker meines Telefons reißt mich aus einem tiefen Schlaf. Ich unterdrücke meinen Drang, dieses nervende Objekt zu zerstören, greife auf den Nachttisch rechts neben mir und schalte den Wecker aus. Gähnend hole ich den Schlüssel aus der Schublade des Nachttisches und drehe mich zu Yulia um — die durch meine Bewegungen aufgewacht ist und mich mit schläfrigen, halb geschlossenen Augen anschaut.

»Hallo, meine Schöne.« Ich kann nicht widerstehen, ihr die Handschellen abzunehmen und sie auf meinen Schoß zu ziehen. Sie ist weich und anschmiegsam und ihre Haut köstlich warm, so dass ich gegen meinen Drang ankämpfen muss, sie für ein letztes Mal Sex auf die Matratze zu legen. »Ich muss los«, murmele ich stattdessen und gebe ihr einen Kuss auf die Haare. Es gibt so viele Dinge, die ich ihr sagen möchte, so viele Fragen über letzte Nacht, die ich ihr stellen möchte, aber ich sage einfach nur: »Sei brav bei Diego und Eduardo, okay?«

Sie spannt sich leicht an aber ich spüre, wie sie an meiner Brust nickt.

»Yulia, wegen letzte Nacht ...« Ich lasse meine Finger in ihre Haare gleiten und ziehe leicht daran, da ich ihr Gesicht sehen muss, aber sie weigert sich, mich anzuschauen, hält ihre Augen auf meiner Kinnhöhe.

Ich seufze und beschließe, nicht darauf zu bestehen. Jetzt ist nicht die Zeit, zu besprechen, was Yulia eventuell gesagt oder nicht gesagt haben könnte, als sie halb geschlafen hat. »Ich werde dich vermissen«, sage ich stattdessen sanft.

Ihre Lippen spannen sich an, ihr Blick richtet sich noch weiter nach unten und ich erinnere mich daran, geduldig zu sein. Ich kann zwei Wochen lang warten. Ich gebe ihr einen weiteren Kuss auf ihre Haare und schiebe sie dann unwillig von meinem Schoß um aufzustehen, während ich versuche nicht auf ihre nackten Kurven zu schauen.

Diego und Eduardo werden in zehn Minuten hier sein und ich muss noch duschen und mich anziehen.

ZWEIUNDDREIẞIGSTES KAPITEL

❖ YULIA ❖

»Yulia, Diego kennst du ja schon, und das hier ist Eduardo«, sagt Lucas und zeigt auf die beiden jungen Wächter. »Sie werden dich während meiner Abwesenheit im Auge behalten.«

Ich lehne meine Hüfte gegen den Küchentisch und nicke den beiden dunkelhaarigen Männern mit einem sorgsam neutralen Gesichtsausdruck zu. Diego ist größer als Eduardo, aber sie sind beide muskulös und gut in Form. Hübsch auf ihre eigene Art und Weise, aber ich bevorzuge Lucas wildes, wikingerhaftes Aussehen.

»Hallo«, sage ich, da ich mir denke, dass ich nichts zu verlieren habe, wenn ich nett zu ihnen bin.

»Hallo Yulia.« Diego grinst mich an und zeigt seine gleichmäßigen, weißen Zähne. »Ich muss sagen, dass du heute viel … sauberer aussiehst.«

Sein Grinsen ist ansteckend und ich erwische mich dabei, dass ich zurücklächele. »Duschen ist dafür bekannt, diesen Effekt zu haben«, antworte ich trocken und er lacht laut auf und legt dabei seinen Kopf in den Nacken. Eduardo lacht ebenfalls, aber als ich einen Blick auf Lucas werfe, sehe ich seinen düsteren Gesichtsausdruck und seine zusammengezogenen Augenbrauen.

Ist er eifersüchtig auf die Wächter, die er selbst ausgesucht hat?

»Ihr erinnert euch an meine Anweisungen, stimmt's?«, fährt Lucas die beiden Männer mit einem bösen Blick an und ich bemerke, dass er wirklich verärgert ist. »An alle?«

»Ja, natürlich«, erwidert Eduardo schnell. Diegos Grinsen verschwindet und beide Wächter stellen sich gerader hin. »Du musst dir um nichts Sorgen machen«, fügt der kleinere Mann hinzu.

»Gut.« Lucas blickt sie streng an, bevor er sich zu mir umdreht. »Wir sehen uns in zwei Wochen, okay?«, sagt er mit sanfterer Stimme zu mir und ich nicke, während ich versuche seinem Blick auszuweichen.

Ich habe den furchtbaren Verdacht, dass ich mir meinen Traum von letzter Nacht nicht wirklich eingebildet habe.

Lucas hält kurz inne, so als wolle er etwas sagen, aber dann dreht er sich einfach um und verlässt die Küche. Einige Sekunden später höre ich, wie die Eingangstür ins Schloss fällt.

Mein Entführer ist weg.

»So«, sagt Diego fröhlich und zieht meine Aufmerksamkeit damit auf sich. Sein Grinsen ist zurück und er hat seine Arme vor seiner breiten Brust verschränkt. »Was gibt es zum Frühstück?«

* * *

Ich bereite mir und den beiden Wächtern ein Omelett zu und achte darauf, nichts Verdächtiges zu tun. Sie mögen freundlich sein, aber ich darf ihr Lächeln nicht für etwas Anderes halten als eine freundliche Maske.

Nette Männer arbeiten nicht für illegale Waffenhändler, und diese beiden haben einen guten Grund, mich zu hassen — natürlich nur, wenn sie über meine Rolle bei dem Flugzeugabsturz Bescheid wissen.

»Also, Yulia«, sagt Eduardo, der sein Omelett genussvoll verschlingt, »wo hast du so gut kochen gelernt? Ist das so ein russisches Ding?«

»Ich bin Ukrainerin, keine Russin«, erwidere ich. Auch wenn der Unterschied in der Region aus der ich komme nicht gravierend ist, gehöre ich lieber dem Land meiner Arbeitgeber an. »Und ja, es scheint so eine Art osteuropäisches Ding zu sein. Viele Menschen dort sehen Kochen immer noch als etwas an, das eine Frau können muss.«

»Ich verstehe.« Diego schiebt sich mit der Gabel das letzte Stück seines Omeletts in den Mund und schaut sehnsüchtig auf die leere Pfanne. »Meiner Meinung nach sollte das für alle Frauen Pflicht sein.«

»Natürlich. Genauso wie Putzen, Wäsche waschen und auf die Kinder aufpassen, stimmt's?« Ich lächele die beiden Männer zuckersüß an.

»Wenn die Frau aussehen würde wie du, würde ich die Wäsche waschen«, erklärt mir Eduardo offensichtlich ernsthaft. »Aber saubermachen … da würde ich mich über Hilfe freuen.«

Ich kann mein Lachen nicht zurückhalten. Dieser Kerl versucht nicht einmal, seine chauvinistischen Ansichten zu verbergen.

»Ich denke, was Eduardo sagen möchte, ist, dass Lucas sich glücklich schätzen kann«, sagt Diego diplomatisch und tritt den anderen Wächter dabei unter dem Tisch. »Das ist alles.«

»Genau.« Ich unterdrücke den Drang, mit meinen Augen zu rollen. »Ich bin mir sicher, dass es das ist.«

»Auf jeden Fall.« Diego zwinkert mir zu und steht auf, um seinen Pappteller wegzuwerfen. »Eduardo ist einfach verwöhnt«, erklärt er mir, als er zum Tisch zurückkommt. »Zuerst hat ihn seine Mamacita bemuttert, und dann seine Ex-Freundin.«

»Halt den Mund«, murmelt Eduardo und blickt Diego böse an. »Rosa hat mich nicht bemuttert. Sie war einfach gut in häuslichen Angelegenheiten.«

»Rosa?« Ich horche auf.

»Ja, sie ist Esguerras Hausmädchen«, erklärt mir Diego. »Süßes Mädchen. Viel zu gut für diesen Kerl hier« — er zeigt mit seinem Daumen Richtung Eduardo — »also hat sie ihn vor einigen Monaten sitzengelassen.«

»Ich verstehe«, sage ich und versuche, nicht zu interessiert auszusehen. Wenn Rosa mit Eduardo zusammen war, erklärt das, wieso sie über das Pokern Bescheid weiß. »Hat Esguerra viele Angestellte?«

»Nicht wirklich«, antwortet Eduardo und steht auf, um seinen leeren Teller wegzuschmeißen. Seine Stirn ist gerunzelt; ich nehme an, dass die Erinnerung daran, dass Rosa ihn sitzengelassen hat, ihm seine gute Laune verdorben hat. »Wir sollten gehen«, sagt er auf einmal und schaut mich an. »Bist du fast fertig mit deinem Essen, Yulia?«

Ich nicke und schiebe mir die Reste meines Omeletts in den Mund. »Ja.« Ich trage meinen Teller zum Müll, wasche die Pfanne ab und stelle sie zum Trocknen auf ein Küchentuch. »Fertig.«

»Gut.« Diego lächelt mich an und seine dunklen Augen leuchten. »Dann gehe jetzt ins Bad und danach begleiten wir dich auf deinem morgendlichen Spaziergang.«

* * *

Als die beiden Männer einen schnellen Spaziergang durch den Wald mit mir machen, komme ich zu dem Entschluss, dass sie wahrscheinlich nichts von meiner Rolle bei dem Flugzeugabsturz wissen, bei dem ihre Kollegen umgekommen sind. Oder dass sie, falls sie davon wissen, hervorragende Schauspieler sind. Sie ziehen mich genauso auf, wie sie das unter sich tun, sie sind freundlich und entspannt. Sie machen nicht den Eindruck, Mörder zu sein — wenn man von den Pistolen absieht, die im Bund ihrer Jeans stecken.

Falls sie die Anweisung bekommen würden, mir eine Kugel in den Kopf zu jagen, bin ich mir sicher, dass keiner von beiden zögern würde, den Befehl auszuführen.

Unser Spaziergang dauert etwa zwanzig Minuten und danach bringen sie mich in Lucas' Haus zurück.

»Okay, chica«, sagt Diego, als er mich zu Lucas' Bibliothek führt. »Dein Freund sagt, dass das dein Stammplatz ist. Nimm dir ein Buch und dann müssen wir arbeiten gehen.«

»Freund?« Erstaunt schaue ich den Wächter an. »Du meinst Lucas?«

Diego grinst. »Genau der. Außer natürlich, du hast hier mehr als einen.«

Ich schlucke einen Protest hinunter und nehme mir irgendein Buch. Lucas ist definitiv *nicht* mein Freund, aber wenn sie das denken, könnte ich das zu meinem Vorteil nutzen.

Das würde auch erklären, warum die beiden Wächter so nett zu mir sind, fällt mir auf, als ich zum Sessel hinübergehe. Es ist generell clever, der Freundin des Chefs Respekt entgegenzubringen — selbst dann, wenn die Freundin die meiste Zeit gefesselt ist.

Ich setzte mich hin, lege das Buch auf meinen Schoß, atme tief durch und strecke meine Handgelenke in Diegos Richtung aus. »Los geht's. Ich bin soweit.«

DREIUNDDREISSIGSTES KAPITEL

❖ LUCAS ❖

Unser Flug nach Chicago verläuft ohne Zwischenfälle. Esguerra kommt alle paar Stunden ins Cockpit, um zu sehen ob alles in Ordnung ist, aber die meiste Zeit bleibt er bei seiner Frau und Rosa in der Hauptkabine.

»Nora schläft immer noch«, sagt er, als er eine Stunde vor der Landung zu mir kommt. Seine dunklen Augenbrauen sind voller Sorge zusammengezogen. »Denkst du, dass es normal ist, so viel zu schlafen?«

»Schwangere Frauen brauchen viel Schlaf, das habe ich zumindest gehört«, antworte ich und unterdrücke ein Lächeln. Esguerra benimmt sich, als sei noch nie zuvor eine Frau schwanger gewesen. »Ich bin mir sicher, dass alles in Ordnung ist.«

Er nickt und geht in die Kabine zurück. Wahrscheinlich um auf Nora aufzupassen, denke ich amüsiert, bevor ich mich wieder der Steuerung zuwende.

Nach dem Absturz überlasse ich nichts dem Zufall.

Wir landen auf einem kleinen Flughafen am Rande Chicagos, wo eine gepanzerte Limousine bereits auf der Landebahn auf uns wartet. Ich habe die meisten unserer Wächter vorgeschickt, damit sie diesen Flughafen von oben bis unten durchsuchen und ich weiß, dass er sicher ist. Trotzdem scanne ich unsere Umgebung automatisch nach Gefahren ab, bevor ich zur Limousine gehe und auf dem Fahrersitz Platz nehme.

In unserem Job kann man niemals vorsichtig genug sein.

Als ich die Limousine zum Haus von Noras Eltern fahre, kehren meine Gedanken zu Yulia zurück. Esguerra sitzt mit Nora und Rosa hinten und alles ist ruhig auf der Straße, also beschließe ich, die Zeit zu nutzen, um Diego anzurufen.

»Wie läuft's?«, frage ich, sobald der Wächter abnimmt.

»Naja …« Er hört sich an, als würde er gleich loslachen. »Zum Frühstück hat sie uns ein fantastisches Omelett gemacht. Zum Mittag gab es das beste Hühnchen, das ich jemals gegessen habe, und zum Abendessen wird sie uns Schweinekoteletts braten und einen Schokoladenkuchen backen. Also ich würde sagen, es läuft ziemlich gut. Und wir sind heute Morgen mit ihr spazieren gegangen.«

»Sie benimmt sich gut? Keine Fluchtversuche?«

»Machst du Witze? Dieses Mädchen ist die perfekte Gefangene. Sie hat uns beim Mittagessen sogar einige Schimpfwörter auf Russisch beigebracht. Solche Sachen wie *yob tvoyu mat* —«

»Hervorragend.« Ich knirsche mit den Zähnen, als ich gegen eine Welle irrationaler Eifersucht ankämpfen muss. Ich weiß, dass ich diesen beiden Wächtern vertrauen kann, aber es stört mich trotzdem, dass sie sich so sehr mit meiner Gefangenen anfreunden. Loyal oder nicht, sie sind immer noch Männer und ich weiß wie einfach es ist, verrückt nach Yulia zu sein. »Vergesst nicht, sie nachts an den Pfosten neben dem Bett zu ketten.«

»Natürlich nicht.«

»Gut.« Ich atme tief ein. »Und Diego, solltest du oder Eduardo sie berühren —«

»Das würden wir niemals tun.« Der junge Mexikaner hört sich beleidigt an. »Sie gehört dir und das wissen wir auch.«

»In Ordnung.« Ich zwinge mich dazu, meine Hände, die das Lenkrad umkrallen, etwas zu entspannen. »Falls etwas sein sollte, ruft mich an.«

Ich lege auf und wende meine Aufmerksamkeit wieder der Straße zu.

* * *

Esguerras Abendessen mit seinen Schwiegereltern verläuft ohne Zwischenfälle, bis Frank, Esguerras Kontaktmann bei der CIA, uns einen Besuch abstattet. Er besteht darauf, mit Esguerra zu reden, also bitte ich meinen Chef, nach draußen zu kommen, nachdem ich sichergestellt habe, dass unsere Scharfschützen bereit sind.

Sollte der US Geheimdienst heute Nacht entscheiden, doppeltes Spiel mit uns zu spielen, wird es zu einem Kampf kommen.

Zum Glück scheint Frank nicht selbstmordgefährdet zu sein. Er schickt seinen Wagen weg und macht einen Spaziergang mit Esguerra. Ich folge ihnen mit einem kleinen Abstand und lasse dabei meine Hand an der Pistole in der Innentasche meiner Jacke. Sie gehen nicht weit, nur bis zum nächsten Park und zurück.

»Was wollten sie?«, frage ich Esguerra, als der Lincoln wegfährt.

»Dass wir ihr Land nicht betreten«, erklärt mir Esguerra. »Offensichtlich schnappt der FBI jetzt völlig über — Franks Worte, nicht meine. Sie machen sich Sorgen, warum wir hier sind. Außerdem ist da noch die Sache mit Noras Entführung.«

»Stimmt. Was haben Sie ihnen geantwortet?«

»Dass wir nicht geschäftlich hier sind und dass wir das Land verlassen, sobald wir hier fertig sind. Wenn du mich jetzt bitte entschuldigen würdest, ich muss zum Familienessen zurück.« Er verschwindet im Haus und ich gehe ungläubig mit dem Kopf schüttelnd zur Limousine.

Mein Chef hat Eier, das muss ich ihm lassen.

* * *

Es ist schon spät, als das Abendessen vorbei ist. Zum Glück ist die Fahrt zum Palos Park, einer reichen Wohnsiedlung in der Esguerra auf meine Empfehlung hin ein Anwesen gekauft hat, nicht weit.

»Das wäre sicherer als ein Hotel«, habe ich ihm erklärt, als wir die Reise vor zwei Wochen zu planen begannen. »Dieses spezielle Haus ist besonders gut geeignet, weil es eingezäunt ist, ein automatisches Tor und eine lange Einfahrt hat — perfekt für Privatsphäre.«

Als wir am Haus ankommen, gehen Esguerra, Nora und Rosa hinein, während ich nach den Wachen sehe, um sicherzugehen, dass sie richtig positioniert sind und wissen, was sie im Notfall zu tun haben. Ich brauche über eine Stunde und als ich das Haus endlich betrete, bin ich todmüde. Zuerst muss ich jedoch etwas essen; die beiden Energieriegel, die ich im Auto zu mir genommen habe, waren ein beschissener Ersatz für ein Abendessen.

Ich bin durch Yulias Kochen offensichtlich verwöhnt geworden.

»Hallo Lucas«, sagt Rosa, als ich die Küche betrete. Ihre Wangen röten sich, als sie mich anschaut. Ich muss sie auf dem Weg in ihr Bett erwischt haben, da sie einen langen Schlafanzug trägt und einen Becher heiße Milch in den Händen hält. »Ich wusste nicht, dass du noch wach bist.«

»Ich musste noch einige Last-Minute Sicherheitskontrollen durchführen«, erkläre ich ihr und unterdrücke ein Gähnen. »Wieso bist du noch wach?«

»Ich konnte nicht schlafen. Zu viele neue Eindrücke, nehme ich an.« Ihre vollen Lippen verziehen sich zu einem schiefen Lächeln. »Ich bin vorher noch nie geflogen - oder in Amerika gewesen.«

»Ich verstehe.« Ich kämpfe erneut gegen ein Gähnen an während ich zum Kühlschrank gehe und ihn öffne. Er ist bereits gefüllt — ich selbst habe die Lebensmittellieferung organisiert — also nehme ich ein Stück Käse heraus, um mir mit etwas Brot ein Sandwich zu machen.

»Soll ich dir etwas kochen?«, bietet mir Rosa unsicher an. »Ich kann in einer Minute etwas zubereiten.«

»Danke für das nette Angebot, aber du solltest schlafen gehen.« Ich lege eine Scheibe Käse auf ein Stück Brot und beiße in das trockene Sandwich. »Ich bin mir sicher, dass du morgen jede Menge kochen musst«, füge ich hinzu, nachdem ich meinen Bissen gekaut und heruntergeschluckt habe.

»Naja, das ist mein Job.« Sie zuckt mit den Schultern und fährt fort: »Auch wenn du wahrscheinlich recht hast — ich denke Señor Esguerra möchte Noras Eltern morgen Nacht beeindrucken.«

»Hm.« Ich esse den Rest des Sandwiches in drei Bissen auf und lege den Käse in den Kühlschrank zurück. »Gute Nacht, Rosa«, sage ich und drehe mich um, um zu gehen.

»Dir auch.« Sie beobachtet mich mit einem eigenartig angespannten Gesichtsausdruck, als ich den Raum verlasse, aber ich bin zu müde, um darüber nachzudenken, was gerade in ihr vorgeht.

Als ich in meinem Zimmer ankomme, dusche ich schnell, bevor ich ins Bett falle. Überraschenderweise schlafe ich nicht sofort ein. Stattdessen liege ich einige Minuten lang wach und wälze mich auf der Kingsize Matratze hin und her, die sich viel zu kalt und leer anfühlt.

Es ist weniger als ein Tag vergangen und schon vermisse ich Yulia.

Zwei Wochen, sage ich mir. Ich muss nur die nächsten zwei Wochen hinter mich bringen. Danach werde ich zu Hause sein und Yulia jede Nacht in meinen Armen halten.

VIERUNDDREIßIGSTES KAPITEL

❖ YULIA ❖

Ich starre an die dunkle Decke, da ich meine Augen nicht schließen kann, obwohl es schon so spät ist. Es ist eigenartig, ohne Lucas in seinem Bett zu sein … mit dem kalten Stahl der Handschellen an den Pfosten neben dem Bett gekettet zu sein, anstatt an sein Handgelenk. Ich habe mich daran gewöhnt, von seinem großen Körper umhüllt zu schlafen und selbst wenn ich die Decke bis zu meinem Kinn hochziehe, ist mir kalt und ich fühle mich schutzlos ohne ihn, während ich versuche mich so weit zu entspannen, dass ich schlafen kann.

Diego und Eduardo waren bis jetzt gute Gefängniswärter. Sie haben sich an die Routine gehalten, die Lucas ihnen erklärt haben muss. Ich durfte essen, mich bewegen, das Badezimmer benutzen und in dem bequemen Sessel lesen. Sie haben mir auch während der Mahlzeiten Gesellschaft geleistet, obwohl ich vermute, dass das Essen, das ich gekocht habe, viel damit zu tun hat. Als unser Abendessen vorüber war, war ich mir sicher, dass ich die beiden mag — soweit es möglich ist, Söldner zu mögen, deren Job es ist, dich gefangen zu halten. Rosa hatte recht damit, dass sie gute Menschen sind; unter anderen Umständen hätten wir Freunde werden können.

Ich hoffe, dass Lucas sie wegen meiner Flucht nicht zu streng bestrafen wird — vorausgesetzt, dass ich morgen erfolgreich sein werde.

Der Gedanke an den morgigen Tag verjagt das letzte bisschen Müdigkeit, das ich langsam verspürte. Um meine Aufregung zu mindern, gehe ich im Kopf noch einmal meinen Plan durch. Er ist einfach: Nach dem Mittagessen werde ich die Werkzeuge, die mir Rosa gegeben hat, dafür nutzen, mich zu befreien und zur nördlichen Grenze des Anwesens rennen, während die Wächter des North Tower Two wahrscheinlich durch ihr Pokerspiel abgelenkt sind. Diego und Eduardo werden an dem Spiel teilnehmen und bis achtzehn Uhr nicht nach mir schauen. Bis dahin werde ich mich schon in dem Lieferwagen befinden — der das Anwesen Esguerras zu diesem Zeitpunkt hoffentlich schon weit hinter sich gelassen hat.

Wenn morgen alles gut geht, werde ich nicht länger Lucas Kents Gefangene sein.

Ich sollte mich freuen, aber stattdessen verspüre ich einen dumpfen Schmerz in meiner Brust. Der Traum von letzter Nacht — falls es ein Traum war — ist immer noch schmerzhaft lebendig in meinem Kopf. Einen kurzen Moment lang hatte ich vergessen, wer wir sind und was zwischen uns passiert ist, und ich habe Lucas etwas gesagt, was ich bis dahin selbst nicht wusste.

»Hasst du mich?«, hat er mich gefragt und ich Idiot habe ihm geantwortet, dass ich ihn liebe.

Ich habe meine furchtbare, irrationale Schwäche einem Mann eingestanden, der mich bis jetzt mit jeder Waffe verletzt hat, die ich ihm gegeben habe.

Vielleicht habe ich meine Worte nicht laut gesagt. Vielleicht war es doch nur ein Traum — oder besser gesagt ein Albtraum. Aber wenn das der Fall sein sollte, warum hat Lucas die letzte Nacht angesprochen, als er sich von mir verabschiedet hat? Warum hat er gesagt, dass er mich vermissen wird?

Ich drehe mich stöhnend auf die Seite und schlage mit meiner freien Hand auf das Kissen. Meine Gefangenschaft muss mich krank gemacht, oder mich zumindest einer Gehirnwäsche unterzogen haben. Ich kann nicht in den Mann verliebt sein, der meinen Bruder zerstören will.

Ich kann nicht der Idiot sein, der sich in einen Mörder verliebt hat, der anstelle eines Herzens einen Eisblock in seiner Brust trägt.

Ich werde dich vermissen.

In meinem Kopf höre ich seine tiefe Stimme flüstern und ich drücke meine Augenlider fest zusammen, während ich versuche, sie auszublenden. Was auch immer ich fühle, ob es Liebe oder vorübergehender Wahnsinn ist, es wird vorbeigehen, sobald ich weit weg von hier bin.

Ich muss daran glauben, damit ich mich auf meine Flucht konzentrieren kann.

* * *

Frühstück und Mittagessen gehen quälend langsam vorüber. Als Diego und Eduardo mich an meinen Sessel fesseln und das Zimmer verlassen, könnte ich aus der Haut fahren. Ich hoffe, sie haben nicht bemerkt, wie angespannt ich bin; ich habe versucht mich normal zu verhalten, aber ich weiß nicht, ob es mir gelungen ist.

Nachdem ich gehört habe, dass die Eingangstür ins Schloss gefallen ist, sitze ich einige Minuten lang ruhig da, um sicherzugehen, dass sie nicht zurückkommen. Als ich denke, dass meine Gefängniswächter weg sind, beginne ich, mich in Bewegung zu setzen. Mein Herz schlägt in einem schnellen, verzweifelten Rhythmus und meine Handflächen schwitzen, als ich vorsichtig in das Polster des Sessels greife, um die Gegenstände hervorzuziehen, die Rosa mir gegeben hat.

Zuerst fische ich die Haarnadel hervor. Da meine Oberarme mit dem Seil an den Sessel gebunden sind, ist meine Bewegungsfreiheit eingeschränkt, aber ich schaffe es, die Nadel in das Schloss meiner Handschellen zu stecken. Ich bin kein Experte darin, Schlösser zu knacken, aber sie haben es uns während des Trainings beigebracht, so dass ich nach einigen Fehlversuchen die Handschellen öffnen kann.

Als nächstes ist die Rasierklinge an der Reihe. Da meine Hände nicht mehr zusammengebunden sind, kann ich die Klinge unter die Seile an meinen Unterarmen schieben und sie durchschneiden. Das ist keine leichte Aufgabe — als ich ein dickes Seil endlich durchtrennt habe, blute ich aus mehreren Schnittwunden — aber entschlossen mache ich weiter und zehn Minuten später habe ich genug Seile durchgeschnitten, um mich aus dem Stuhl winden zu können.

Der erste Schritt des Plans hat funktioniert.

Als nächstes gehe ich in die Küche, nehme mir zwei Flaschen Wasser und einige Energieriegel, die ich in einem der Schränke entdeckt habe. Ich glaube nicht, dass ich mich lange im Dschungel aufhalten werde, aber ich möchte vorbereitet sein. Zu dieser Tageszeit könnte die Hitze mich innerhalb weniger Stunden austrocknen lassen. Ich nehme mir außerdem das schärfste Küchenmesser, das ich finden kann und stecke die Haarnadel und die Rasierklinge für alle Fälle in meine Hosentasche. Das Essen und das Messer packe ich in einen Rucksack, den ich in Lucas Schrank gefunden habe und dann gehe ich zur Tür in Lucas' Schlafzimmer — der Tür, die zum Hinterhof und somit zum Dschungel führt.

Ich halte meinen Atem an, öffne die Tür und schaue mich um. Es ist kein Wächter zu sehen und die einzigen Geräusche die ich höre, sind die der Natur.

So weit, so gut.

Ich gehe raus und schließe die Tür hinter mir. Eine Welle feuchter Hitze wäscht über mich hinweg, so dass meine Kleidung an meiner Haut klebt. Ich hatte recht damit, die Wasserflaschen mitzunehmen. Ich werde vier Kilometer weit nach Norden gehen müssen, und danach am Fluss entlang Richtung Westen, um zu dem Waldweg zu kommen, den Rosa erwähnt hat, weshalb ich unterwegs etwas trinken muss.

Ich atme tief durch, um meine Nerven zu beruhigen, und gehe auf die Bäume hinter dem Haus zu. Meine Turnschuhe — die Schuhe die Lucas mir für unsere Spaziergänge besorgt hat — machen so gut wie kein Geräusch, als ich in den dichten Dschungel gehe, und ich atme erleichtert aus, als sich das Blätterdach über meinem Kopf schließt und mich vor potentiellen Augen am Himmel schützt.

Jetzt muss ich zur Grenze gelangen und die Straße finden, auf dem der Lieferwagen das Anwesen irgendwann nach fünfzehn Uhr verlässt.

Schweiß sammelt sich unter meinen Achseln und läuft mir den Rücken hinunter, als ich schnell gehe und dabei versuche, weder auf irgendwelche Insekten noch Schlangen zu treten. Ein dünner Baum, ein dicker Baum, eine Ansammlung von Büschen, ein umgefallener Baumstamm — mit diesen Dingen verfolge ich meinen Fortschritt. Mich auf meine Umgebung zu konzentrieren hilf mir dabei, nicht an die Drohnen zu denken, die über meinem Kopf herumschwirren könnten oder an den Wachturm, an dem ich auf meinem Weg zur Grenze vorbeigehen muss. Rosa hat mir gesagt, dass das Pokern im North Tower Two stattfindet, aber ich habe keine Ahnung, wie ich einen Wachturm vom anderen unterscheiden soll.

Wenn es einen North Tower Two gibt, dann muss es auch einen North Tower One geben, und wenn ich an dem falschen Turm vorbeikomme, ist meine Flucht beendet.

Nach einer halben Stunde nehme ich die erste Flasche Wasser hervor und trinke sie fast aus, bevor ich mir den Schweiß mit meinem T-Shirt vom Gesicht wische. Obwohl ich nur die Shorts und ein knappes Tanktop trage, ist die Hitze kaum auszuhalten.

Nur noch ein wenig länger, sage ich mir. Es kann jetzt nicht mehr allzu weit bis zum Fluss sein. Ich muss ihn nur erreichen und ihm Richtung Westen folgen, und schon bin ich auf der Straße.

Das kann höchstens noch eine halbe Stunde dauern.

»Alto!«

Als ich den knappen auf Spanisch gerufenen Befehl höre, erstarre ich und hebe instinktiv meine Hände. Die Wasserflasche fällt aus meinen kraftlosen Fingern. Scheiße. Scheiße, Scheiße, Scheiße.

Die männliche Stimme ruft mir ein weiteres Kommando zu und ich drehe mich langsam in der Annahme um, dass ich genau das tun soll.

Ein dunkelhaariger, muskelbepackter Mann steht in einigen Metern Entfernung vor mir und hat eine M16 auf meine Brust gerichtet. Er trägt Tarnhosen und ein ärmelloses Shirt und ich sehe, dass er an seiner Hüfte ein Walkie-Talkie hängen hat.

Es ist einer der Wächter. Er muss im Wald patrouilliert sein, als er mich entdeckt hat.

Jetzt sitze ich mehr als in der Klemme.

Er starrt mich wütend an und sagt etwas auf Spanisch zu mir, woraufhin ich mit dem Kopf schüttele. »Es tut mir leid.« Ich befeuchte meine aufgesprungenen Lippen. »Ich spreche kaum Spanisch.«

Der Mann schaut mich noch finsterer an. »Wer bist du? Was machst du hier?«, fragt er mich auf Englisch mit einem starken Akzent.

»Ich bin —« Ich schlucke und spüre, wie mir der Schweiß an den Schläfen hinunterläuft. »Ich wohne bei Lucas.«

»Lucas Kent?« Der Wächter sieht einen Moment lang verwirrt aus, aber dann werden seine dunklen Augen groß. »Du bist die Gefangene.«

»Ja, so etwas in der Art. Ich bin jetzt eher sein Gast.« Ich versuche, leicht zu lächeln, während ich meine Hände langsam nach unten nehme. »Du weißt ja, wie so etwas funktioniert.«

Der Wächter sieht jetzt so aus, als würde er mich verstehen. »Du bist seine *puta*.«

Ich bin mir ziemlich sicher, dass er mich gerade eine Nutte genannt hat, aber ich nicke und lächele stärker, in der Hoffnung, dass ich eher verführerisch als verängstigt aussehe. »Er mag mich«, sage ich und nehme meine Schultern nach hinten, um meine Brüste, die nicht von einem BH gehalten werden, nach vorne zu schieben. »Du weißt, was ich meine?«

Der Blick des Mannes wandert von meinem Gesicht zu meinem schweißnassen Tanktop. »Si.« Seine Stimme ist leicht rau. »Ich weiß, was du meinst.«

Ich gehe einen Schritt auf ihn zu, ohne aufzuhören zu lächeln. »Er ist weg«, sage ich und stelle sicher, meine Hüften zu schwingen. »Er ist mit deinem Chef verreist.«

»Mit Esguerra, ja.« Der Mann scheint von meinen Brüsten, die jede meiner Bewegungen aufgreifen, wie hypnotisiert zu sein. »Verreist.«

»Genau.« Ich gehe einen weiteren Schritt nach vorne. »Mir ist zu Hause langweilig geworden.«

»Langweilig?« Endlich gelingt es dem Wächter, seinen Blick von meinen Brüsten zu lösen. Seine Augen sind leicht glasig, als er mir ins Gesicht schaut, aber seine Waffe ist immer noch auf mich gerichtet. »Du solltest nicht hier draußen sein.«

»Ich weiß.« Ich beiße mir vorsätzlich auf die Unterlippe. »Lucas lässt mich in den Garten gehen. Und dort habe ich einen schönen Vogel gesehen, dem ich gefolgt bin, und jetzt habe ich mich verlaufen.«

Das ist die dümmste Geschichte aller Zeiten, aber das scheint der Wächter nicht so zu sehen. Allerdings könnte auch die Tatsache, dass er auf meine Lippen schaut als wolle er sie essen, etwas damit zu tun haben.

»Also, vielleicht könntest du mir den Weg zurück zu seinem Haus zeigen?«, fahre ich fort, als er schweigt. Ich riskiere einen weiteren, kleinen Schritt auf ihn zu. »Es ist sehr heiß heute.«

»Ja.« Er nimmt seine Waffe herunter und ergreift meinen linken Arm. »Komm. Ich werde dich dorthin bringen.«

»Danke.« Ich lächele ihn so strahlend an wie ich kann und fahre blitzschnell mit meiner rechten Hand nach oben, um ihm die Unterkante meiner Handfläche so stark wie möglich unter die Nase zu rammen.

Ich höre ein knackendes Geräusch, dem ein Blutschwall folgt. Der Wächter stolpert nach hinten, umfasst instinktiv seine gebrochene Nase und ich greife nach dem Lauf seiner M16, während ich ihm gleichzeitig auf sein Knie trete und das Sturmgewehr in meine Richtung ziehe.

Mein Fuß trifft sein Knie, aber der Mann lässt die Waffe nicht los. Stattdessen, nimmt er die Finger von der Nase, um seine Waffe mit beiden Händen zu ergreifen und sie — und mich — zu sich zu ziehen.

Er mag nicht so gut ausgebildet sein wie Lucas, aber er ist immer noch viel stärker als ich.

Als mir klar wird, dass mir nur noch wenige Sekunden bleiben, bevor er mich auf dem Boden hat, höre ich auf an der Waffe zu ziehen und stoße sie stattdessen in seine Richtung, woraufhin er einen Moment lang sein Gleichgewicht verliert. Sofort trete ich so fest ich kann zwischen seine Beine.

Meine Turnschuhe treffen ihr Ziel: die Eier des Wächters. Ein ersticktes Keuchen entweicht dem Mund des Mannes, bevor ein hoher Schrei ertönt und er sich nach unten krümmt. Sein Gesicht wird kreidebleich und eine Sekunde lang erschlafft sein Griff um die Waffe — und mehr Zeit brauche ich nicht.

Ich entreiße dem Wächter das Sturmgewehr und schlage es auf seinen Kopf.

Ich höre einen dumpfen Aufschlag, als die Waffe gegen seinen Schädel prallt. Die Wucht des Schlages sendet eine Schmerzwelle durch meine Arme, aber mein Gegner fällt wie ein Stein zu Boden.

Ich habe keine Ahnung, ob er bewusstlos oder tot ist, aber ich kann auch keine Zeit damit verschwenden, nachzuschauen. Falls sich in der Nähe weitere Wächter befinden, könnten sie seinen Schrei gehört haben.

Ich umklammere die M16 und beginne zu rennen.

Baum. Busch. Eine knorrige Wurzel. Ein Ameisenhügel. Diese kleinen Anhaltspunkte verschwimmen vor meinen Augen während ich renne und mein Atem laut in meinen Ohren rasselt. Alle paar Minuten schaue ich hinter mich, um zu sehen, ob ich verfolgt werde, aber da mir nichts Verdächtiges auffällt, werde ich nach einiger Zeit langsamer.

Wo zum Teufel ist dieser Fluss? Es sollte nicht so lange dauern, vier Kilometer zu gehen.

Bevor ich mich fragen kann, ob Rosa mich vielleicht angelogen hat, fällt der Boden vor mir plötzlich steil ab. Obwohl ich abrupt anhalte, rutsche ich fast den Abhang hinunter. Ich schaue auf das dichte Gebüsch vor mir und sehe etwas Blaues hindurchschimmern.

Der Fluss.

Ich befinde mich an der nördlichen Grenze von Esguerras Anwesen.

Erleichtert atme ich auf. Ich gehe langsam weiter, um einen besseren Blick auf ihn zu werfen — und erstarre erneut.

Weniger als hundert Meter von mir entfernt befindet sich auf meiner linken Seite ein Wachturm, den ich wegen der Bäume nicht gesehen hatte.

Ich ziehe mich wieder zurück und ducke mich in der verzweifelten Hoffnung, dass die Wachen mich noch nicht gesehen haben, hinter den nächsten Baum.

Als ich weder Stimmen noch Schüsse höre, beuge ich mich vorsichtig nach vorne, um einen erneuten Blick auf den Turm zu werfen.

Er ist ein hohes und bedrohliches Gebäude, das über den Wald hinausragt. An seiner Spitze befindet sich eine quadratische Einfriedung, die Schlitze an Stelle von Fenstern hat und die von einem offenen Gang umgeben wird. Ich kann keine Wächter auf dem Gang sehen, da sie sich wahrscheinlich alle in dem Gebäude befinden, um der unerträglichen Hitze zu entkommen. Das Gebäude ist nicht beschriftet. Es könnte sich um den North Tower Two oder aber genauso gut einen anderen handeln. Es gibt keine Möglichkeit, das herauszufinden.

Wenn ich nach Westen gehe, muss ich genau an ihm vorbeilaufen und wenn einer der Wächter einen Blick nach draußen wirft, bin ich erledigt.

Einen Moment lang spiele ich mit dem Gedanken, zurückzugehen und zu versuchen, die Straße weiter südlich zu suchen, außerhalb der Sichtweite des Turms, aber letztendlich entscheide ich mich dagegen. Es könnte dort weitere Türme geben. Außerdem hat Rosa mir gesagt, dass sich die Sicherheitssoftware auf Dinge konzentriert, die sich dem Anwesen nähern. Das bedeutet, dass der Computer alles aufzeichnen könnte, was sich von diesem Punkt an in südliche Richtung bewegt.

Ich muss jetzt entweder den Fluss hier durchqueren, oder nach Westen gehen und die Straße finden, die irgendwo über diesen Fluss führt.

Ich schaue auf das Wasser. Da mir die Büsche die Sicht versperren, kann ich nicht einschätzen, wie breit oder tief der Fluss an dieser Stelle ist. Er könnte eine starke Strömung haben oder, da wir uns im Regenwald befinden, könnte es Krokodile geben. Wenn ich eine besonders gute Schwimmerin wäre, würde ich es riskieren, aber einen Fluss im Dschungel zu durchqueren war nicht gerade ein besonders wichtiger Teil meines Trainings.

Ich schaue wieder auf den Turm. Es sind immer noch keine Wächter auf dem Gang zu sehen. Könnte es sein, dass sie alle pokern?

Ich denke eine weitere Minute lang über meine beiden Optionen nach, wäge alle Pros und Kontras ab, aber letztendlich hilft mir der Sonnenstand, meine Entscheidung zu treffen. Die Sonne bewegt sich langsam nach unten, was bedeutet, dass der Nachmittag begonnen hat. Ich habe keine Uhr, also weiß ich nicht genau, wie spät es ist, aber wahrscheinlich ist es fast fünfzehn Uhr.

Wenn ich die Straße nicht bald finde, riskiere ich es, den Lieferwagen zu verpassen und dann ist es egal, ob die Wachen in dem Turm mich entdecken oder nicht. Sobald Diego und Eduardo bemerken, dass ich verschwunden bin, werde ich innerhalb weniger

Stunden gefunden werden, sollte ich immer noch zu Fuß im Dschungel unterwegs sein.

Ich versuche meine zitternden Hände in den Griff zu bekommen und lege die M16 auf den Boden. Es ist um einiges wahrscheinlicher, dass auf mich geschossen wird, wenn ich sichtbar bewaffnet bin und ein Schnellfeuergewehr wird mir gegen die Wachen nichts nützen, da sie besser ausgestattet sind als ich und den Schutz der Einfriedung haben.

Mit einem letzten Blick auf den Fluss verlasse ich meinen Schutz und gehe Richtung Westen auf den Turm zu.

Dünner Baum. Dicker Baum. Wurzel. Busch. Eine Ansammlung von Wildblumen. Ich betrachte die Pflanzen während ich gleichmäßig weitergehe und sich die Angst wie eine eisige Hand um meine Brust legt. Der Turm kommt näher — ich kann ihn jetzt aus meinem Augenwinkel sehen — und ich konzentriere mich darauf, nicht zu ihm zu schauen, mich langsam und vorsichtig zu bewegen, einen Fuß vor den anderen zu setzen.

Dicker Baum. Noch ein dicker Baum. Ein kleiner Bach, über den ich springen muss. Mein Herz schlägt mir bis zum Hals aber ich gehe weiter, ohne auf den Turm zu blicken. Er ist jetzt auf gleicher Höhe mit mir, dann leicht hinter mir und ich schaue immer noch nach vorne und laufe in der gleichen gemäßigten Geschwindigkeit.

Meine Haut juckt und mein Nacken kribbelt, als ich eine kleine Lichtung überquere, aber ich kann immer noch keine Stimmen oder Schüsse hören.

Sie sehen mich nicht.

Das muss der North Tower Two sein.

Ich gehe das Risiko ein, schneller zu gehen und als ich einige Minuten später zurückblicke, kann ich den Turm nicht mehr sehen.

Ich bleibe stehen und lehne mich gegen einen Baumstamm, da meine Knie vor Erleichterung nachgeben.

Ich bin am Turm vorbeikommen, ohne erschossen zu werden.

Als mein rasendes Herz sich ein wenig beruhigt hat, zwinge ich mich dazu, mich wieder hinzustellen und weiterzugehen.

Ich weiß nicht, wie lange ich brauche um zur Straße zu gelangen, aber die Sonne steht noch niedriger, als ich sie endlich finde. Es ist nicht wirklich eine Straße — nur ein ungepflasterter Pfad, der sich durch den Dschungel windet — aber an der Stelle, an der sie auf den Fluss trifft, befindet sich eine robuste Holzbrücke.

Ich halte an und lausche. Ich höre weder das Geräusch eines sich nähernden Autos, noch Hinweise auf die Gegenwart von Wächtern.

Ich begebe mich auf die Brücke und gehe weiter. Sofort wird mir klar, dass ich recht damit hatte, den Fluss nicht schwimmend zu durchqueren. Er ist breit und die Ufer sind steil, fast klippenartig. Selbst wenn ich es bis zur anderen Seite geschafft hätte, hätte ich Schwierigkeiten gehabt, wieder herauszuklettern.

Ich gehe weiter und bald liegen die Brücke — und das Anwesen Esguerras — hinter mir. Ich versuche, mich möglichst nahe am Wald zu halten, ohne mich jedoch allzu weit von der Straße zu entfernen. Ich möchte nicht von den Drohnen entdeckt werden, die dieses Gebiet überwachen könnten, aber ich kann es auch nicht riskieren, den zurückkehrenden Lieferwagen zu verpassen.

Ich gehe gefühlte Stunden, bevor ich endlich das Geräusch eines Fahrzeugmotors höre.

Das ist er.

Ich nehme das Messer hervor, das ich aus Lucas' Küche entwendet habe, stecke es in meinen Hosenbund und lasse mein Tanktop über den Griff fallen, um ihn zu verbergen. Ich hoffe, dass ich das Messer nicht benutzen muss, aber ich will auf diese Möglichkeit vorbereitet sein.

Ich ignoriere meinen hektischen Puls, trete auf die Straße und warte darauf, dass das Fahrzeug bei mir ist.

Es ist ein Van und kein Lastwagen, wie ich vermutet hatte. Er kommt vor mir zum Stehen und der Fahrer — ein kleiner Mann mittleren Alters mit einer dunklen, bronzefarbenen Haut — springt heraus und blickt mich überrascht an. Er fragt mich etwas auf Spanisch und ich schüttele meinen Kopf und sage: »Tourist. Ich bin eine amerikanische Touristin und habe mich verlaufen. Bitte helfen Sie mir.«

Er sieht noch überraschter aus und sagt noch etwas auf schnellem Spanisch zu mir.

Ich schüttele erneut meinen Kopf. »Es tut mir leid, ich spreche kein Spanisch.«

Er zieht seine Stirn in Falten und blickt sich um, so als erwarte er, dass ein Übersetzer aus den Büschen springt. Als nichts passiert, zuckt er mit den Schultern und gibt mir ein Zeichen, in das Auto zu steigen.

Ich setze mich neben ihn auf den Beifahrersitz und behalte dabei meine Hand in der Nähe meines Messers. Der Lieferant könnte ein Angestellter Esguerras sein oder aber ein Zivilist, der zufällig Lebensmittel für das Anwesen eines Waffenhändlers liefert.

Wie dem auch sei, sollte er irgendetwas versuchen — oder jemanden anrufen wollen — bin ich vorbereitet.

Der Fahrer lässt den Motor an und der Wagen beginnt, sich auf dem Pfad nach Norden zu bewegen. Nach einigen Minuten macht der Mann Musik an und summt leise mit. Ich lächele ihn an und nehme die Hand vom Griff meines Messers.

Ich habe es geschafft.

Ich bin entkommen.

Jetzt kann ich Obenko warnen und meinen Bruder retten.

»Auf Wiedersehen, Lucas«, flüstere ich lautlos, als das Fahrzeug über die ungepflasterte Straße rollt und mich von meinem Entführer fortträgt.

Von dem Mann fortträgt, den ich liebe.

LESEPROBEN

Vielen Dank dafür, dass Sie dieses Buch gelesen haben. Wir würden uns sehr darüber freuen, wenn Sie eine Kritik hinterlassen könnten.

Die Geschichte von Lucas & Julia geht in *Claim Me - Erobere Mich (Ergreife Mich: Buch 3)* weiter. Falls Sie benachrichtigt werden möchten, sobald ein neues Buch erscheint, tragen Sie sich bitte für meinen Newsletter für Neuerscheinungen ein.

Sollten Sie die Geschichte von Nora & Julian noch nicht gelesen haben, empfehle ich ihnen einen Blick in *Twist Me - Verschleppt* zu werfen. Alle drei Bücher der Trilogie sind jetzt im Handel erhältlich.

Sollte Ihnen dieses Buch gefallen haben, könnten Sie auch die Geschichte von Mia & Korum mögen, eine weitere meiner Trilogien, die bereits erschienen ist.

Allen Hörbuchliebhabern empfehle ich Audible.de zu besuchen, wo Sie diese Serie und unsere anderen Bücher finden können.

Und jetzt blättern Sie bitte weiter, um einen kleinen Vorgeschmack auf *Twist Me - Verschleppt* und *Gefährliche Begegnungen* zu erhalten.

AUSZUG AUS *TWIST ME - VERSCHLEPPT*

Anmerkungen der Autorin: Dieses Buch gehört zu einer Reihe von Büchern, die auf Grund ihres sexuellen Inhalts definitiv als Lektüre für Erwachsene gedacht sind. Bewahren Sie deshalb dieses Buch am besten außerhalb der Reichweite von Kindern im lesefähigen Alter auf. Es unterscheidet sich außerdem von meinen anderen Büchern, da die Hauptperson diese Geschichte erzählt. Der Auszug und die Beschreibung sind noch nicht editiert und deshalb können spätere Änderungen nicht ausgeschlossen werden.

* * *

In dem Moment, als die Achtzehnjährige Nora Leston die Aufmerksamkeit von Julian auf sich zieht, verändert sich ihr Leben komplett. Sie wird verschleppt und auf eine einsame Insel im Pazifischen Ozean gebracht, wo sie die Begierden ihres sadistischen Entführers befriedigen muss — einem dunklen geheimnisvollen Mann, der genauso grausam wie gut aussehend ist ...

Hinweis: *Dieses Buch ist dunkle Erotik, kein Liebesroman. Es bietet: eine junge und unberührte Heldin, beunruhigende Szenen mit dubiosem Inhalt, Gefangenschaft, Machtspiele und sehr viel Sex, bei dem die Blümchen vor der Tür bleiben.*

* * *

Jetzt ist schon Abend. Mit jeder Minute, die vergeht, werde ich ängstlicher bei dem Gedanken daran, meinen Peiniger wiederzusehen.

Ich kann mich nicht länger auf den Roman konzentrieren, den ich gerade gelesen habe. Ich lege ihn weg und drehe Runden in dem Zimmer.

Ich habe die Sachen an, die Beth mir vorhin gegeben hat. Es ist keine Kleidung, die ich mir selber ausgesucht hätte, aber sie ist besser als ein Bademantel. Ein sexy Spitzenhöschen und einen dazu passenden BH als Unterwäsche. Ein hübsches blaues Sommerkleid zum vorne zuknöpfen. Alles passt mir verdächtig gut. Hat er mich schon eine ganze Weile verfolgt? Hat er alles über mich herausgefunden, einschließlich meiner Kleidergröße?

Mir wird schlecht bei dem Gedanken daran.

Ich versuche, nicht darüber nachzudenken, was noch alles passieren kann, aber das ist unmöglich. Ich weiß nicht warum ich mir so sicher bin, dass er heute Nacht zu mir kommen wird. Es ist natürlich möglich, dass er einen ganzen Harem voller Frauen hier auf dieser Insel festhält und jede nur einmal die Woche besucht, wie das die Sultane damals taten.

Und trotzdem weiß ich irgendwie, dass er bald hier sein würde. Die letzte Nacht hatte lediglich seinen Appetit angeregt. Ich weiß, dass er noch nicht mit mir fertig ist, noch lange nicht.

Endlich geht die Tür auf.

Er kommt herein, als würde ihm dies alles hier gehören. Was es natürlich auch tut.

Und wieder bin ich von seiner männlichen Schönheit beeindruckt. Mit so einem Gesicht hätte er ein Model oder ein Filmstar sein können. Wenn es auf dieser Welt Gerechtigkeit gäbe, wäre er klein oder hätte einen anderen Makel, der von seinem Gesicht ablenken würde.

Hat er aber nicht. Sein Körper ist groß und muskulös, mit perfekten Proportionen. Ich erinnere mich daran, wie es ist, ihn in mir zu haben und fühle ein unwillkommenes Aufflackern von Erregung.

Er trägt wieder Jeans und T-Shirt. Diesmal ein graues. Er scheint eine Vorliebe für schlichte Kleidung zu haben und das ist clever von ihm. So kommt sein Aussehen am besten zur Geltung.

Er lächelt mich an. Mit diesem Lächeln, dass ihn wie einen gefallenen Engel aussehen lässt — dunkel und verführerisch. »Hallo Nora.«

Ich weiß nicht, was ich ihm sagen soll, also platze ich mit dem ersten heraus, das mir in den Sinn kommt. »Wie lange wirst du mich hier fest halten?«

Er legt seinen Kopf leicht zur Seite. »Hier in diesem Raum? Oder auf der Insel?«

»Beides«

»Beth wird dir morgen die Umgebung zeigen und mit dir schwimmen gehen, falls du Lust dazu hast«, sagt er und kommt dabei immer näher. »Du wirst nicht mehr eingesperrt sein, außer du machst Dummheiten.«

»Wie zum Beispiel?« frage ich und mein Herz klopft, als er neben mir stehen bleibt und seine Hand hebt, um mein Haar zu berühren.

»Versuchen, dir oder Beth etwas anzutun.« Seine Stimme war sanft und sein Blick hypnotisierend als er zu mir hinunter sieht. Die Art und Weise, wie er mein Haar berührt, war sonderbar entspannend.

Ich zwinkere, um seinen Zauber zu brechen. »Und was ist mit der Insel? Wie lange wirst du mich hier festhalten?«

Seine Hand streichelt jetzt mein Gesicht und fährt an meiner Wange entlang. Ich erwische mich dabei, wie ich mich seiner Berührung hingebe, wie eine Katze, die gekrault wird, und versteife augenblicklich.

Seine Lippen verziehen sich zu einem wissenden Lächeln. Dieser Bastard weiß genau welche Wirkung er auf mich hat. »Eine lange Zeit, hoffe ich«, sagt er.

Aus irgendeinem Grund bin ich nicht überrascht. Er würde sich nicht die Umstände gemacht haben, mich bis hierherzubringen, wenn er mich nur einige Male ficken wollte. Ich habe Angst, aber bin nicht wirklich verwundert.

Ich nehme all meinen Mut zusammen und frage die nächste logische Frage. »Warum hast du mich entführt?«

Das Lächeln verschwindet aus seinem Gesicht. Er antwortet nicht, sondern schaut mich nur mit einem undurchschaubaren melancholischen Blick an.

Ich fange an zu zittern. »Wirst du mich töten?«

»Nein, Nora, ich werde dich nicht töten.«

Seine Verneinung beruhigt mich, auch wenn er mich gerade anlügen könnte. Ich bin ein kleines bisschen ruhiger, aber es gibt da noch eine weitere Sache, die ich unbedingt wissen muss. »Wirst du mir wehtun?«

Einen Moment lang antwortet er wieder nicht. Etwas Dunkles flackert kurz in seinen Augen auf. »Wahrscheinlich«, sagt er ruhig.

Und dann beugt er sich hinunter und küsst mich, mit seinen warmen Lippen weich und zärtlich auf meine.

Eine Sekunde lang stehe ich stocksteif da, ohne irgendeine Reaktion. Ich glaube ihm. Ich weiß, dass er mir die Wahrheit sagt, wenn er behauptet, dass er mir wehtun wird. Er hat etwas an sich, das mir Angst Macht — das mir schon von Anfang an Angst gemacht hat.

Er ist überhaupt nicht wie die Jungs, mit denen ich Verabredungen hatte. Er ist zu allem fähig.

Und ich bin ihm völlig ausgeliefert.

Ich denke darüber nach, mich zu wehren. Das wäre das Normale, was man in meiner Situation machen würde. Das wäre mutig.

Und trotzdem mache ich es nicht.

Ich kann die dunklen Abgründe in ihm fühlen. Irgendetwas stimmt mit ihm nicht. Seine äußere Schönheit verbirgt etwas Grauenvolles im Inneren.

Ich möchte diese Dunkelheit nicht entfesseln. Ich weiß nicht, was passieren wird, wenn ich es tue.

Also stehe ich bewegungslos in seiner Umarmung und lasse mich von ihm küssen. Und als er mich aufhebt und zum Bett trägt, versuche ich überhaupt nicht, etwas dagegen zu machen.

Stattdessen schließe ich meine Augen und gebe mich den Empfindungen hin.

* * *

Wenn Sie wissen möchten, wann *Twist Me - Verschleppt* erscheinen wird, besuchen Sie bitte meine Webseite http://www.annazaires.com/deutsch.html

und melden Sie sich für den Newsletter über meine Neuerscheinungen an.

AUSZUG AUS
GEFÄHRLICHE BEGEGNUNGEN

Anmerkungen der Autorin: *Gefährliche Begegnungen ist das erste Buch meiner Science-Fiction Romanserie, die Krinar Chroniken. Auch wenn es nicht so düster ist wie Twist Me, enthält es doch einige Elemente, die die Leser von dunkler Erotik mögen könnten.*

* * *

Eine düstere und anregende Liebesgeschichte, die die Fans erotischer und turbulenter Beziehungen begeistern wird ...

In der nahen Zukunft herrschen die Krinar auf der Erde. Sie sind eine sehr fortgeschrittene Rasse aus einer anderen Galaxie und immer noch ein Geheimnis für uns — außerdem sind wir ihnen völlig ausgeliefert.

Mia Stalis, schüchtern und unschuldig, ist eine Studentin in New York, die ein sehr normales Leben führt. Wie die meisten Menschen, hat sie nie etwas mit den Eindringlingen zu tun gehabt — bis zu diesem schicksalhaften Tag im Park, der ihr ganzes Leben auf den Kopf stellt. Da sie Korums Aufmerksamkeit auf sich gezogen hat, muss sie jetzt mit einem mächtigen, gefährlich verführerischen Krinar fertig werden, der sie besitzen möchte und vor nichts Halt machen wird, bis er sein Ziel erreicht.

Wie weit würden Sie gehen, um ihre Freiheit wiederzuerlangen? Wie viel würden sie aufgeben, um anderen Menschen zu helfen? Welche Wahl würden Sie treffen, wenn sie beginnen, sich in ihren Feind zu verlieben?

* * *

Die Luft war frisch und rein, als Mia mit schnellen Schritten einen gewundenen Pfad im Central Park entlangging. Überall zeigte sich schon der Frühling, in winzigen Knospen auf den noch immer kahlen Bäumen und in der rasch wachsenden Anzahl an Kindermädchen, die sich draußen mit ihren wilden Schützlingen über den ersten warmen Tag freuten.

Es war eigenartig, wie sehr sich alles in den letzten paar Jahren verändert hatte und wie sehr es doch gleich geblieben war. Wäre Mia vor zehn Jahren gefragt worden, was sie denke, wie ihr Leben wohl nach der Invasion einer anderen Rasse aussehen würde, hätte sie sich das bestimmt nicht so vorgestellt. Independence Day, Der Krieg der Welten — keiner dieser Filme näherte sich auch nur ansatzweise dem, was tatsächlich geschehen würde. Die Menschen trafen eine höher entwickelte Spezies, als diese zu Ihnen auf die Erde kam. Es war weder zum Kampf, noch zu irgendeinem Widerstand auf der Regierungsebene gekommen. *Sie* hatten es nicht erlaubt. Rückblickend wurde klar, wie dumm diese Filme gewesen waren. Nuklearwaffen, Satelliten, Kampfjets waren nicht mehr als kleine Steine und Stöcke für diese uralte Zivilisation, die schneller als mit Lichtgeschwindigkeit das Universum durchqueren konnte.

Als sie eine leere Bank nahe am See sah, ging Mia dankbar auf diese zu. Auf ihren Schultern machte sich die Last des Rucksacks bemerkbar, in dem sie ihren schweren zwölf Jahre alten Laptop und einige altmodische, noch auf Papier gedruckte Bücher hatte. Mit einundzwanzig fühlte sie sich manchmal alt, fehl am Platz in dieser schnellen neuen Welt der extra-schlanken Tablets und den in die Armbanduhren integrierten Handys. Die Geschwindigkeit der technischen Entwicklungen war seit dem K-Day nicht langsamer geworden, wenn Überhaupt, waren jetzt viele neue Spielereien durch das beeinflusst, was die Krinar besaßen. Nicht dass die Krinar irgendetwas ihrer kostbaren Technologie Preis gegeben hätten. Ihrer Meinung nach sollte ihr kleines Experiment ohne größere Beeinflussungen fortgeführt werden.

Mia öffnete den Reißverschluss ihres Rucksacks und holte ihren alten Mac heraus. Das Gerät war schwer und langsam, aber es funktionierte, und als arme Studentin konnte sich Mia nichts Besseres leisten. Sie loggte sich ein, öffnete ein neues Word-Dokument und machte sich bereit, sich durch das Schreiben ihrer Hausarbeit in Soziologie zu quälen.

Zehn Minuten und genau Null Worte später gab sie auf. Wem wollte sie denn damit etwas vor machen? Hätte sie wirklich dieses verdammte Ding schreiben wollen, wäre sie doch niemals in den Central Park gekommen. So verlockend es auch war, sich fest vorzunehmen die frische Luft zu genießen und gleichzeitig etwas zu arbeiten, in Wirklichkeit hatte Mia das noch nie hinbekommen. Eine muffige alte Bibliothek war ein viel besserer Ort für solche Tätigkeiten, die derartig das Hirn zermartern.

Mia gab sich in Gedanken einen Tritt für die eigene Faulheit, seufzte und sah sich trotzdem erst mal um. Die Menschen in New York zu beobachten amüsierte sie immer wieder.

Das Bild, was sie vor sich sah, war ein Klassiker, mit dem Obdachlosen auf der Parkbank — zum Glück nicht auf der neben ihr, er sah nämlich so aus, als würde er schon sehr streng riechen — und den beiden Kindermädchen, die miteinander auf Spanisch redeten, während sie langsam ihre Kinderwagen vor sich her schoben. Ein Mädchen mit leuchtend pinkfarbenen Reeboks, die einen schönen Kontrast zu ihren blauen Leggins bildeten, joggte auf einem Weg weiter vorne. Mias Blick folgte neidisch der Joggerin, als diese um die Ecke bog. Ihr eigener hektischer Tagesablauf ließ ihr nur wenig Zeit zum Trainieren und sie bezweifelte, dass sie derzeitig auch nur einen Kilometer lang mit diesem Mädchen mithalten konnte.

Rechts konnte sie die Bogenbrücke sehen, die über den ganzen See reichte. Ein Mann lehnte am Brückengeländer und schaute über das Wasser. Sein Gesicht war von ihr weg gedreht, weshalb Mia nur einen Teil seines Profils sehen konnte. Trotzdem zog irgendetwas an ihm ihre Aufmerksamkeit auf sich.

Sie war sich nicht sicher, was es war. Er war zweifellos groß und schien unter seinem teuer aussehenden Trenchcoat auch einen gut gebauten Körper zu besitzen, aber das konnte es nicht sein. Große, gut aussehende Männer waren in dem von Modells überlaufenden New York nichts Besonderes. Nein, es war irgendetwas anderes. Vielleicht war es die Art und Weise, wie er da stand — völlig bewegungslos. Sein Haar war dunkel und glänzte in der hellen Nachmittagssonne, vorne gerade lang genug, um leicht im warmen Frühlingswind zu wehen.

Außerdem war er völlig alleine.

Das ist es, bemerkte Mia auf einmal. Die normalerweise sehr beliebte und malerische Brücke war völlig leer, mit Ausnahme des Mannes, der dort am Geländer stand. Heute schien aus irgendeinem Grund jeder einen weiten Bogen um sie zu machen. Tatsächlich saß niemand außer ihr und ihrem hocharomatischen, obdachlosen Nachbarn auf den sonst so beliebten Bänken in der ersten Reihe am See, sie waren alle leer.

Als ob es ihren Blick auf sich spüren würde, drehte das Objekt ihrer Aufmerksamkeit langsam seinen Kopf und sah Mia direkt an. Bevor ihr Hirn sich dieser Tatsache bewusst werden konnte, fühlte sie, wie ihr Blut gefror und sie sich bewegungslos dem Feind ausgeliefert sah. Während sie ihn nur hilflos anstarren konnte, schien er sie sehr interessiert zu durchleuchten.

* * *

Atme, Mia, atme. Irgendwo in ihrem Hinterkopf wiederholte eine kleine rationale Stimme immer wieder diese Worte. Diesem seltsam objektiven Teil von ihr fiel auch sein symmetrisches Gesicht auf und die straffe goldfarbene Haut, die sich eng an hohe Wangenknochen und ein energisches Kinn schmiegte. Die Bilder und Videos die sie von den Krinar gesehen hatte, wurden ihnen kaum gerecht. Dieses Wesen, das weniger als 10 Meter von ihr entfernt stand, war einfach atemberaubend schön.

Während sie ihn weiterhin bewegungslos anstarrte, richtete er sich auf und ging auf sie zu. Er pirscht sich eher heran, kam ihr dummerweise in den Sinn, da jede seiner Bewegungen sie an eine junge Raubkatze erinnerte, die sich geschmeidig einer Gazelle annähert. Seine Augen ließen sie die ganze Zeit nicht aus dem Blick. Als er näherkam, konnte sie einzelne gelbe Sprenkel in seinen goldenen Augen erkennen und auch die vollen langen Wimpern sehen, die sie einrahmten.

Sie sah entsetzt und ungläubig, wie er sich weniger als einen Meter von ihr entfernt auf die gleiche Bank setzte und eine ebenmäßige Reihe weißer Zähne entblößte, als er sie anlächelte. Keine Fangzähne, bemerkte sie mit einem Teil ihres Gehirns, der noch zu funktionieren schien. Nicht die leiseste Spur von ihnen. Das war eines der Gerüchte über sie, genauso wie ihr vermeintlicher Abscheu vor der Sonne.

»Wie heißt du?« Das Wesen schnurrte die Frage förmlich. Seine Stimme war leise und weich, völlig ohne Akzent. Seine Nasenlöcher bebten leicht, als er ihren Duft einatmete.

»Ähm« Mia schluckte nervös. »M-Mia.«

»Mia«, wiederholte er langsam, und es schien, als würde er sich ihren Namen auf der Zunge zergehen lassen. »Mia, und weiter?«

»Mia Stalis.« Ach du Scheiße, warum wollte er denn ihren Namen wissen? Warum war er hier und redete mit ihr? Und überhaupt, was machte er eigentlich im

Central Park, fernab aller Siedlungen der Krinar? *Atme, Mia, atme.*

»Entspanne dich, Mia Stalis.« Sein Lächeln wurde breiter und es kam ein Grübchen in seiner linken Wange zum Vorschein. Ein Grübchen? Die Krinar hatten Grübchen? »Bist du bis jetzt noch nie auf einen von uns getroffen?«

»Nein, noch nie«, stieß Mia kurz hervor und dabei fiel ihr auf, dass sie ihren Atem die ganze Zeit anhielt. Sie war stolz darauf, dass ihre Stimme nicht so zitterig klang, wie sie sich anfühlte. Sollte sie fragen? Wollte sie es wirklich wissen?

Sie nahm all ihren Mut zusammen. »Was, äh —« nochmal Schlucken. »Was willst du von mir?«

»Jetzt gerade, mich mit dir unterhalten.« Mit diesen goldenen Augen, die sich an den Winkeln leicht zusammen zogen, sah er aus, als würde er gleich über sie lachen.

Seltsamerweise machte sie das so wütend, dass sie dadurch ihre Angst verdrängte. Wenn es etwas gab, das Mia mehr hasste als alles andere, dann war das, ausgelacht zu werden. Mit ihrem kleinen, dünnen Körper und ihrem allgemeinen Mangel an sozialer Kompetenz seit Teenagerzeiten — sie hatte das komplette Albtraumprogramm absolviert: Zahnspange, krauses Haar und Brille — waren schon mehr als einmal Witze auf Mias Kosten gemacht worden.

Sie schob angriffslustig ihr Kinn in die Höhe. »Also schön, und wie heißt du?«

»Korum.«

»Nur Korum?«

»Wir haben keine richtigen Nachnamen, zumindest nicht so wie ihr das habt. Mein voller Name ist sehr viel länger, aber du könntest ihn nicht aussprechen wenn ich ihn dir sagen würde.«

Okay, das war doch mal interessant. Sie erinnerte sich daran, mal so etwas in der *New York Times* gelesen zu haben. So weit, so gut. Ihre Beine hatten schon fast aufgehört zu zittern und ihre Atmung wurde auch wieder gleichmäßiger. Vielleicht, hatte sie ja doch noch eine klitzekleine Chance, aus dieser Nummer lebend herauszukommen. Diese Unterhaltung schien recht ungefährlich zu sein, auch wenn es sie etwas aus der Fassung brachte, dass er sie die ganze Zeit mit diesen gelblichen Augen anstarrte, ohne zu blinzeln. Sie beschloss, ihn reden zu lassen.

»Was machst du hier, Korum?«

»Das habe ich dir doch gerade gesagt. Ich unterhalte mich mit dir, Mia.« Seine Stimme hatte wieder den Hauch eines Lachens.

Frustriert stieß Mia ihren Atem aus. »Ich meine, was machst du hier im Central Park? Überhaupt in New York City?«

Er lächelte wieder und neigte seinen Kopf leicht zu einer Seite. »Vielleicht habe ich gehofft, hier ein hübsches Mädchen mit Locken zu treffen.«

Also, das reichte jetzt wirklich. Er spielte ganz klar mit ihr. Jetzt, da sie ihren Verstand wieder gebrauchen konnte, fiel ihr auf, dass sie sich mitten im Central Park befanden, in der Gegenwart einer Unmenge von Zeugen. Sie blickte sich verstohlen um, nur um sicherzugehen. Ja, obwohl die Menschen diese Bank und das darauf sitzende fremdartige Wesen offensichtlich mieden, gab es tatsächlich einige mutige Seelen, die aus sicherer Entfernung zu ihnen starrten. Ein Paar wagte es sogar, sie vorsichtig mit ihren in die Armbanduhren eingebauten Kameras zu filmen. Wenn der Krinar ihr irgendetwas antun sollte, wäre es umgehend auf YouTube zu sehen und das müsste er auch wissen. Natürlich könnte ihm das auch egal sein.

Da sie immer noch davon ausging, dass sie relativ sicher war — sie hatte noch nie von Videos gehört, die Übergriffe der Krinar auf Studentinnen mitten im Central Park zeigten — griff sie nach ihrem Laptop und hob ihn an, um ihn zurück in ihren Rucksack zu packen.

»Lass mich dir damit helfen, Mia —«

Und bevor sie auch nur blinzeln konnte, merkte sie, wie er den schweren Laptop aus ihren plötzlich kraftlosen Fingern nahm und dabei leicht deren Knöchel streifte. Als er sie berührte, durchfuhr Mia ein Gefühl wie ein elektrischer Schock, der, als er abebbte, kribbelnde Nervenverbindungen hinterließ.

Er nahm ihren Rucksack und packte den Laptop mit einer weichen und geschmeidigen Bewegung weg. »So, fertig.«

Oh Gott, er hatte sie berührt. Vielleicht war ihre Theorie über die Sicherheit auf öffentlichen Plätzen doch falsch. Sie merkte, wie sich ihre Atmung wieder beschleunigte, und ihre Herzfrequenz befand sich wahrscheinlich auch schon im Sauerstoff unabhängigen Bereich.

»Ich muss jetzt los ... Tschüss!«

Wie sie es schaffte, diese Worte herauszuquetschen ohne zu hyperventilieren, würde sie wohl nie herausfinden. Sie griff sich den Riemen ihres Rucksacks, den er soeben losgelassen hatte und sprang auf ihre Füße. Dabei fiel ihr irgendwo im Hinterkopf auf, dass die Lähmung von vorhin verschwunden war.

»Tschüss Mia. Bis später.« Seine Stimme mit dem leicht spottenden Unterton war noch lange in der klaren Frühlingsluft zu hören, als sie losging und fast rannte, weil sie es so eilig hatte, von ihm wegzukommen.

* * *

Wenn Sie mehr darüber erfahren möchten, besuchen Sie bitte Annas Webseite www.annazaires.com/deutsch.html

ÜBER DIE AUTORIN

Anna Zaires hat sich schon im zarten Alter von fünf Jahren in Bücher verliebt, in dem ihr ihre Großmutter das Lesen beibrachte. Kurz darauf schrieb sie auch schon ihre erste Geschichte. Seitdem lebt Anna neben der realen Welt auch ständig in einer Phantasiewelt, in der ihr nur ihre eigene Vorstellungskraft Grenzen setzen kann. Zurzeit lebt die verheiratete Autorin in Florida, zusammen mit ihrem Traummann, dem Sience-Fiction und Fantasy Romanautoren Dima Zales, der auch eng mit ihr an der Erschaffung der *Krinar Chroniken* arbeitet.

Nach ihrem abgeschlossenen Wirtschaftsstudium an der Universität von Chicago hat Anna acht Jahre lang an der Wall Street Aktien analysiert und Untersuchungsberichte geschrieben. 2013 wurde sie dann eine Vollzeitschriftstellerin und erfüllte sich damit ihren lebenslangen Traum, Romanautorin zu werden.

Dima Zales ist die Liebe ihres Lebens und eine enorme Inspiration in allen Bereichen ihrer Arbeit. Jedes Buch, das Anna schreibt, ist ein Produkt dieser einzigartigen Zusammenarbeit.

Neben dem Lesen und Schreiben liebt Anna Tee trinken (Kokosnuss Oolong gefällig?), süchtig machende TV Serien anzuschauen und Buchideen auf ausgedehnten Spaziergängen mit ihrem wundervollen Mann zu besprechen.

Außerdem freut Anna sich immer riesig, von ihren Lesern zu hören, also scheuen Sie sich nicht, sie über diese Website zu kontaktieren oder sie auf Facebook zu ihren Kontakten hinzuzufügen, da sie dort sowieso viel zu viel Zeit verbringt. Schauen Sie doch bitte auch mal auf der Seite ihres Ehemannes und Arbeitspartners Dima Zales auf www.dimazales.com/deutsch.html vorbei und werfen Sie einen Blick auf seine Fantasy und Science-Fiction-Romane.

Wenn Sie mehr erfahren möchten, besuchen Sie bitte www.annazaires.com/deutsch.html.